에밀리 디킨슨, 시인의 정원

에밀리 디킨슨의 유일한 진본 사진 이미지, 1847년경.

에밀리 디킨슨, 시인의 정원

마타 맥다월Marta McDowell 지음 | 박혜란 옮김

시금치

일러두기

1. 이 책은 Marta McDowell, *Emily Dickinson's Gardening Life: The Plants & Places That
   Inspired the Iconic Poet*(Portland, Oregon: Timber Press, 2019)를 옮긴 것이다.
2. 주는 모두 각주로 처리했고 옮긴이가 작성했다.
3. 식물명은 국가표준식물목록을 참고했고, 맥락에 따라 필요하거나 디킨슨의 표현을 그대로 써
   야 하는 경우는 영문명이나 별칭을 사용했다. 이 책에 나오는 주요 식물의 영문명과 학명은 「에
   밀리 디킨슨의 식물들: 해설과 목록」과 「찾아보기」를 참고하라.

커크에게
"아니면 이것은 춤일까?"

차례

시인의 정원

1. 홈스테드
2. 에버그린스
3. 디킨슨 초원
4. 델(현재 위치)
5. 제일회중교회
6. 애머스트 칼리지와
   프로스트 도서관
7. 시 공유지
8. 노스플레전트 스트리트 저택 터
9. 웨스트 묘지
10. 존스 도서관
11. 스트롱 하우스
    (애머스트 역사학회와 박물관)
12. 애머스트 아카데미 터

1873년 지도에 표시한 에밀리 디킨슨과 관련된 애머스트 주변 장소들.

개정판 서문

개정판*

서문

내게 에밀리 디킨슨은 우연이었다. 적어도 그의 정원과 나의 글을 생각하면 그렇다. 대학을 졸업하고 믿기 어렵겠지만 옷을 제대로 갖춰 입고 약 20년 넘게 회사에 다니던 시절에 불쑥 찾아왔다. 부지런한 보험 회사 중역의 모습을 한 40대의 나는 혼자 차를 몰고 뉴잉글랜드를 누비며 최신 운영 소식을 전달하고 있었다.

1990년대 매사추세츠주 프레이밍햄에서 점심 모임을 하고 스프링필드에서 1박을 하는 일정 사이의 어느 여름 오후였다. I-90 도로에서 서쪽 방향으로 주를 가로지르는 매스 파이크가 열기로 이글거리고 있었다.** 나는 카페인이 몹시 간절했다. 방향 지시등을 켰다. 러들로 휴게소. 저녁 혼밥과 이름도 모르는 호텔, 너무 많은 이메일을 앞에 두고 오후 내내 하품하고 있었다. 하지만 주간 도로의 남은 구간이 바다에서 반짝이는 바다로 이어질 무렵, 지역 관광 안내 책자와 함께 문학 도서 책꽂이가 손짓했다. 에밀리 디킨슨 홈스테드 홍보 책자

---

*_ 이 책은 *Emily Dickinson's Gardens: A Celebration of a Poet and Gardener*(McGraw-Hill, 2004)의 개정판이다. 맥그로힐 판이 저자가 디킨슨 정원에서 보고 느낀 개인적 관찰과 감상을 쓴 에세이로 디킨슨의 정원 생활을 주로 다루었다면, 이 번역서의 원서인 팀버프레스 판은 홈스테드를 비롯해 디킨슨과 관련된 장소들의 사진과 그림을 포함하고 사료와 연구 자료를 보완하고 있다.

**_ 매스 파이크 Mass Pike는 미국을 동서로 횡단하는 주간 고속도로 I-90의 매사추세츠주 구간이다.

에 내 눈이 빛났다.

인문학 전공자의 심장이 정장 차림의 내 안에서 여전히 두근댔다. 디킨슨 시 조각들이 저마다 깃털이 돋으며 아득한 기억 속에서 펄럭였다. 박물관 책자에 마지막 투어가 오후 네 시라고 되어 있어서, 지금은 이런 말이 이상하겠지만 나는 공중전화로 연락했다. 매사추세츠 중부 억양을 지닌 한 여성이 '네'라고 말했고 나는 애머스트까지 시간에 맞춰 갈 수 있었다.

북쪽 차도의 풍경은 전원이었다. 캘빈 쿨리지 다리가 있는 코네티컷강과 완만한 농경지가 펼쳐져 있고 쇼핑몰과 신호등은 전혀 없었다. 대학생들이 모두 떠난 여름 주중 애머스트 시내의 그늘진 공유지는 조용했다.

우연히 찾은 디킨슨 홈스테드의 모습은 초월적이었다.* 에밀리 디킨슨도 나처럼 정원사였다는 것을 가이드가 알려주었다. 여기에 그녀가 수집한 압화들의 복사본이 있었다. 시인의 온실 사진이 액자로 걸려 있는 아버지의 서재 벽은 시인의 화분 선반이 있는 작은 온실로 이어지는 바로 그 벽이었다. 걸음을 옮겨 그녀의 넓은 정원으로 나와 훨씬 더 긴 산책로를 걷기 시작했다. 그녀의 정원은 내게 식물 가꾸기가 취미였던 그녀의 삶과 시를 배우고 생각하는 길이 되었다. 정원에 대해 쓰도록 나를 이끈 건 바로 디킨슨이었다.

톰 피셔에게 두 번 감사드린다. 나의 에밀리 디킨슨 정원 연구를 순탄하게 만들어주었다. 1999년 당시 그가 편집하던 잡지 『원예 _Horticulture_』에 보낸 원고를 거절한 것이 첫 번째였다. 그는 내게 아주 친절한 거절 편지를 보냈다. 그는 내게 영국의 정원 전문 잡지 『식물

---

*_ 디킨슨이 살았던 19세기 뉴잉글랜드 사람들은 문화, 종교, 철학적으로 초월주의 사상에 영향을 많이 받았다. 유럽의 전통과 고전에서 물려받은 관념이 아닌, 현재이자 여기인 미국의 자연에서 사상과 신앙의 진리를 추구하고자 하는 사유의 태도가 도시의 건축과 일상생활에 배어 있었다.

개정판 서문

Hortus』의 데이비드 휠러에게 기획안을 보내보라고 제안했다. 그리고 거의 20년이 지난 후, 팀버프레스로 자리를 옮긴 톰과 그의 동료 앤드루 베크먼은 이 개정판을 제안했다.

책을 포함하여 인생에서 무엇이든 다시 한다는 것은 큰일이다. 초판에 익숙한 분들이라면 새로운 자료와 컬러 일러스트에 주목할 것이다. 당연한 일이지만 초판을 바로잡고 수정하다 보니 개정판에는 학술 문헌과 연구서가 포함되었다. 이 새로운 판본은 재구성되었다. 책의 1부는 1년 동안 일어나는 정원의 변화에 맞추어 정원사 에밀리 디킨슨의 삶에 주목했다. 2부에는 에밀리 디킨슨 박물관을 포함하여 지난 20년간 큰 변화가 있었던 디킨슨 저택의 풍경을 실었다. 여러분들도 이곳을 방문하거나 다시 방문하는 기회를 갖길 바란다. 주말에 맞춰 박물관 정원 여행을 계획한다면 아마도 나와 함께 정원에서 일하게 될 것이다. 시인의 정원에 있는 식물을 직접 심고 싶다면 이 책의 「에밀리 디킨슨의 식물들: 해설과 목록」을 참고하면 될 것이다.

시작하기 전에 철자와 문법, 문장 부호의 사용에 대해 한마디 하고 싶다. 이 책에서 읽게 될 시와 편지에서 인용한 구절들은 두 하버드 학자의 책에서 가져왔다. 시 뒤에 붙인 번호는 랠프 프랭클린Ralph W. Franklin의 책의 것이며, 토머스 존슨Thomas H. Johnson은 시인이 펜으로 직접 필사한* 원래 단어를 사용하기 위해 디킨슨의 원고를 세심히 해독했다. 문장 부호가 특이하다거나 철자가 남다르다면, 그것은 시인이 쓴 것 그대로이기 때문이다.

자, 이제 다시 시작하겠다.

---

*_에밀리 디킨슨은 생전에 자기 작품을 인쇄물의 상태로 출판하지 않았기 때문에 시가 일반인들에게 공개된 적도 별로 없고 정본도 존재하지 않는다. 대신에 친구와 지인 들에게 편지에 동봉하여 보내고 답장으로 감상을 받곤 했고, 이와는 별개로 시인이 필사하여 모아놓은 원고들이 있다. 이 책은 프랭클린과 존슨이 정리한 시집과 서간집에서 디킨슨의 작품을 인용했다.

들어가며

정원사 에밀리 디킨슨.

'에밀리 디킨슨' 하면 흰 드레스 아니면 은판 사진 속에서 대담한 시선으로 응시하는 열여섯 소녀의 모습이 떠오를 것이다. 당연히 정원 활동보다는 시가 생각난다.

정원사 에밀리 디킨슨은 디킨슨 신화에 어울리지 않는다. 그 신화란 것은 시인이 인생 후반에 겪은 실제 공포증에서 비롯되었을 수도 있고 아니면 시인의 첫 편집자 메이블 루미스 토드Mable Loomis Todd가 책 판매 홍보를 위해 불을 지핀 때문일 수도 있다. 1886년 시인이 사망한 이래, 시인의 심리가 분석 대상이 되면서 시인은 수도원에 칩거하던 중세 신비주의자에 비유되기도 하고 '다락방의 미친 여성'이라 불리기도 했다. 단지 수도원만 없었을 뿐이다.

시인은 전설의 문인이기 이전에 자기 가족에게 헌신했던 사람이다. 가족과 함께 즐거워하고 함께 놀고 우애를 돈독히 했다. 그녀는 식물에 대한 사랑을 부모와 오빠, 여동생과 함께 나눴다. 친구들에게 꽃다발을 보내기도 했고 편지를 주고받았던 많은 지인들에게 — 1000통이 넘는 그녀의 편지가 발견되었다 — 압화를 보내기도 했다. 시인은 반려견 카를로와 산책하며 들꽃을 수집했다. 애머스트 아카데미와 마운트 홀리요크 칼리지에서는 식물학을 공부했다. 집

앞쪽에 딸린 작은 유리온실과 동편 널찍한 땅에 길게 경사진 화단을 가꾸었다. 겨울이면 히아신스 알뿌리를 속성 재배했고, 여름이면 꽃의 경계 사이로 깔아놓은 빨간 담요 위에 무릎을 꿇고 능숙하게 원예의 예배를 드렸다.

이 책은 계절에 따른 캘린더의 방식으로 진행된다. 에밀리 디킨슨 정원의 한 해에 오신 것을 환영한다.

대답해, 칠월
벌은 어디 있니 —
발그레한 애는 어디 있니 —
건초 더미는 어디 있니?

아, 칠월이 말했다 —
씨앗은 어디 있니 —
새싹은 어디 있니 —
오월은 어디 있니 —
너한테 대답한다 — 나한테 —

아니 — 오월이 말했다 —
내게 흰 눈을 보여줘 —
내게 눈 뭉치를 보여줘 —
내게 여치를 보여줘!

여치 핑계를 댔다 —
옥수수는 어디 있을까 —
아지랑이는 어디 있을까 —
밤가시는 어디 있을까?
여기 — 일 년이 말했다 —

667, 1863

에밀리 디킨슨 정원의 데이지.

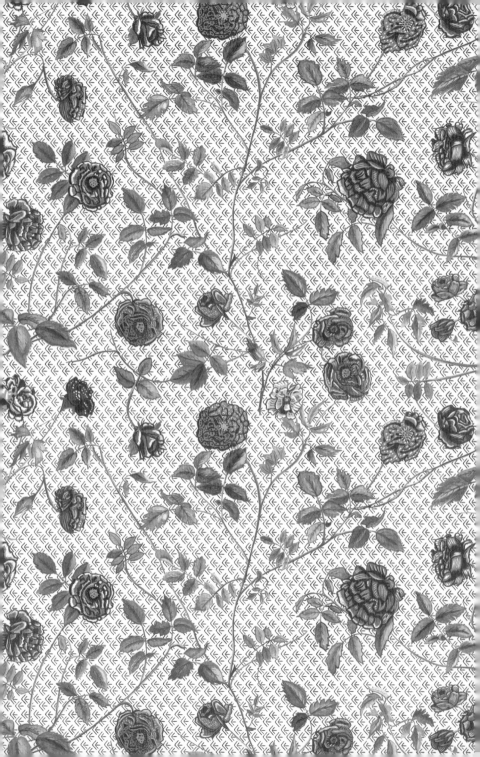

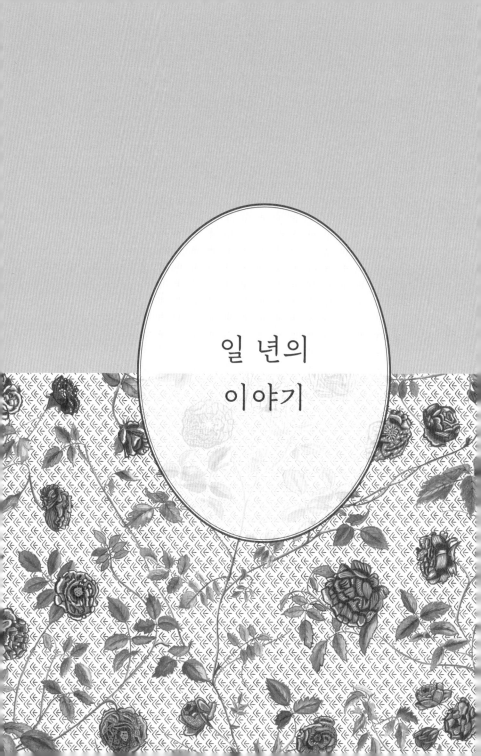

일 년의
이야기

초봄

정원사의
가정과
가족

애머스트 중심부에서 잠깐 걷다 홈
스테드* 앞에 서서 디킨슨이 '몽상
reverie'이라 불렀던 상상력을 당신도
발휘한다면, 1800년대 중반 에밀리 디
킨슨이 알고 있던 바로 그 풍경을 소
환할 수 있을 것이다.

　메인 스트리트는 비포장도로
다. 오늘날의 인도나 전봇대, 주차 표
지, 소화전은 사라진다. 이 집과 이 동

에밀리 디킨슨이 소장했던 책에
실린 클래리사 먼저 배저Clarissa
Munger Badger의 제비꽃 그림.

---

*_ 시인이 가족과 살던 집을 보통 디킨슨 홈스테드라고 부르는데, 홈스테드homestead
는 공유지였던 땅을 개인 농장으로 변경하면서 그 안에 주택을 짓기 위해 터를 잡은 택
지를 뜻한다.

매사추세츠주 애머스트의 메인 스트리트에 있는 디킨슨 홈스테드.

네가 관광객들과 문학 애호 순례자들의 목적지임을 알려주는 표지판들도 사라진다. 자동차 엔진과 타이어가 부릉대는 소리는 말발굽과 마구가 딸각대는 소리로 대체된다. 눈이 내려 도로를 덮으면 눈썰매의 벨 소리도 들린다. 숨을 들이쉬면 땅의 냄새, 살아 있는 존재들의 냄새의 흔적을 찾을 수 있다. 따뜻한 낮이면 더욱 좋다.

280번지의 메인 스트리트를 분리하는 두 줄이 있다. 황토색 칠을 한 네모반듯 멋진 나무 말뚝 담장은 저택과 잘 어울리고 잘 다듬은 상록의 솔송나무가 울타리를 이룬다. 정문에서 거리의 바퀴 자국을 지나 몇 걸음 가면 남쪽이 보인다. 주택과 상점이 사라지고, 널찍이 뻗은 그루터기 너머 시선이 꽂히는 곳이 바로 여름마다 풀이 무성하여 디킨슨 초원이라는 이름을 얻은 들판이다. 그 너머로 애머스트 칼

19

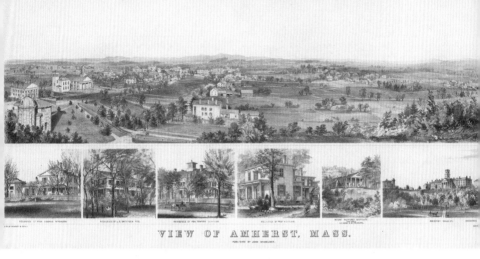

VIEW OF AMHERST, MASS.

(위) 애머스트 칼리지 언덕
에서 본 애머스트 시내. 1857
년경.
(오른쪽) 에버그린스. 에밀리
디킨슨의 오빠와 올케, 이들
의 세 자녀가 살던 집.

리지가 보인다.

　울타리와 담장 뒤로 페인트칠한 벽돌 주택이 인상적이다. 홈스
테드는 말 그대로 언덕 위에 깃들었다.

　서쪽으로 마차로가 저택 주위를 돈다. 차로를 따라 이어진 작
은 숲은 여름의 뜨거운 바람과 겨울의 북풍한설로부터 집을 지켜준
다. 이곳을 방문하면 에밀리의 아버지 에드워드 디킨슨이 에밀리의

오빠인 오스틴과 오스틴의 아내 수전을 위해 지은 집이 눈에 띌 것이다. 에밀리의 침실 창밖으로 두 집을 잇는 샛길이 보인다. 그녀의 조카들, 이웃 아이들이 잘 가꾼 오스틴의 집 마당에서 놀고 있다. '수 언니'의 접시꽃이 여름 길가를 수놓고 있다.

홈스테드 뒤편으로 큼직한 마차 보관소와 헛간이 소유지 뒤편을 차지하고 그 뒤로는 커다란 나무들이 그늘을 드리운다. 그곳을 누비는 말, 소, 닭, 돼지 들은 이 집안의 운송과 우유, 고기를 제공한다. 헛간 한쪽 바로 앞에 디킨슨 여사가 키우던 무화과는 상을 받았다. 포도도 격자 울타리를 이룬다. 비탈 아래 과수원에는 사과, 배, 체리 같은 과일나무들이 자라고 있다.

헛간을 지나 계속 가다 보면 저택 동편에 드디어 에밀리 디킨슨의 화원이 보인다. 육중한 화강암 판석이 깔린 길은 완만한 내리막 비탈로 이어져 잔디밭을 지나고 옆으로 일부 가장자리에는 은방울꽃이 봄의 향기를 흩뜨리며 카펫처럼 펼쳐져 있다. 오월이면 작약이 울타리 한가득 무리 지어 피고, 격자 시렁의 허니서클에 대기가 달콤하다. 장미는 유월의 큐 사인을 기다리며 정자 위로 기어오른다. 봄의 알뿌리류인 히아신스와 수선화 무리 뒤로는 한해살이와 여러해살이가 무성하다. 이들 몇몇을 꼽자면, 스위트피와 한련, 백합, 마리골드 등이다. 시인의 조카 마티가 묘사한 대로 꽃송이들이 "무리 지어 굽이친다."

거실 바깥에는 저택 서편이 내려다보이는 포치가 있다. 유리문이 그쪽으로 열린다. 요즘에는 데크라 불리지만 당시에는 이탈리아 낭만주의 스타일이었다. 협죽도나 석류처럼 화분에 심은 식물들은 매사추세츠의 겨울에는 시들겠지만 여름이니 꽃이 만발했다. 디킨슨 자매 에밀리와 비니가 바로 떠오른다. 날씨 좋은 날 이 포치에 앉아 있다. 둘은 마침내 정원사로서의 보상을 즐긴다. 고된 노동 후 자기 손

21

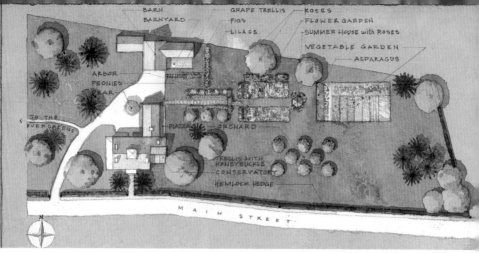

에밀리 디킨슨의 묘사와 친구들과 가족의 기억에 기초한 홈스테드 지도.

으로 이룬 일들을 돌아보는 순간이다. 킹제임스 성경에 나오는 창조
주의 일곱 번째 날과도 같을 것이다.

●

　　정원이 있는 장소. 매사추세츠의 애머스트는 에밀리 디킨슨의
정원을 위한 배경이었다. 이 땅의 첫 사람들이던 포콤툭, 왐파노아그,
모히칸 들은 1600년대 유럽 모피상들과 조우했다. 이들은 네덜란드인
들이 코네티컷이라 불렀던 프레시강이 쭉 뻗은 지역들을 탐험하던 중
이었다. 지금은 대학 도시로 알려져 있지만 애머스트는 종종 개척자
의 계곡이라 불리는 곳에서 충적토를 알아본 농업 식민지 이주자들
이 1700년대 중반에 개척했다. 에밀리는 오빠에게 애머스트가 "정말
약간 에덴 같은 면이 있다"고 말하기도 했다.
　　식물들이 이곳에서 번성한다. 물론 시인들도 그렇다. 애머스트
는 보스턴에서 내륙 쪽으로 129킬로미터, 코네티컷강 동편 부채꼴로

초봄

펼쳐진 비옥한 땅에 있다. 19세기의 풍경은 언덕과 시내, 들꽃과 들판이었다.

들판은 농장이었다. 디킨슨의 애머스트는 상업 도시였고 그녀의 많은 이웃들은 농장주들이었다. 그녀의 부친 정도의 젠트리 계급을 포함해서 재산이 있는 이라면 누구나 과수원과 식물 정원을 세워 여름 식탁과 겨울 저장고를 풍성하게 했다. 처음 발표된 시 「밸런타인」*에서 시인은 이렇게 말한다.

아담, 사과를 내려놔요
나와 같이 떠나요
그리고 내 아버지 나무에서
사과 하나 따서 가져요!
2A, 1852**

에드워드의 부친 새뮤얼 파울러 디킨슨이 1813년 제대로 된 연방 스타일***로 지은 홈스테드는 에밀리 세계의 중심축이었다. 그녀는 위층 침실에서 태어나 그곳에서 55년 평생을 살며 40년간 정원을 가꾸었고 거기에서 사망했다. 그녀의 조부가 애머스트 칼리지를 설립하면서 과도한 부채로 인해 파산하고 잠시 디킨슨 가족들은 홈스테

---

*_ 밸런타인valentine은 영상이나 글로 무조건적인 찬양과 애정을 표현한 글을 뜻하는데, 에밀리 디킨슨이 처음 발표한 시의 제목이기도 하다.
**_ 디킨슨은 시에 제목을 붙이지 않았기 때문에 흔히 전집에 수록된 번호로 시 제목을 대신하기도 한다. 이 책에서 저자는 랠프 프랭클린이 정리한 *The Poems of Emily Dickinson*(Variorum Edition)에 실린 시들을 인용하면서 프랭클린이 붙인 번호로 표시하고 뒤에 필사된 연도를 밝혔다.
***_ 1780년대에서 1830년대 미국에 새롭게 등장한 건축 양식이다. 미국이 공화국 건국 이후 그리스의 민주주의와 로마의 공화정의 이상을 정치철학으로 삼으면서 그리스의 건축 요소와 로마 시대의 용어를 들여온 건축과 가구 양식이 유행했다. 매사추세츠주 세일럼의 관공서와 공공시설들이 전형적인 연방 스타일이다.

(왼쪽) 에밀리 디킨슨의 아버지 에드워드. 오티스 T. 불러드Otis T. Bullard 그림. 1840년대.
(오른쪽) 어머니 에밀리 노크로스 디킨슨. 시인과 이름이 같다.

드를 떠나 있었다. 1840년 에밀리가 아홉 살이었을 때 에드워드 디킨슨과 에밀리 노크로스는 세 자녀를 데리고 이사하여 노스플레전트 스트리트에 널찍한 백색 미늘 벽판자 주택에 보금자리를 꾸렸다. 이 주택은 1920년대에 철거되었다.

부친만큼이나 저명한 변호사였고 애머스트 칼리지의 재무 이사였던 에드워드는 1850년대에 홈스테드를 다시 취득했다. 1만여 제곱미터의 부지는 주택과 헛간 주변과 길 건너 넓은 개간지를 포함한다. 에드워드는 성공을 증명하듯 홈스테드를 대대적으로 리모델링했다. 붉은 벽돌의 외관은 연노랑 오커로 페인트칠했다. 모범적 빅토리아인으로서 식물 재배와 전시를 위한 작은 온실도 추가했다.

청년 에드워드 디킨슨은 나무를 심었고, 부엌 정원에 특히 관심이 있었다. "딸기가 주렁주렁 열렸소." 그는 장차 아내가 될 에밀리 노크로스에게 보내는 편지에 이렇게 썼다. "그리고 체리와 커런트도 다 익었소. 식물계 전체가 이제 그 위대한 아름다움을 드러내는구려." 그는 나중에도 딸들의 정원을 위해 상당한 발품을 팔았다. "아빠한테 오실 때 패랭이꽃도 가져다달라고 해주세요." 1859년 에밀리의 주문이었다.

에밀리 노크로스 디킨슨 역시 정원사였다. 그녀의 장녀가 쓴 묘사에 따르면 그녀는 분주했다. "과일, 나무, 닭, 그리고 다정다감한 친구들을 자상히 챙겼다. 사실 어머니는 너무 서두르고 늘 당황하신다." 훌륭한 요리사이자 가정주부였던 그녀는 자신의 화원에서 가져온 꽃으로 장식했다. 줄기를 잘라 화병에 꽂고 집 여기저기에 두었다. 그녀는 자녀들에게 원예의 사랑을 물려주었다. 한번은 에밀리 디킨슨이 친구에게 이렇게 말했다. "나는 정원에서 컸잖아."

둘째였던 에밀리는 1830년에 태어났다. 첫째 윌리엄 오스틴보다는 1년 반 어렸다. 1833년에는 막내 라비니아가 태어났다. 에밀리, 오스틴, 비니 셋은 식물에 대한 열정과 긴밀한 유대 관계를 나누며 평생 디킨슨 사유지에서 살았다.

오스틴은 아버지와 마찬가지로 나무를 대단히 많이 심었다. 10대였을 때 집 근처에 스트로브잣나무를 심어 숲을 이룰 정도였다. 디킨슨은 당시 멀리 떠나 있던 오빠에게 이 나무들의 성장을 보고했다. "오늘 아침 우리 모두 내려갔었는데 나무들 모습이 참 아름다웠어." 그녀는 편지에 이렇게 썼다. "한 그루 한 그루 모두 잘 자라. 서쪽 바람이 불면 소나무는 솔잎을 사뿐 들어 올리며 향긋한 음악을 연주해." 소나무 아래에서 조용히 서서 바람을 기다리다 보면, 사뿐한 이파리 솔잎들이 살랑인다. 속삭인다.

비니는 언니의 평생 동반자였다. 에밀리 디킨슨의 은둔 시기 동안, 비니는 바깥세상을 담당했다. 그녀 역시 정원사였다. 울타리를 치고 덩굴 식물을 정리했다. 그리고 땅 파는 일도 서슴지 않았다. 에밀리는 한때 자신의 정원 "심토 일구기"를 언급한 적이 있었다. 디킨슨이 죽은 후 세상에 소개된 것도 동생 라비니아가 시인이 숨겨둔 시들을 발견하고 그것이 출판되는 것을 보고자 했던 그녀의 집요한 노력 덕분이었다.

유년 시절 형제자매의 초상화 속 에밀리는 아홉 살로 붉은 머리에 살짝 미소를 머금고 있다. 비록 이 세 사람이 다소 딱딱해 보이고 당시 전형적인 초상화 자세를 하고 있지만, 화가는 책과 분홍 장미, 즉 글과 꽃을 들고 있는 어린 에밀리

에밀리, 오스틴, 라비니아 디킨슨. 각각 아홉 살, 열 살, 일곱 살이다.

디킨슨을 그렸다. 꽃의 언어로 분홍 장미는 부드러움과 순수를 상징한다. 당시 어린이들에게 바람직한 덕목이었다. 디킨슨의 목소리가 지속되리라는 것을 화가가 알았을 리 없다.

에밀리 디킨슨 정원의 초봄

"이제 눈이 안 와!" —30, 1858에서

춘분을 향해 낮이 길어지고 있다. 북동풍이 간헐적으로 대서양 연안에 휘몰아칠 때 시계 반대 방향으로 팔을 휘두르면 뉴잉글랜드 중부에 눈이 쏟아지기도 하지만 그것은 봄눈이고 얼마 못 간다. 에밀리 정원에는 눈이 점점 줄어든다. 화창한 삼월 어느 날 그녀의 관찰이다. "어머니는 산보하러 나가셨다가 손에 우엉꽃을 들고 들어오셨다. 그래서 눈이 다 녹았음을 알았다. 노아라면 어머니를 반겼을

것이다"(노아의 방주를 나온 비둘기는 홍수가 줄어들자 올리브 이파리를 물고 돌아왔다).

땅이 녹으면서 잔디밭은 푸르러지고 메말랐던 땅은 촉촉해진다. 1857년 늦은 겨울 『애머스트 레코드*Amherst Record*』의 편집자는 이렇게 묘사한다.

> 이제 모든 것이 이른 봄의 조짐인 것 같다. 눈은 한 조각도 남아 있지 않고 온통 질퍽인다. 우리 친구들, 우리 동네 설탕장이들로 인해 간밤에 내린 서리가 낮이면 녹는 이 계절이 점점 나아지며 감미로운 단풍 수액을 모아 설탕을 제조하고 있다. 우리는 펜을 뻐끔댈 필요 없이 그저 써 내려가면 된다.

동네 설탕 가게 통 안에서 보글대는 수액을 구경하러 친구들과 하는 '슈거링 오프*⁾' 나들이는 늦겨울 어린 에밀리에게 큰 즐거움이었다.

그녀는 삼월을 "선언의 달"이라 했다. 점점 따뜻해지는 낮, 에밀리의 정원에서는 가지 위로 부풀어 오르는 싹눈이 팔꿈치를 내밀고 가지는 쭉쭉 자란다. 지저귀는 새소리에 홀린 나무들. 매사추세츠의 긴 겨울 내내 신진대사를 늦추고 잠자던 식물들이 깨어났다. 에밀리를 위해 해마다 가장 먼저 꽃을 피우는 것은 작은 알뿌리 식물들이었다.

---

*_ sugaring off는 단풍 설탕을 만들 때 거들어주려고 모인 동네 사람들이 벌이는 파티다.

늦겨울과 봄이면 이른 알뿌리 식물, 알줄기, 덩이줄기가 꽃을 피우고 씨를 채우며 적당한 저장 음식을 제조한다. 그리고 한 해의 나머지 기간 동안 보이지 않고 땅속에서 휴식한다.

붉게 타오르는 그녀의 모자 —
붉게 타오르는 그녀의 뺨 —
붉게 타오르는 그녀의 치마 —
아직 그녀는 말할 수 없다!

여름 언덕에 핀
데이지가 기록 없이
사라지니 더 잘되었다
시내가 흘리는 눈물이 아니었다면 —

그녀의 얼굴을 찾고 있는
사랑스러운 일출이 아니었다면
그곳에 잠시 멈춘
군번 없는 발이 아니었다면

106B, 1859

초봄

설강화 Snowdrop, *Galanthus nivalis*

봄의 전령 설강화는 종 모양으로 끄덕이며 선두에서 봄
을 선포한다. 꽃 하나하나마다 초록의 테를 두른 세 장
의 속 꽃받침과 우아한 굴곡으로 내려가는 세 장의 바깥
꽃받침이 있다. 이 꽃이 풍기는 향은 오래 지속된다. 자
기 자리에서 행복하게 살아가는 설강화가 해마다 계속
늘어나 사방에 펼쳐지는 백색 카펫은 덤이다. 계속 살랑
인다.

설강화는 "때맞춰 내리는
눈" 속에서도 번성하여 꽃
이 핀다.

새로운 발들이 내 정원으로 간다 —
새로운 손가락들이 풀밭 흙을 휘젓는다 —
느릅나무에 앉은 음유 시인 한 마리
고독을 배신한다

새로운 아이들이 초록 위에서 놀고 —
새로운 피곤이 그 밑에서 잠들고 —
그리고 여전히 사색의 봄이 돌아온다 —
그리고 여전히 때맞춰 내리는 눈!

79, 1859

크로커스 Crocus, *Crocus*

디킨슨은 크로커스를 눈의 '속국'이라 표현했다. 아이리

스속에 속한 크로커스는 컵 모양의 꽃이다. 전통적으로

이 꽃은 성 발렌티누스에게 바쳤다. 그의 성일 무렵에

꽃이 피기 때문이다. '금란' 크로커스는 16세기부터 재배

되었다. 에밀리가 키웠을 법한 다른 조생 크로커스종으

로는 '토미*Crocus tommasinianus*'도 포함된다. 1840년대

묘목상들에게 소개된 토미는 연한 색으로 피었다가 흰

낮에 인사하는 '무사' 크로
커스.

화후를 지닌 짙은 라일락 색이 된다.

크로커스는 알줄기에서 자란다. 꽃눈이 자라면서 땅속에서 왕관 모양으로 부풀어 오

르는 줄기다. 가을 배수가 잘되는 토양에 심으면 이른 봄 그 노력에 보답한다. 꽁꽁

언 땅에서 꽃이 꼿꼿한 군인처럼 우뚝 서 있다. 디킨슨은 이를 '무사' 같다고 했다. 꽃

이 핀 후 사라진다. 떠나버리면 그만이다.

히아신스 Hyacinth, *Hyacinthus orientalis*

빽빽하고 진한 향기의 히아신스가 크로커스의 뒤를 따른다. 디킨슨은 "히아신스 시

간에" 한 친구가 보았던 광경이 기억났다. 정원사들은

달력보다 개화 시기로 시간을 말한다. 알뿌리가 주는 선

물에 감사를 표하며 시인은 기록한다. "비니의 성스러

운 정원에서 친구들이 잠들어 있는 곳으로 눈은 히아신

스를 안내할 것이다." 라비니아에게 성스러움이 어떤 의

미일지 궁금해할 이들도 있겠지만, 적어도 그녀의 화단

은 성자로 추앙받을 만하다. 식물학적으로도 에밀리는

정확했다. 히아신스 알뿌리는 수축근을 지닌 땅속 식물

로 특화된 뿌리가 땅속에서 알뿌리를 더 아래로 끌어당

기고 있는 것이다. 눈이 안내했을지 안 했을지는 상상에

"히아신스 시간에" 피는 꽃.

초봄

이 튤립들 몇몇은 "진홍 정장" 차림이다.

맡기겠다.

튤립 Tulip, *Tulipa*

한 여자아이의 수수께끼에 관한 디킨슨의 초기 시에서 시인은 알뿌리를 잠들어 잊혔다가 정원사가 구해주는 존재로 묘사한다. 이 시에서 꽃은 전통 옷을 차려입고 일어나는데, 빨간 꽃이 피는 봄의 알뿌리는 정해져 있으므로 이 시의 주제는 튤립이었을 것이다.

> 그녀가 나무 밑에서 잠들었는데 ―
> 나만 기억하고 있었지
> 나는 말없이 그녀의 요람을 건드렸고 ―
> 그녀는 그 발을 알아차렸다 ―
> 진홍 정장을 차려입었으니 ―
> 봐!
> 15, 1858

알뿌리류 식물들 너머로 팬지 또한 카펫을 깐 듯 에밀리의 정원에 펼쳐져 있다. 시인이 키운 팬지는 삼색 제비꽃으로 가끔 있을 것 같지 않은 장소에 불쑥 나타나서 '팔짝 뛰는 조니Johnny-jump-ups*'라 불리기도 했다. 팬지는 저녁 식탁까지 뻗어나간다. 팬지는 식용이라서 샐러드에 넣는 아주 사랑스런 고명이기도 하고 틀에 넣어 함께 얼리거나 케이크의 장식으로 쓰이기도 한다. 에밀리는 생강빵을 구울 때 팬지로 빵의 반짝이는 겉면을 장식했다. 이 계절의 많은 꽃과 마찬가지로 팬지도 아주 작은 꽃이다.

팬지는 날씨에 유독 민감하다. 친구에게 보낸 편지에서 디킨슨은 "과도기적이라는 점이 팬지의 유일한 고통이야"라고 했다. 팬지는 추운 날씨에서 자라 더워지면 시든다. 에밀리는 팬지를 모아 봄 꽃다발을 만들어 시와 함께 부쳤다.

팬지, "편한 마음".

내가 바로 작고 '편한 마음'!
뿌루퉁한 하늘 따위 신경 안 쓰지!
만일 나비가 지체한다면
그래서 내가 멀리 있을 수 있을까?

만일 겁쟁이 꿀벌이
그의 굴뚝 모퉁이에 머물고 있다면

---

*_ 유럽과 미국의 야생 팬지는 Johnny-Jump-up, heart's-ease, heart's-delight, tickle-my-fancy, Jack-jump-up-and-kiss-me, come-and-cuddle-me, three faces in a hood, love-in-idleness 등 종류에 따라 별명이 많다.

나는 결의를 다지리라!
누가 내게 사과하겠는가?

친애하는 구닥다리 작은 꽃에게!
에덴 역시 구닥다리잖아!
새들도 구식 친구들!
천국은 자신의 푸르름을 바꾸지 않지
나, 작고 편한 마음은 안 그럴 거야 —
절대 그렇게 설득당하지도 않아!

167, 1860

팬지라는 단어는 '생각하다'라는 의미의 프랑스어 단어에서
왔다. 그러니까 팬지는 사색에 잠겨 있다. 얼굴, 사색을 부르는 얼굴처
럼 보이는 꽃이다. 아마도 그런 점에서 이 꽃의 다른 별명이 '편한 마

"내가 바로 작고 '편한 마음'!"

음'일지도 모른다.

　봄이 짙어가고 땅은 따뜻
해지고 더 많은 '여러해살이'들
이 흙 속에서 새싹을 밀어내며
등장한다. 정원에 핀 이들 중 하
나가 작약 무리들이다. 오스틴
과 수전의 딸 마사 — 마티라고
불렸다 — 가 후에 추억하기를,
"리본처럼 이어진 작약 울타리"
였다고 한다. 한번은 스물한 살
의 에밀리가 이들을 마구간 일
꾼 아들의 장밋빛 어린 얼굴에
비유한 적 있었다. "내가 세어보
니 땅속에서 갓 올라온 작약 코
가 셋이었다고 비니에게 얘기해
줘. 마구간 일꾼 아들 코처럼 빨

디킨슨의 한 친구가 편지를 열어보았더니 이
렇게 가지런히 놓은 압화 팬지가 있었다. 디
킨슨은 이것을 봉투에 담긴 '비단 현찰'이라
고 불렀다. 마치 신용 거래하듯 문단 수에 따
라 꽃잎 다발로 지불한 것이다.*

개"(작약은 코와 꼭 닮은 뾰족한 버건디색 새싹들이 토양 표면을 뚫고 나온다). 사
춘기 때에도 에밀리 디킨슨은 자신의 글에 비유로 등장한 식물들을
관리할 줄 알았다. 땅이 따뜻해지면 작은 알뿌리는 떠나고 여러해살
이 잎이 등장한다. 봄의 전시회가 절정을 이룰 무대가 설치되었다.

　친구들과 함께 에밀리는 자신의 정원 또는 보다 먼 들판에서
모은 봄의 풍요를 누렸다. 한번은 갯버들을 보면서 이렇게 끝맺었다.
"자연의 황갈색 메시지, 널 위해 애머스트에 남겨졌어. 방문할 시간이

---

*_ "비단 현찰로—지불할게요— / 당신의 가격을—말씀하지 않으셨지요— / 한 문단에
꽃잎 하나 / 가까이 있을 거예요—"(526, 1863)라는 디킨슨의 시를 염두에 두고 한 설
명인 듯하다.

없었나 봐.” 뉴잉글랜드와 중서부 위쪽, 캐나다 남부 습하고 햇볕 좋은 지역이 원산지인 갯버들은 갓 피어 솜털 같은 버드나무 꽃차례가 아주 유명하다. 갯버들은 보기에 따라 힘찬 작은 나무 혹은 큰 관목이다.

에밀리는 편지에 압화를 동봉하기도 했다. 동료 시인에게 보내는 쪽지에 블루벨을 보낸 적도 있다. 블루벨은 알뿌리류인 잉글리시 블루벨과 봄에 잠깐 피다 지는 버지니아 블루벨을 포함한 몇몇 식물들을 빛나게 하는 공통의 이름이다. 편지의 날짜가 사월 초로 되어 있기 때문에 아마도 버지니아 블루벨이었을 것이다. 잉글리시 블루벨은 애머스트에서는 늦은 봄에 피기 때문이다. 버지니아 블루벨이었다면 삼월에 형광빛 청록 이파리들을 펼치고, 사월에 파란 꽃다발을 끄덕이고, 유월에 씨를 뿌리고 사라지는 모습으로 디킨슨에게 다가왔을 것이다. 시인의 블루벨은 경이롭고 간결하다.

낮이 길어지면 에밀리 디킨슨은 일찍 일어나 모종삽을 들고 더 늦게까지 밖에서 보낸다. 그리고 펜을 들어 변화하는 카덴차*를 축하했다.

봄에만 존재하는 빛 하나
일 년 중 다른 절기에는 ―
나타나지 않아
삼월이 여기 있을락 말락 할 때

색깔 하나 올라와 널리 퍼지는
외로운 들판

---

* _ 악곡이 끝나기 직전에 독창자나 독주자가 연주하는 화려하고 장식적인 부분.

버지니아 블루벨. 매사추세츠주
식물 화가 헬렌 샤프Helen Sharp
작품.

May 6. 1899.
Mrs R.
Hort. Socy.

Borraginaceae
Mertensia . Lungwort
Link.
M. Virginica, DC. Virginian cowslip . &

과학으로는 따라잡지 못하나
인간 본성은 느낀다.

풀밭 위에서 기다리다
저 아득한 나무를 보여주고
당신이 알고 있는 저 아득한 비탈 위에서
당신에게 말을 건다.

그리고 지평선의 계단인 듯
혹은 정오가 알려주고 가버린 듯
소리의 공식 없이
그것은 지나가고 우리는 머문다 —

거래가 갑자기 성례를
잠식했듯
상실의 품질이
우리의 내용에 영향을 미치고 있다 —*
962, 1865

이른 봄은 구경의 계절이다.

---

*_ 거룩해야 할 종교 의식에 시장에서 이뤄지는 거래 행위가 개입해 의미를 훼손하듯, 잠
시 스치고 지나가버린 봄 혹은 소중한 무언가의 상실이 시인의 마음에 영향을 미친다는
뜻이다.

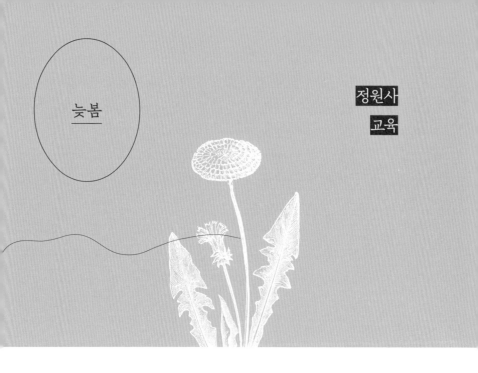

늦봄

어느 날 아침 에밀리의 어머니는 동네 이웃인 데버라 피스크에게서 쪽지 하나를 받았다. 피스크 여사는 이렇게 썼다. "피스크 교수가 헬렌을 데리고 그리 갈 거예요. 오늘 오후에 라일락 나무 밑에서 에밀리랑 놀게 하려고요. 집에 혼자 돌려보내기 여의치 않으시면 밤이 깊어지기 전에 그이가 마차로 데리러 갈 거예요." 두 어린 아가씨들은 라일락 나무 아래에서 놀았다. 당시 다섯 살이던 두 사람은 어릴 적 소꿉친구 이상의 사이였다. 헬렌 피스크는 후에 저명한 작가가 되어 어른이 된 디킨슨 시의 천재성을 알아본 몇 안 되는 인물 가운데 한 명인 헬렌 헌트 잭슨Helen Hunt Jackson이 된다.

　헬렌과 에밀리는 1836년 그날 진흙탕에서 놀았을까? 에밀리 엘리자베스 디킨슨이 완벽한 아이는 아니었다. 때때로 부모님의 꾸중을 듣기도 했다. 예의범절 따위는 아랑곳하지 않고 자연 앞에서 경이

늦봄

와 환희에 차 아이다운 반응을 보였다. 많은 이들은 이미 잃었지만 그녀는 간직하고 있었다. 어렸을 때 그녀는 돌아다니다 행복한 모습으로 집에 돌아왔다. 그러나 질질 끌려왔다. 잘 자라 어른이 된 후 그녀는 기록했다. "나는 늘 진흙을 묻히고 다녔어."

그녀는 기억했다. "나는 어렸을 때 두 가지를 잃어버렸어. 하나는 진흙 속에 빠진 신발. 진홍 로벨리아를 찾아 헤매다 맨발로 집에 돌아왔어. 그리고 어머니의 꾸지람. 얼굴을 찌푸리시면서도 미소를 짓고 계셨던 걸 보면 본인이 힘들어서라기보다 나를 위해 혼내신 거지." 디킨슨 초원과 그 인근을 흐르는 시내가 하나 있었다. 헤매기 딱 좋았다. 새빨간 로벨리아가 촉촉한 흙 위에 만발했다.

진흙투성이 방랑을 마친 오후 어린 에밀리는 어린이들의 계간지 『팔리스*Parley's*』 최신 호를 들고 자리 잡았을 것이다. 그녀의 아버지가 세 자녀를 위해 사다준 책이었다. 『팔리스』에는 정원에 관한 시, 이야기, 장식들(지금으로 말하면 일러스트레이션)이 자주 실렸다. "사랑하는 내 아이들아," 에드워드가 썼다. "『팔리스』 잡지 몇 권 보낸다. 너희들이 읽을 만한 재미있는 이야기들이 좀 있구나. 너희들이 이 이야기들을 기억해두었다가 내가 집에 갔을 때 들려주면 좋겠다." 1839년 호에는 미스 메리 호윗이 쓴 「실잔대 혹은 캄파눌라 로툰디폴리아The Harebell, or Campanula Rotundifolia」라는 시도 포함되어 있었다. 실잔대는 애머스트에서는 흔한 푸른 꽃으로 장차 디킨슨 시의 주요 소재가 되었다.

아홉 살 때까지 에밀리는 가족과 함께 절반의 홈스테

어린 에밀리 디킨슨의 옆모습, 1845년.

드에서 살았다. 원래 조부모와 함께 살았던 저택에서, 할아버지가 파산한 후 새 주인이 된 맥 가족에게 절반을 임차하여 살았다. 1840년 법률가로 입지를 다지게 된 즈음 에드워드 디킨슨은 마침내 자신의 집을 구입했다. 그의 가족은 에밀리가 태어난 곳에서 몇 블록 떨어진 노스플레전트 스트리트의 주택으로 이사했다. 이들은 1855년까지 그곳에서 살았다.

수십 년 전 이 소유지의 모든 것이 파괴되었다. 옆에 있던 웨스트 묘지는 지금도 그 자리에 있다. 현존하는 유일한 사진을 보면 널찍한 현관과 정면에 과일나무들이 있는 편안한 집이었다. 1842년 5월 에밀리는 오스틴에게 보낸 편지에서 비록 정원은 아직 만들지 못했지만 — 한해살이 꽃과 채소는 심지 않았다는 뜻이다 — 포도나무 정자와 격자무늬 담장은 페인트칠했다고 썼다. 그리고 "우리 나무들은 지금 온통 꽃들로 가득해서 아주 멋져"라고 했다.

과일나무들은 분명 훌륭한 역할을 했다. 아마 포도나무 격자 울타리도 당연히 있었을 것이다. 어느 구월 지역 신문에 이런 기록이 있다. "애머스트의 에드워드 디킨슨 씨가 싱싱한 배와 과일을 담은 바구니를 보내주셨다. … 두 종류의 포도도 에드워드 디킨슨 씨의 바구니에 들려 왔다."

성장기의 에밀리는 똑똑하고 재미있는 타고난 이야기꾼이었다. 사촌들에게 보낸 편지에서 정원을 가족 코미디의 발판으로 하여 리비 숙모를 묘사했다. "나무들이 우뚝 서서 그녀의 부츠 소리를 듣고 있다. 이들이 과일 대신 그릇을 열매 맺을까 걱정이다." 엘리자베스 디킨슨 쿠리어 숙모는 분명 엄격한 분이었을 것이다. "숙모가 아직 제라늄에 풀을 먹이신 적은 없지만, 시간은 충분하시겠지."

오스틴은 그의 아버지를 닮아 새로운 사유지를 개간하는 데 관심이 많았다. 어느 봄 그는 집 부근에 묘목을 새로 심었는데 이 묘

(위) 노스플레전트 스트리트 저택에
서 디킨슨 가족은 14년간 살았고 정
원을 가꾸었다.
(아래) 애머스트 아카데미에서 에밀
리는 처음 식물학을 공부했다.

Amherst Academy and Parson House

목이 잘 크도록 신경 썼다. "내가 그 나무를 잘 보고 있어." 그가 없을 때는 여동생이 알려주었다. "매일 물 한 동이를 주고 있는데 확실히 더 튼튼해진 것 같아. 잘 자랄 거라고 생각해."

이들이 노스플레전트 스트리트에 살 때, 에밀리는 동네 학교에서 글자와 숫자를 배웠다. 그녀는 동네 다른 아이들과 함께 걸어서 학교에 다녔다. 가을 낙엽을 발로 차기도 하고 봄이면 꽃잎을 찾아다녔다. 추운 겨울 아침이면, 주머니 속에 들어 있는 따뜻한 감자로 손을 녹였다. 그녀의 부모님과 조부모님은 아들이든 딸이든 모든 자녀의 고등 교육에 믿음이 컸다. 오스틴은 멀리 노샘프턴에 있는 윌리스턴 신학교의 기숙 학교로 갔다. 에밀리는 초등학교를 마치고 집에서 애머티 스트리트의 애머스트 아카데미를 다녔다.

애머스트 아카데미에서 에밀리 디킨슨은 처음으로 식물에 대한 정식 교육을 받았다. 그녀는 친구인 제인 험프리에게 자신이 공부한 것을 열심히 설명했다. "라틴어 말고도 역사와 식물학을 공부하는데 나는 학교가 정말 좋아." 그리고 덧붙였다. "나의 식물들이 아름답게 자라고 있단다."

이 학교는 학생들이 다양한 교육 기회를 갖고 성장할 수 있도록 도와주었다. 학생들은 애머스트 칼리지의 강의에 출석했다. 이곳의 총장이었던 에드워드 히치콕과 그 동료들은 식물학과 지질학을 포함한 자연사의 주제들을 강의했다. 1835년 한 문서에 따르면, "여학생들이 이해할 만한 강의에 수강을 허락했던 사실이 있는데, 어느 해에 실제 그런 사례가 있었고 … 그로 인한 나쁜 결과는 전혀 발견되지 않았다"고 한다.

히치콕 가족은 디킨슨 가족과 같은 사회 계급에 속했다. 이 집안 막내딸인 제인은 비니의 가장 친한 친구였다. 둘은 함께 산책도 하고 쇼핑도 하고 독서 모임과 파티에도 함께 다녔다. 에드워드 주니어 에밀리가 사용한 『낯익은 식물 강의』에서 화관은 "선명한 색상, 섬세한 질감, 달콤한 향기가 가장 돋보이는 꽃의 부분"이라고 정의되어 있다.

는 오스틴의 평생 친구였다. 히치콕 박사는 강연과 교육, 대학 행정에도 참여했지만, 일요일 예배에서는 설교도 했고 책도 썼다.

"내가 아이였을 때, 해마다 꽃이 시들면 북아메리카 꽃에 대한 히치콕의 책을 늘 읽었다"고 디킨슨은 회상했다. "이 책이 꽃의 부재를 위로해주었다. 이들이 살아 있음을 확인할 수 있었으니까." 그녀는 『애틀랜틱 먼슬리The Atlantic Monthly』 1861년 9월 호에 실린 「나의 야외 탐구」라는 제목의 글을 읽으며 유년 시절 추억을 떠올렸을 것이다.

이 에세이에서 글쓴이 토머스 웬트워스 히긴슨Thomas Wentworth Higginson(그에 대해서는 나중에 이야기 하겠다)은 이렇게 주장했다. "아무리 무미건조한 자연사 책이라 해도 진짜로 알고 있는 것을 보여준다면 어느 정도는 유익하다. 히치콕의 보고서에 실린 매사추세츠 식물과 동물의 라틴어 목록을 찬찬히 살피다 보면 일월에도 여름을 발견할 수 있을 것이다." 디킨슨은 에드워드 히치콕의 책에 대한 기억을 떠올리며 이 '일월의 여름'에 반응했다. 식물들의 계절 주기는 — 이들의 성장, 죽음 그리고 소생은 — 디킨슨 시에 종종 등장하는 비유가 되었다.

애머스트 아카데미가 에밀리에게 소개해준 책이 한 권 더 있다. 과학 수업에서 앨마이라 링컨Almira Lincoln의 교재 『낯익은 식물 강의Familiar Lectures on Botany』를 사용했는데, 10년간 9쇄까지 발간된 인기 있는 책이었다. 식물 분석은 여성들을 위한 고상한 직업으로 여겨졌다. 에밀리가 펼쳐보았던 그 작은 갈색 책을 열면 링컨 여사의 서론에 이런 내용이 있다. "식물학 연구는 특히 여성들에게 적합한 듯하다. 연구의 조사 대상들이 아름답고 섬세하다. 조사 연구를 위한 야외 활동은 건강과 활력에 유익하다."

에밀리 디킨슨은 야외의 많은 아름답고 섬세한 꽃들을 연구했다. 그녀는 실생활에서나 시에서 그녀의 식물학을 실천했다. 그녀는 과학적 과정을 이렇게 묘사했다.

내가 숲속에서 꽃 한 송이 땄지 ―
유리잔을 든 한 괴물이
숨결 하나에 담긴 수술들을 계산한다 ―
그렇게 그녀는 '수업' 중이야!
117, 1859에서

돋보기를 이용하여 수술을 셌다. 꽃가루를 지닌 꽃의 이 남성 부분은 새와 벌, 그리고 식물학자를 유인한다. 셈을 마친 꽃은 수업, 즉 교실class로 가져왔을 수도 있고, 당시 사용된 린네 분류 체계classification*의 강class, 綱 속에 들어갔을 수도 있다.

디킨슨은 식물 분류 체계 이상의 식물학 어휘를 알고 있었다. 링컨의 강의록 중 「꽃받침과 꽃잎에 관하여」라는 제목의 글이 있다.

---

*_ 18세기 스웨덴의 성직자이자 식물학자인 칼 폰 린네Carl von Linné의 생물 분류 체계를 가리킨다. 위의 시에서 "그렇게 그녀는 '수업' 중이야"라고 한 것은 시 속 화자가 채집한 꽃을 문자 그대로 수업 혹은 교실로 가져온 것으로 해석할 수도 있고, 채집한 꽃을 식물 분류학에 기초하여 관찰하고 있다고 볼 수도 있겠다.

늦봄

디킨슨의 시에는 두 단어가 모두 등장한다. 꽃송이가 열리고 향기가
발산된다.

> 환한 꽃이 꽃받침을 길게 가르며
> 줄기 위로 치솟는다
> 가장자리에 두른 ― 향신료로 ―
> 방해받던 깃발을 ― 향긋 들어 올린 듯 ―
> 523, 1863에서

꽃받침은 꽃의 바깥 꽃덮개다. 꽃봉오리를 보호하는 겹구조로
되어 있다. 이 때문에 꽃봉오리가 벌어지면 꽃받침이 갈라지고 꽃이
드러난다. 가을에 피고 가장자리가 톱니 모양인 푸른 용담의 꽃잎 또
는 화관에 대해 그녀는 후에 이렇게 노래했다.

> 용담에게는 몹시 목마른 꽃잎이 있어 ―
> 말린 창공 같아
> 그것은 자연의 활력 주스
> 자랑하지 않고 윤기 없어도
> 시복[*] 받았지 ―
> 비처럼 일상적이고
> 유순하고 ―
>
> 다들 가버리고 나면 ― 그것이 오지 ―
> 그렇다고 외톨이 같지는 않아 ―

---

* _ 가톨릭에서 신앙과 선행이 뛰어난 사람이 죽고 나서 복자 서품을 내리는 일.

톱니 모양 용담의 "몹시 목마른 꽃잎." 출처
는 배저 여사의 『자연에서 그리고 채색한 들
꽃들Wildflowers Drawn and Colored from
Nature』.

그것은 연대, 그것은 친구 ─
그것은 톱니 주름의 경력을 채우고
나이 든 일 년을 지원하려고
풍성한 결말 ─

1458, 1877

에밀리는 식물학을 공부하기만 한 것이 아니라 꽃을 채집하
여 눌러서 말린 식물들을 정리한 허버
리움*을 제작하기 시작했다. 허버리움
은 19세기 절충주의**의 한 갈래로 계
몽사상에 자극받은 학문 욕구에서 비
롯된 당시 인기 있는 취미였다. 열네 살
에밀리는 친구 애비어 루트에게 이렇게
편지했다.

제라늄 잎과 꽃의 작은 묶음. 에드
워드 히치콕의 배우자 오라 화이
트 히치콕Orra White Hitchcock
그림.

오늘 밤에 산책하다가 아주 소중
한 들꽃 몇 송이를 가져왔어. 네게
도 좀 주고 싶어. … 이 편지에 작은 제라늄 이파리 하나 넣어 보
내. 날 위해 잘 눌러둬야 해. 허버리움 아직 안 만들었니? 아직이
면 하나 만들기 바라. 네게 근사한 보물이 되어줄 거야. 여자애들
은 거의 모두 하나씩 만들고 있어. 만들면 내가 이거 말고 이 근처

---

* _ 꽃과 식물을 채집하여 압화의 형태로 식물을 눌러 말려서 종이에 붙이고 책으로 제
본하여 보관한 일종의 식물 표본집인 허버리움herbarium은 당시 여성들 사이에서 유행
했던 개인 소장 압화 앨범이다.
** _ 절충주의eclecticism는 여러 사상의 서로 다른 체계들의 문제와 쟁점을 반박하거나
주장하지 않으며, 결합하거나 혼합하려 하지도 않고, 절충하고 조화시켜 학설을 만들
어가는 사상이나 경향을 말한다.

에서 자라는 꽃들을 좀 보내줄게.

그녀는 이렇게 식물을 보관하는 방법을 식물학 수업에서 배웠
다. "깔끔하게 정리된 허버리움은 아름답다." 『낯익은 식물 강의』에
서 링컨은 기록한다. "그리고 매우 유용하게 쓰일 수 있다. 아울러 식
물의 특징을 마음에 새기는 기능도 있다." 링컨에게 허버리움은 여성
적 예술인 동시에 과학적 노력이었던 것이다.

66쪽에 달하는 디킨슨의 허버리움은 꽃문양으로 엠보싱된 초
록 천 커버에 가죽으로 묶여 있다. 디킨슨은 400여 식물들의 꽃을 채
집했는데 종종 줄기와 잎도 함께 모았다. 그다음에 큰 책의 페이지나
종이 사이에 넣고 눌러 말렸다.

디킨슨이 글로 남겼듯 꽃 말리기와 시 포착하기는 지체 없이
실행해야 한다.

손가락마다 보석을 걸치고 —
잠자리에 들었다 —
낮은 따뜻했고, 바람은 산문스러웠다 —
"간직해야지" 내가 말했다

일어나 — 나의 정직한 손가락들을 꾸짖었다.
보석들이 없어졌다 —
그리고 지금, 자수정 기념품 하나
그게 내가 가진 전부 —

261, 1861

표본이 다 마르면 이것을 앨범 페이지에 놓는다. 각각의 표본

은 접착용 종이 띠에 붙여 조심스럽게 앉히고 가장 잘 쓴 펜글씨로 라벨을 붙인다.

레이아웃이 사랑스럽다. 에밀리는 하나의 큰 표본을 작은 것들 몇 개와 함께 여러 쪽에 걸쳐 배치했다. 배열이 기발할 때도 있어서 데이지 두 송이가 마치 문장을 지지하듯 페이지 하단에 X자 모양으로 있었다. 아주 힘찬 것들도 있었는데, 땅두릅 세 줄기를 부채 모양으로 펴서 노루귀의 세 갈래 잎 위에 올리기도 했다. 마치 공간이 부족해질까 걱정하듯 앨범 뒤로 갈수록 한 쪽에 삽입한 표본이 더 많았다. 앨범의 모든 면을 다 사용했다. 계속 표본을 모았기 때문에 공간만 보이면 그 안에 맞춰 넣어야 했다.

그녀는 매우 폭넓게 채집했다. 장식용 식물 외에도 사과, 커런트, 딸기 같은 열매의 꽃과 감자, 토마토, 오이 등의 채소 꽃, 마로니에, 단풍나무, 산딸기나무 등의 나무 꽃이 포함되어 있다. 그녀는 자연계 전체를 샅샅이 훑은 덕분에 해조류 2종도 구했다. 하나는 민물에서 난 것이고 다른 하나는 바다 해조류였다.

페이지를 조합하면서 에밀리는 상이한 방식들을 실험하며 다양하게 배열했다. 페이지마다 여러 속屬이 섞여 있다. 때때로 한 쪽에는 제비꽃 종류를, 다른 쪽에는 수선화 종류를 두는 식으로 분류하여 모아두어, 혹

허버리움 여덟 번째 쪽에서 세 가지 들꽃—늪초롱, 팥꽃나무, 그리고 바위장미—을 모았고 정원과 초원에서 자라는 옥스아이데이지oxeye daisy 한 송이를 추가했다.

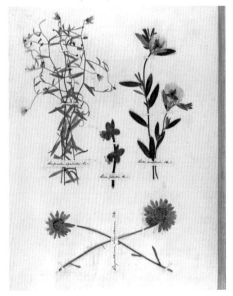

이 표본에 대해 디킨슨은 옥스아이데이지의 식물 학명 chrysanthemum leucanthemum과 암술과 수술의 개수 '17-2'를 써 넣었다.

시 이 꽃들이 그녀가 좋아하는 것들이 아닐까 궁금해진다. 계절은 혼 재한다. 로벨리아와 얼레지는 몇 달 간격으로 꽃이 피지만 한 쪽 위에 피어 있다. 정원에서 수집한 꽃과 들판에서 가져온 꽃을 섞어 배열하 기도 했다.

다킨슨의 정원을 수사 중인 탐정에게는 허버리움에 단서들이 빼곡할 것이다. 본선에 진출한 정원의 꽃들은 그녀가 어떤 꽃을 키웠 는지 혹은 적어도 무엇을 알고 있었는지에 대한 확고한 증거다. 양귀 비를 언급한 시가 있는데, 허버리움에는 캘리포니아양귀비와 개양귀 비가 모두 있다. 또한 "라일락은 오랜 고대 관목"이라고 한 시도 있다. 허버리움에는 늦게 피는 페르시아라일락과 라일락의 표본이 있다. 그 녀는 백일초, 금어초, 한련, 분꽃 등 자신의 정원 화단에 있는 여러해 살이의 시각적 리스트를 우리에게 남겨주었다.

자그마한 라벨 위에 에밀리는 고유한 식물학 명명법에 따라 식 물의 이름을 잉크로 썼다. 속명 다음에 종명 혹은 특정 별칭을 쓰면 서 100년 앞서 스웨덴의 자연주의자 칼 폰 린네Carl von Linné(카롤루스

리나에우스Carolus Linnaeus)가 고안한 체계를 따랐다. 식물학 강의에서 배운 대로 꽃의 암술과 수술의 수를 세어 꽃 이름 밑에 숫자를 적고 식물의 강과 목을 나타냈다.

링컨 여사가 제안한 허버리움 제작 방식은 시골 마을 여자아이들의 즐거움이자 식물학 야외 학습이었다. "여러분은 꽃의 보금자리에서 꽃을 봄으로써 과학에서 더 많은 즐거움을 경험할 것이다. 건조한 과수원 나무들, 작은 시내 가장자리, 초원, 목초지, 심지어 길가에서도 여러분은 식물학적 관찰 주제들을 꾸준히 만나게 될 것이다." 식물학자들은 이를 현장 연구라 부른다. 애머스트의 주변 환경이 에밀리와 학교 친구들에게 바친 풍성한 공물 덕분에 이들의 식물학적 관심은 드높았다.

"내가 속한 기쁨의 모임이 몇 개 있어. 우리는 한참 수다를 떨면서 아름다운 봄의 아이들을 많이 발견했단다. 내가 알려줄게. 네가 찾은 것도 있으면 알려줘." 애비어 루트에게 이야기했다. "트레일링 아르부투스, 살무사혀, 노랑제비꽃, 노루귀, 혈근초, 그리고 다른 작은 꽃들도 다 있어."

허버리움 표본들을 배열할 때처럼 디킨슨은 시에서도 가끔 들에서 핀 꽃과 집에서 키운 꽃을 섞었다.

쉿! 에피게아가 깰라!
크로커스는 뚜껑을 흔들고 ―
로도라의 뺨은 짙붉으니 ―
그녀는 숲을 꿈꾸고 있구나!

그리고 이들의 숭배로부터 돌아와 ―
잠자리에 들 시간이라고 그녀는 말했다 ―

에밀리 디킨슨이 선정한
봄 들꽃

트레일링 아르부투스 Trailing arbutus, *Epigaea repens*

디킨슨의 "봄의 아이들" 중에는 아르부투스가 있다. 타원형의 잎이 삼림 지대 바닥 둔덕을 뚫고 밀치며 올라온다. 분홍과 흰 꽃송이들이 사월부터 오월까지 피기 때문에 흔히 메이플라워라는 이름으로 불렸다. 소문에 따르면 지금은 매사추세츠주의 꽃인 메이플라워는 필그림*들이 자신들이 타고 온 배 이름을 따라 이름을 붙인 것이라고도 한다. 성인이 된 디킨슨은 메이플라워를 이용하여 봄의 각성을 정확히 짚었다. 첫 꽃송이를 찾았다는 것은 대사건이었다. 한 친구가 아르부투스를 보냈는데 그녀는 이 꽃을 "장밋빛 허세"라 불렀다. 다른 해 봄 그녀는 이렇게 기록했다. "진창이 매우 깊어. 마차가 배까지 빠졌다. 분홍 옷을 만드는 아르부투스와 모든 것들이 살아 있었다." 어떤 시에서는 이 꽃의 이름을 밝히지 않고 그 등장을 묘사하기도 했다.

분홍 — 그리고 — 작은 것들 때맞춰 —

향긋 — 나지막이 —

사월에 숨어 있더니 —

오월에 — 서슴없다 —

이끼에게 소중하고 —

---

*_ 필그림 파더스the Pilgrim Fathers라고 불렸던, 1620년 메이플라워호를 타고 미국으로 간 영국 청교도들이다.

작은 산이 알고 있고 ―

로빈 새 옆에서

사람들 저마다의 마음속에서 ―

당신으로 장식된 ―

작지만 대단한 아름다움에 ―

자연이 저버린 ―

고풍 ―

1357, 1875

"분홍 옷"을 걸친 트레일링 아르부투스. 클래리사 먼저 배저 그림.

살무사혀 Adder's tongue, *Erythronium americanum*

살무사혀는 백합 모양의 노란 꽃이 핀다. 꽃잎은 나선형으로 말려 있고 길고 튀어나온 수술에서 파충류 같은 별명을 짐작할 수 있다. 송어백합이라고도 하는데 점박이 이파리들의 색상이 민물송어와 유사하기 때문이다. 살무사혀는 그늘진 삼림 지역에서 서식하며 날씨에 따라 삼월에서 오월까지 꽃이 핀다. 오월 어느 날 디킨슨은 친구에게 살무사혀 선물을 동봉하여 시 한 편을 보냈다.

"얼룩무늬 끈질긴 요구"를 펼친 송어백합. 헬렌 샤프 그림 중에서.

얼룩무늬 끈질긴 요구

폄하하거나 일축하니 ―

예의의 오욕들은

지복에 다 부질없으니 ―

1677, 1885

디킨슨의 시는 꽃의 시를 포함해 종종 사

전을 찾으며 읽어야 한다. 지속적이라는 의미에서 "끈질긴 요구"라 했을 것이다. 오월은 백합의 계절이라기에는 이르다. 재배하는 백합 알뿌리류는 모두 여름에 개화한다. "오욕"이란 욕설 같은 언어폭력으로, 최고의 행복이 무례를 물리침을 시인은 암시한 듯하다. 아마도 디킨슨의 화훼 상식이 시대에 뒤처졌거나 아니면 보낸 이와 받은 이만이 알고 있는 숨은 뜻이 있었을지 모른다.

디킨슨은 봄에 꽃이 피는 헤파티카와 1년 내내 꽃이 피는 다른 들꽃들을 함께 배열했다. 도입 품종인 우단담배풀은 여름에 꽃이 피고, 자생종인 야생 사르사는 초가을에 꽃이 핀다.

헤파티카 Hepatica, *Anemone americana*

에밀리가 숲 산책로에서 수집한 식물 중에 헤파티카도 있다. 미나리아재빗과에 속하는 헤파티카종은 대서양 양안에서 자라며 오랫동안 의료용으로 사용되었다. 미국 원주민들은 소화와 이뇨 작용에서 부인과 질환에 이르는 치료용 식물 탕재로 사용했다. 갈래 잎에서 간의 모양을 떠올린 치료사들은 유럽 의학 형성기에 인체 기관을 닮은 식물들이 그 부위 치료에 유용하다는 학설을 증명하려 했던 것 같다. 매혹적인 하얀 꽃은 애머스트 주변 숲속에서 맨 먼저 피는 꽃에 속한다.

혈근초 Bloodroot, *Sanguinaria canadensis*

헤파티카처럼 혈근초도 약용으로도 쓰이는 매혹적인 들꽃이다. 뿌리가 밝은 빨강색이다 보니 혈근초가 혈색 도는 것과 연관된다는 사실은 그리 놀랍지 않다. 핏빛이기 때문이다. 실제로도 혈근초는 치유의 목적으로 사용되었다. 그리고 아직까지도 동종요법 약품 목록에 있다. 다른 식물 서적에서는 다소 끔찍한 여러 질환을 언급했지만, 디킨슨은 이 작은 산간 식물에 대해 대단한 주장을 내놓았다. "뿌리는 인플루엔자, 백일해, 전염병 말기에 매우 효과가 있고, 설사와 구토를 치료하고 … 흥분제"라고 기록

했다. 디킨슨이 이 식물을 약으로 사용했
는지는 알 수 없다. 에밀리 디킨슨은 헤파
티카와 혈근초를 발견했을 때, 치료보다는
이 식물들의 미학적 성격을 음미했다.

야생 혈근초가 홈스테드 정원 꽃밭에서 건
강하게 자라고 있다.

호박벌이 이들을 깨울 즈음
사월 숲은 온통 붉다
85, 1869에서

토종 진달래인 로도라는 디킨슨
의 시적 장면을 주도한다. 숲속 로도라는
정원의 크로커스, 들꽃 아르부투스와 나
란히 피는 곳으로 이식된 듯하다. 로도라
는 여전히 숲을 동경한다. 랠프 월도 에
머슨Ralph Waldo Emerson도 이 식물에서 영
감을 받아 1834년 「'로도라, 그 꽃은 어
디 있는가'라는 질문에 부쳐The Rhodora,
On Being Asked, Whence is the Flower」를 쓰기
도 했다.

"숲을 꿈꾸고 있"는 로도라, 오라 화이트 히치콕.

허버리움을 통해 우리는 에밀리
를 따라 그녀의 소풍에 함께할 것이다. 허
버리움은 그녀가 우연히 찾은 서식지들
의 힌트를 속삭인다. 숲속 산책로뿐만 아니라 습지와 진창도 있다. 수
련, 눈동의나물, 쇠귀나물, 속새 모두 비슷하게 발이 젖는다. 여러분도
에밀리와 함께 초원에서 양박주가리와 미역취를 채집하려면 키가 큰
풀 사이를 헤치고 다녀야 할 것이다. 숲 입관 가장자리에서 빼꼼히 나
와 개간지를 엿보며 주변 소식을 알려주는 엽서 같은 식물도 있다. 산
월계수와 엘더베리는 비옥한 토양과 약간 그늘진 곳에 무성하며 삼림
수목들의 하층 식생을 이룬다.

에밀리의 사촌들도 에밀리의 식물 채집 취미를 공유했다. 비니
에게는 야유회를 떠날 기회였다. "보딘은 지난주 아르부투스를 보러

메리의 프랜치 앤드 라이먼에 갔고 E. 파울러와 나를 데리고 펠햄 스프링스로 갔다. 아르부투스가 엄청 많았다." 수집한 식물들은 에밀리의 허버리움뿐만 아니라 그녀의 금융 유머에도 풍부한 소재가 되었다. "사과나무는 비니에게 꽃송이를 대출해줬어. 비니는 다시 내게 대출해주고 아무도 필요하지 않을 때 나는 무이자로 이들의 장밋빛 은행에 지불하지. 또 숲은 오스틴에게 연령초를 대출해줘. 그러면 똑같은 방식으로 공유하지."

에밀리는 자주 혼자 탐험에 나섰다. "오랫동안 말로만 듣던 야생 난을 어렸을 때 하나 발견한 적이 있었다. 처음 줄기를 잡았을 때 느낌이 그것이 자라던 늪지만큼 지금도 생생하다"고 그녀는 회상했다. 야생 난은 강인한 지생란으로 나무가 아닌 땅에서 자란다. 뉴잉글랜드산 야생 난은 늦은 봄 꽃이 피며 초여름까지 계속된다. 오늘날 우리는 이들을 플라탄테라(톱니 테란)라고 부르지만 요즘에는 이들이 있던 이탄泥炭 습지에서는 잘 보이지 않고 멸종 위기 식물 목록에서나 볼 수 있다. 30센티미터 가까운 키로 불쑥 습지에서 싹이 튼다. 이 식물은 허버리움과 시 모두에 등장한다.

박람회에서 온 — 어떤 무지개인가!
세계적인 캐시미어인가 —
분명 나는 보리라!
아니면 깃털을 나란히 하고 — 평원을
배회하다 사라지는
공작새의 보라 행렬인가!

꿈꾸던 나비들이 분발하고
기운 못 차리던 연못들이 일렁이며

작년에 끊어버린 곡조를 다시 읊는다!
태양 위 어느 요새에서 온
남작 벌들이 ─ 나란히 ─ 행진하니 ─
웅웅대며 모여든 소대!

어제 쌓였던 눈송이들처럼
오늘 빼곡히 무리 지은 로빈 새들 ─
울타리 ─ 지붕 ─ 그리고 잔가지에도!
난초들이 깃털을 오므리는 것은
옛 연인을 위함이지 ─ 태양을 걸쳐라!
습지를 다시 방문하리라!

사령관 없다! 무수히 많다! 정지!
숲과 언덕의 군대가
찬연하고 초연하구나!
보라, 이들은 누구의 무리인가?
터번을 쓴 어느 대양의 자녀들인가 ─
아니면 어느 체르케스* 땅의 자녀들인가?

162, 1860

나 홀로 들꽃 산책에 대한 디킨슨의 편애를 식구들이 눈치채
지 못하고 지나쳤을 리 없다. 디킨슨의 한 편지에서 소소한 100가지
경우에 조심하라는 어머니의 목소리와 오빠의 놀림도 들린다.

---

*_ 체르케스Cherkess인은 러시아 북캅카스 지역에 살던 민족으로, 1817~1864년 러시
아 제국이 이 지역을 정복하면서 소수 민족으로 남거나, 터키, 요르단, 시리아, 이라크, 이
란, 세르비아, 이집트, 팔레스타인 등에 흩어져 살고 있다.

늦봄

뱀한테 물릴 거라는 둥 꺾은 꽃이 독초라는 둥 도깨비한테 잡혀갈 거라는 둥 하는 말을 들었지만, 여자아이에게 숲은 굉장한 곳이었어요. 자주 갔지만 아무도 안 나타났죠. 대신 천사들을 만났어요. 나도 그들 앞에서 수줍어했지만, 그들이 훨씬 더 수줍어했어요. 그래서 나는 많은 이들이 하듯 사기칠 자신이 없었어요.

"깃털을 오므린" 주름 있는 야생 난. 클라리사 먼저 배저의 그림에서 보인다.

에밀리의 아버지는 다른 방식으로 딸의 나 홀로 배회 문제를 해결하려 했다. 그는 에밀리에게 정말 큰 개를 사줬다. 에밀리는 개에게 자신이 좋아하던 『독신남의 꿈Reveries of a Bachelor』에 등장하는 개 이름을 따서 카를로라는 이름을 주고 자신의 "털북숭이 동맹"이라 불렀다. 처음 편지 보낸 이에게 동행을 묘사할 때에는 이렇게 나열했다. "언덕들 — 높으신 분과 해 질 녘 — 그리고 개 한 마리 — 아버지께서 사주셨는데 크기가 나만 해요 — 이들이 사람보다 나아요. 알면서도 말하지 않거든요."

들꽃 산책길에 데려가기에는 개만 한 이가 없다. "카를로와 너하고 내가 함께 초원에서 한 시간 이상 못 걷는다 해도 보보링크 새 말고는 아무도 신경을 안 써." 잘 훈련된 개는 유능한 정원 감독이기도 하다. 정원사가 땅을 파며 수고하는 동안 개는 태양에 흠뻑 젖어 풀밭에 누워 있을 것이다. 정원을 나는 벌새의 붕붕 소리에도 귀 기울일 것이다.

내 정원에서 새 한 마리
외바퀴 타고 있을 때 —
바퀴살들 졸린 음악을 연주하니
마치 이동식 제분소 같구나 —

절대 멈출 줄 모르는 그는
다만 만개한 장미 위에 살포시 —
그대로 앉은 채 먹고 마시며
찬양하며 계속 여행하며

온갖 향신료를 다 맛본다 —
그때 그의 요정 마차가
저 아득한 공중에서 덜컹이며 움직이면 —
나는 다시 나의 개와 동행한다

그와 나로 인해 우리는 혼란스럽고
만일 우리가 맞는다면
아니 머릿속에 정원을 품는다면 —
하는 그런 호기심 —

하지만 그는 최고의 논리학자
나의 침침하고 — 서툰 눈에게
그저 떨리는 꽃송이들에 대해 말한다!
절묘한 대답이다!

늦봄

"나는 뭐든 카를로와 얘기해." 디킨슨이 한 친구에게 보낸 편지다. "그러면 그의 눈이 점점 의미를 띠지. 그의 털북숭이 발이 점점 속도를 늦추면서 말이야." 분명 카를로는 커다랗고 덥수룩한 발로 정원에 구멍을 파는 버릇은 없었나 보다. 만일 그랬다면 디킨슨이 언급하지 않은 것일 테다.

카를로가 뉴펀들랜드종이라는 이들도 있고 세인트버나드라는 이들도 있다. 어떤 품종이었든 카를로는 몸집이 어마어마했다. 에밀리는 카를로의 큰 몸집이 좋았다. "비니와 나는 아주 잘 지내." 에밀리는 뉴욕주에 사는 친척을 방문하고 있던 올케에게 편지했다. "카를로도 잘 있어. 새로운 행동으로 사람과 동물을 겁주고 있어." 정원 안에서든 밖에서든 그는 좋은 개였다. 하지만 비니가 좋아하는 개는 아니었다. "카를로는 일관성이 있어. 외출하면 먹을 거나 마실 걸 달라고 한 적이 없어. 엄마는 카를로가 모범적인 개라고 생각해. 비니가 카를로를 '구박'하지 않았으면 좋겠다고 하셔." 비니는 고양이를 더 좋아했다.

카를로는 장수했고 16년간 디킨슨의 꾸준한 친구가 되어주었다. 애머스트의 한 여성은 이렇게 기억했다.

어릴 적 그녀는 디킨슨 양과 함께 산책한 적이 있었는데, 커다란 개가 이들 옆을 충직하게 따라왔다. '그레이시' 디킨슨 양이 갑자기 이 어린 친구에게 말했다. "있잖아, 내가 천국에 가면 가장 먼저 나를 반겨줄 이가 이 소중하고 믿음직스러운 늙은 친구 카를로라고 나는 믿고 있어."

그가 죽었을 때, 디킨슨은 한 친구에게 이렇게 편지했다. "카를로가 죽었어요. 지금 내게 가르침을 줄 수 있나요?" 그가 떠나고 난 후 그녀는 소풍을 중단했다. "나는 이제 탐험을 하지 않아요. 나의 말 없는 동맹, '무한의 아름다움'이라 당신이 말했던 이가 너무 가까이 와 있어서 찾을 수가 없거든요."

에밀리 디킨슨 정원의 늦봄

"잔디밭은 남쪽의 기운이 가득하고 향기들이 엉켜 있다. 오늘 처음으로 나무 속에서 강이 들렸다."

애머스트의 봄은 조증이다. 시각과 후각이 모두 고조되어 있다. 디킨슨은 봄을 범람이라 했다. 밝은 새잎들이 바람을 집어 올리고 물소리를 흉내 내며 밀려왔다 물러간다. 태양은 꽃눈을 달구어 꽃봉오리가 열리게 하고 그 향기를 밖으로 끄집어낸다. "오늘은 매우 아름다워." 에밀리가 오스틴에게 편지한 적이 있다. "그냥 밝고 그냥 파랗고 그냥 녹색이고 그냥 하얗고 그냥 새빨갛고 그래. 그렇게 벚나무마다 꽃송이가 가득하지. 복숭아꽃은 반쯤 폈고, 풀들은 그냥 찰랑이고, 하늘, 언덕, 구름, 모두 하려고만 하면 뭐든 할 수 있어."

애머스트의 들판과 마당에는 과일나무들이 가득하다. 과일 재배는 신사 농부들 사이에서는 흔한 일이었고, 에드워드 디킨슨의 서재는 최고의 결실을 보는 방법에 관한 도서들을 소장하고 있었다. 에드워드는 장래의 부인에게 이렇게 썼다. "우리가 이미 결혼을 해서 오늘 저녁을 함께 보냈다면 더없이 유쾌한 시간이었겠지요. 우리 복숭아나무들 가운데 하나가 꽃을 피웠답니다. … 이렇게 유쾌한 저녁 달

"꽃송이 가득한" 과일나무들은 애머
스트의 봄 모습이었다. 클래리사 먼저
배저의 그림.

빛이 나는 늘 즐겁습니다." 초상화 속 아버지는 근엄해 보이지만, 이렇게 달빛에 잠겨 한 가닥 로맨스를 드러내기도 했다. 꽃이 만발한 과수원은 분명 환히 빛났을 것이다.

에밀리의 조카 마티는 홈스테드 사유지에 있는 과일나무들을 이렇게 회상했다. "큰 벚나무 세 그루가 한 줄로 있어서 집 동편 판석 산책로와 경계를 이루고 정원으로 내려가는 길에 늘어선 자두나무와 배나무가 봄에는 아주 하얗고 마치 화관 같았다." 집에서 한참 내려가 양지바른 비탈 위로 이 집안의 가부장 새뮤얼 파울러 디킨슨이 시작한 사과 농원이 있다.

그때나 지금이나 과수원은 일광 노출과 효율을 최대화하도록 설계되어야 한다. 정사각형의 모서리에 나무를 심거나 오각점이라 알려진 오각형 패턴이다. (주사위에서 점이 다섯 개 있는 면이 오각점이다.) 대칭은 기본 원칙이다. 디킨슨의 과수원 아래로는 마치 이 형식성에 침해받지 않겠다는 듯, 불쑥 자란 풀들이 제비꽃이나 버터컵 같은 들꽃들과 얽혀 있었다.

늦은 봄, 부활절 후 일곱 번째 일요일로 흔히 오순절이라 알려진 성령강림절이면 과수원은 디킨슨을 위해 꽃이 만발한다. 그녀는 '성령강림절'을 준수한다고 했다. 공교롭게도 이때가 과일나무들의 개화기와 일치하기 때문이다. 그녀가 자라서 스스로 선택할 수 있게 되었을 때, 그녀는 애머스트 칼리지 건너편에 기둥이 세워진 회중교회*에서 열리는 예배에 나가지 않았다. 그녀는 본인이 말한 대로 비국

---

*_ 회중교회congregational church는 장로교나 침례교와 함께 종교적 순결함purity과 복음 중심 교회를 추구하던 청교도들이자 지금의 성공회인 영국 국교회를 반대한 비국교도들의 공동체였다. 비국교도에 대한 영국 국교회의 종교적 탄압으로부터 자신의 신앙을 지키기 위해 신대륙으로 이주해 지금의 매사추세츠주 동부 해안에 정착했던 청교도들의 교회(주로 장로교회)가 주장했던, 1640년대 존 코튼John Cotton이 영국에서 교회의 개혁을 위해 정립한 '새로운 영국의 방식New England Way'을 받아들이면서 뉴잉글랜드 기독교 공동체들이 회중교회주의의 성격을 갖게 되었다.

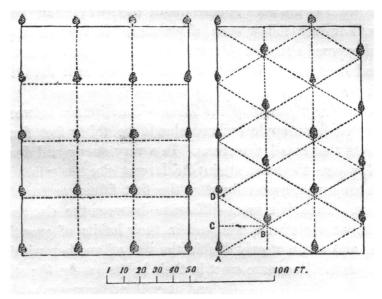

디킨슨 과수원은 기하학적 패턴으로 설계되었을 것이다.

교도였다. 그녀는 정원에서 자신의 의례를 집전했다.

> 어떤 이들은 안식일을 지키려 교회에 가는데
> 나도 지켜, 집에 있어도 —
> 보보링크 새 한 마리가 성가대 하고 —
> 과수원 하나 돔 천장 하고 —
>
> 어떤 이들은 흰옷을 입고 안식일을 지키는데 —
> 나는 그냥 내 날개를 입어 —
> 교회는 종을 울리지만, 대신 —
> 우리 작은 불목하니 딱정벌레 — 노래하지.

설교는 '신'께서 하지, 저명한 성직자잖아 —
그리고 설교는 절대 길지 않아서,
천국에 가지 않는 대신 결국에는 —
나는 갈 거야, 쭉!

236, 1861

수컷 보보링크 새에게는 성직자의 색상이 있다. 검정 깃털에 노란 목덜미, 흰 어깨는 성가대석이나 설교단에 오를 준비를 마친 듯 보인다. 디킨슨의 시들이 출판되었던 1890년대. 어느 보스턴 신문의 서평은 "칼뱅주의는 울퉁불퉁한 나무지만 그 고갱이는 영원한 의로움이 만들어낸 듯 흠이 없다. 자유사상이라는 최근의 선물이 아주 훌륭하고 좋은 올리브를 품는다. 너무나 경이로운 디킨슨 양의 언어들에 깃든 진정한 존경은 이렇게 설명해야 할 것 같다"고 했다.*

늦은 봄 정원 활동이 폭증한다. 한 해를 준비해야 할 때다. 오스틴에게 보내는 편지에서 아버지는 할 일을 열거했다. "목재 더미들이 쌓였고, 마당은 청소를 마쳤고 — 포도 넝쿨과 나무 가지치기도 마쳤고 — 정원도 꾸미고 이것저것 다 심었다. 거름도 주고 공터에 감자도 심고, 초지는 흙을 풀어주고 풀이 더 잘 자랄 수 있도록 끌어놓았다. 봄 일들이 다 끝나간다." 겨울 지난 해빙에 땅이 기지개를 켜고 자리를 잡았다. "씨앗들은 종이에 싸서 보관했다." 이 씨앗들은 작년 정원에서 모으기도 하고 친구들에게서 받기도 하고 상점이나 카탈로그

---

*_ 칼뱅주의는 개신교의 신학적 근간이라고 할 수 있다. 디킨슨이 살던 19세기 미국 뉴잉글랜드 지역은 미 대륙에 식민지가 건설되기 시작했던 17세기부터 청교도로 대표되는 영국 비국교도들이 이주하여 세운 종교 공동체다. 이후 자유주의와 산업화에 따른 물질주의, 초월주의 철학의 영향으로 종교적 엄숙함과 엄격한 신앙생활은 많이 해체되었지만, 문학 작품과 건축, 예술, 일상생활 속에 기독교적 성격은 여전히 강했다. 디킨슨 시에서 종교적 태도가 강하게 보이는 것도 이러한 뉴잉글랜드 지역의 분위기와 밀접하게 연관되어 있다.

프림로즈가 홈스테드 봄 정원 가장자리에 피었다.

주문으로 구매한 것들이다. 이제 씨 뿌릴 때가 되었다.

　에밀리는 무릎을 꿇고 조심스레 씨앗을 뿌리고, 준비한 흙으로 덮는다. 그리고 글쓰기로 이 활동에 영생을 부여했다. "오월에 나는 나의 장관을 파종한다. 이들은 나란히 줄을 지어 올라온다." 그녀가 종잇조각에 쓴 글이다. 그리고 아래의 시가 거미 다리 같은 손 글씨로 이어진다.

　　그렇게 언덕들은 화사해졌으니 ―
　　그대 나의 작은 삽이여
　　구석은 데이지를 위해 남겨두자
　　매발톱꽃을 위해서도 ―
　　30, 1858에서

토종 매발톱꽃이 정원과 숲의 틈을 채우고 있다.

시에서 삽은 흙일을 하고 있다. 흙을 북돋아 모종밭의 배수가 잘되도록 한다. 패턴에 꼭 맞춘 양탄자형 묘상이 당시에는 유행이었지만, 헐거운 "구석"에 모종하면 천연의 효과를 얻을 수 있다.

이런 씨앗들은 이 "구석"에 바로 뿌리고 준비한 흙을 덮어두면 된다. 하지만 어떤 씨앗들은 온실에서 시작하여 여름까지 잘 보살펴야 한다. 그녀는 어느 날 이 과정을 기록했다. "비니와 수가 온실을 만들고 있지만 ― 로빈 새들이 저리 망쳐놓으니 ― 제대로 완성하지 못하고 있다." 차가운 틀과 달리 온상 자체는 따뜻하다. 거름을 썩히는 동력으로 씨와 묘목이 발아하고 성장할 따뜻한 공간을 제공한다. 에밀리 디킨슨의 동생과 올케는 온상을 준비해서 식물을 심으려 했다.

정원사에게 비는 휴식의 신호다. 조용하고 차분한 날이다. "새들이 없으니 오늘은 쓸쓸하다." 비에 젖은 오월 어느 날 에밀리는 이

늦봄

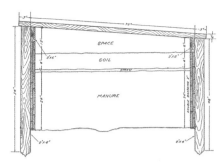

(위) 디킨슨 자매에게 온상은 여름을 위해 제일 먼저 준비해야 할 것이었다.
(아래) 디킨슨 박물관에 있는 빨간 담요와 구식 외바퀴 수레. 그 앞에는 최근에 에버그린스에서 발견된 테라코타 화분 진품이 있다.

렇게 썼다. "저 작은 시인들은 우산이 없는데, 비는 사납게 내린다." 태양이 나오면 정신없이 바쁠 것이다. 땅이 축축할 때 에밀리는 빨간 담요를 깔고 무릎을 꿇고 앉아 정원에 세심한 주의를 아끼지 않았다. 비니도 같이 있었는데, 오빠에게 이렇게 편지했다. "지금 더욱더 서둘러야겠어. 집과 마당을 개선할 수 있는 아주 많은 계획들이 마구 떠오르고 있거든."

늦봄은 백합처럼 여름에 개화하는 보다 섬세한 알뿌리류를 심을 시기다. 디킨슨이 이렇게 질문한 적이 있다. "여기 없는 친구는 땅속에 있는 알뿌리만큼이나 신비롭지 않아? 알뿌리류는 가장 매혹적인 꽃의 형태야." 알뿌리류와 덩이줄기 종류를 배열해보면 백합 알뿌리는 아티초크처럼 생겼고 달리아 덩이줄기는 정말 감자처럼 생겼다.

오월 어느 날 친구 코넬리아 스위처가 알뿌리 몇 개를 보내자 에밀리가 답장했다. "친구들이 모른 척해주고 있지만 내가 알뿌리에 미친 지 한참 됐잖니." 그녀는 알뿌리가 안전하게 도착했고 싶고 나서 "이들이 땅속 집에서 쉬고 있다"고 알려주었다.

정원사 디킨슨이 알뿌리를 심을 때 잡초들도 스스로 씨를 뿌린다. 잡초 자신이 아니면 누가 심겠는가? 지금처럼 그때에도 민들레는 잔디밭이나 정원이나 어디든 튀어나온다. 이들의 톱니 모양 이파리들이 민들레에게 민들레(dandelion)란 이름을 뿌렸다. 프랑스인이라면 이 이름에서 사자의 이빨을 떠올릴 것이다.* 정원 안으로 깊숙이 들어온 곧은 뿌리의 범죄를 적절히 처벌하듯이 민들레는 요리해서 먹는다. 어린 이파리로 향이 강한 샐러드나 채소 찜을 만든다.

이런 백합 알뿌리라면 미치지 않을 수 없다.

　　민들레의 이미지를 포착할 때 작가 디킨슨이 취한 감각은 달랐다. 여러 시에서 그녀는 관모 씨앗을 '방패' 혹은 '밀리너리'**라 불렀다. 한 편지에서 그녀는 민들레를 압화하여 리본으로 묶어 시와 함께 동봉했다. 민들레는 봄을 맞는 축시이자 열광적인 찬가다.

민들레의 가녀린 대롱에
풀들이 놀라고 ―
겨울은 바로
무한의 탄식이 된다 ―
대롱은 꽃눈의 신호를 들어 올리니
그다음에는 꽃의 함성 ―
태양이 선포하니
이제 그만 묻혀 있으라 ―

---

*_ 민들레의 영어 이름 dandelion은 사자의 이빨을 뜻하는 프랑스어 단어 dent de lion이 오기되어 영어로 정착되었다.
**_ 밀리너리millinery는 여성용 모자를 총칭한다.

　　　　　　　　　　　　　　　　　　　　　　늦봄

1565, 1882

오월의 첫날인 메이데이에 디킨슨
형제들은 정원에서 꽃을 모아 오월의 바
구니에 넣어둔다. 작은 용기들은 리본 손
잡이로 문에 걸어두었다. 오스틴은 구애
하는 동안 기회가 있을 때마다 하나씩
남겨 연인에게 보냈다고 한다. 람프로캅
노스도 봄 정원에서 자란다.* 물망초 역
시 거기에서 꽃이 핀다. 디킨슨은 파랗고
노란 이 작은 꽃송이 몇몇을 동봉하여 이
런 조언의 편지를 보냈다. "다른 이들을   민들레의 가녀린 대롱.
사랑하는 네게 이 작은 해독제를 보내.
너 스스로에게 반했다고 느낄 때마다 이 꽃의 질책을 명심하렴."

때로 디킨슨은 디킨스 소설의 수전노처럼 봄 정원을 장부에
기록했다. 하지만 우리가 보았듯 그녀는 배당금 분배에 아주 너그러
웠다.

그러니 내게는 프림로즈 '은행'의 '배당금'이 있어 —

수선화의 지참금 — 향신료 강한 '주식' —

이슬만큼 넓은 — 영토 —

더블룬** 금화 자루를 — 모험을 즐기는 벌들이

창공의 대양에서 내게 가져다줬지 —

---

*_ 양귀비 일종인 람프로캅노스 *Lamprocapnos* 는 흔히 유혈 심장bleeding heart이라고
불린다.
**_ 더블룬doubloons는 스페인의 옛 금화다.

71

프림로즈 '은행'의 '배당금' 중 하나.
오라 화이트 히치콕 그림.

페루에서는 퍼플을 ―
266, 1861에서

은행에서는 해마다 몇 배로 불어난다. 시대로라면 꽃이 만발할수록 정원은 부유해진다.
정원은 향기가 무성하다. 그녀가 계곡백합이라 불렀던 카펫을 펼친 은방울꽃은 향기가 강하다. 집안의 여자들은 은방울꽃을 채집하여 집에 가져오거나 가족 묘지를 장식한다. 정원의 라일락은 원추꽃차례로 무리 지어 개화하며 향이 아주 짙다. 디킨슨은 라일락을 기만적이라 묘사했고, "빈둥거림과 봄"이 연상된다고 했다. 라일락은 장수한다.

라일락은 오랜 관목이다
하지만 그보다 더 오래된 것이
오늘 밤 언덕 위
창공의 라일락 ―
태양은 자신의 여정을 따라 침잠하고
이 마지막 식물을 명상에게 ―
유증하고 ― 만지지 않으려는
이 서양의 꽃

서쪽은 화관
땅은 꽃받침
별은 씨주머니 속 빛을 발하는 씨앗 ―
신념의 과학자
그의 연구는 이제 막 시작 단계라 ―

73

저 꽃은 과학자의 합성을 뛰어넘으니
시간을 분석했을 때
나무랄 데 없다.
'눈으로 본 적 없다'는 말이
눈멂과 함께 통용되겠지만
이들이 하는 계시를
보류하지 말기를 —
1261, 1872

라일락은 빈둥댈 줄 모르는 벌들을 유인한다. 한 편지에서 디킨슨은 이렇게 썼다. "지금 네게 보여줄 벌이 한 마리 있어. 창가에서 라일락을 먹고 있어. 저기, 저기 그가 가버렸네! 그를 보면 가족들이 얼마나 반가울까!" 일벌은('그'가 아니고 '그녀'일 것이다. 일벌은 모두 암컷이니) 벌집을 위해 과즙과 화분을 채집한다. 과즙은 꿀이 되고 화분은 벌의 새끼들을 먹이기 위해 저장되는, 꿀벌에게는 빵에 해당한다.

가족의 제빵사였던 에밀리 디킨슨이 벌이 빵을 만든다는 사실을 알았는지 모르겠다. 그녀는 벌을 좋아했다. 벌은 언제든 준비된 영감이자 의성어였고 그녀의 "붕붕 해적단"이었다. 이들은 그녀의 봄 정원에서 해적질하고 여름 창고를 짓는다. 이들은 여행 중에도 자신의 집을 잊는 법이 없다.

홈스테드 뒤편 오랜 관목 위로 활짝 핀 라일락.

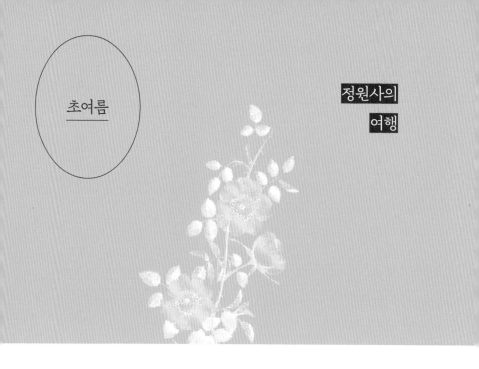

초여름

정원사가 한 조각의 땅을 사랑하는 만큼이나 주변을 맴도는 것, 즉 여행은 매력적이다. 다른 풍경, 다른 정원이 비유와 자극을 제공한다. 여행은 시인뿐만 아니라 정원사에게도 뮤즈가 된다.

에밀리 디킨슨은 10대와 20대 초에 자주 여행했다. 그녀는 매사추세츠에 사는 친척들을 방문했고 보스턴은 그녀가 선택한 특별한 곳이었다. 1846년 보스턴에서 한 달간 지내며 외숙모 라비니아와 외숙부 로링 노크로스의 집에 머물렀다. 당시 그녀는 여행 중이었다. "나는 마운트 오번과 중국 박물관, 벙커힐에 다녀왔어." 그녀는 애비어 루트에게 전했다. "음악회도 두 군데 다녀왔고, 원예 전시회에도 갔다 왔어. 주 청사 꼭대기랑 네가 알 만한 곳은 다 가봤단다."

원예 전시회! 라비니아 외숙모는 매사추세츠 원예협회 강당에서 열린 과일, 꽃, 채소의 토요 전시에 에밀리를 데리고 갔다. 이 협회

초여름

는 매우 유서 깊은 기관인데, 1829년 설립되어 당시에는 비교적 새로웠다. 미국 최초의 원예 전시회를 운영했고, 경연 대회, 대중 프로그램, 식물 전문 연구와 대출 도서관을 계속 운영했다. 1846년 9월 16일 이 협회는 매주 화요일, 수요일, 목요일에 '제18회 연례 과일, 꽃, 꽃 장식, 채소 전시회'를 개최했고, 이 행사에 에밀리 디킨슨도 방문했다.

에밀리 디킨슨이 1846년 전시회 때 방문했던 보스턴 스쿨 스트리트 40번지의 원예의 전당.

이 전시에서 디킨슨이 본 꽃꽂이 목록에는 애스터, 가을에 피는 장미들, 그리고 아마란스, 맨드라미, 어저귀와 달리아 같은 한해살이들처럼 계절상 더 나중에 피는 꽃들도 보였다. 몇 년 뒤 디킨슨은 이 식물들을 자신의 정원에 추가했고 나중에 편지에 애스터와 아마란스를 언급하기도 했다.

디킨슨과 친지들이 들른 곳은 고대 그리스풍의 화훼 사원과 이끼와 꽃으로 장식한 스위스 오두막, 차를 권하는 중국 상인까지 완벽하게 갖추고 푸크시아로 마무리한 탑 등이었는데, 모두 실제 크기였다. 상록수로 가장자리를 두른 4미터가 넘는 고딕 복고풍 장식용 건축물 형태를 한 영국 픽처레스크 양식의 전시관도 있었다. 걸어서 세계를 일주하는 이 산책은 설계자들의 폭넓은 취향뿐만 아니라 그들의 기술도 보여주었다. 미국 정원 전문가들의 수준이 당시 어느 정도였는지 잘 엿볼 수 있는 전시였다.

화병과 항아리가 방대하게 진열되어 있었고 벽과 천장에는 리스와 꽃 장식이 걸려 있고 평면 설계도도 있었다. "디킨슨이 본 설계도 가운데, 위에는 애스터와 아마란스, 그리고 여러 꽃들로 장식되어 있고, 그 주위를 두른 울타리에 '1846년 원예 전시회'라고 새긴 커다랗고 아름다운 평면 가상 설계도가 있었을 것이다. 이 설계도 위에는 꽃으로 만든 독수리가 있었다." 이 평면도는 패턴 묘상을 꼿꼿이로 구현한 것으로, 19세기 화단 설계 경향이었다. 21세기 로즈 퍼레이드*의 꽃수레와 비슷한 느낌이다.

전시회에는 과일들끼리 선의의 경쟁이 있었다. 재배 농민들은 사과, 복숭아, 자두, 무화과, 포도 등을 출전시키기도 했지만, 이들 대부분이 가져온 과일은 배였다. 176종의 배를 전시한 원예가도 있었다. 이들의 이름을 몇몇만 들어보면 벨레본Belle et Bonne, 그린 슈거Green Sugar, 미엘 데 워털루Miel de Waterloo로 모두 시적인 표현의 이름들이었다. 디킨슨 가족 역시 열렬한 과일 재배 전문가였다. 이들은 고작해야 애머스트 지역 전시회에 참가한 정도였지만, 자신의 수확물을 판정받기 위해 제출할 정도의 경쟁심은 있었다.

보스턴 전시회의 단골 방문객이던 라비니아 외숙모가 에밀리의 어머니에게 이렇게 편지한 적이 있었다. "어제 저녁에 원예 전시회에 다녀왔어. … 에덴동산을 떠올리게 하는 곳이더구나. 찬란한 꽃에 과일까지 풍성했지만 사방에 '만지지 마시오'라고 쓴 종이가 붙어 있었어." 라비니아 외숙모와 에밀리는 원예의 전당을 둘러보는 동안 유혹에 굴복하여 금단의 과일들 중 하나에라도 손댔을까?

작가 에밀리 디킨슨은 최초의 정원과 금단의 열매에 저항하지 않았다. 아담과 하와, 식물과 동물이 가득했고, 스르륵 다가와 신성한 사과를 권하는 뱀으로 가장한 죄 등 온통 상징들이었다. 창세기에서

---

*_ 로즈 퍼레이드Roses Parade는 미국 캘리포니아 패서디나에서 매년 1월 1일 열리는 로즈볼 풋볼 경기의 개막을 알리는 행사다.

초여름

가져온 성서적 비유는 회중교회주의 입장에서는 용인되었고 위험은 거의 존재하지 않았다. 무화과 잎사귀 이전 정원의 삶이기 때문이다.※ 디킨슨은 종종 에덴을 활용했다. "에덴으로부터의 추방은 더없이 행복한 꽃들의 존재 속에서 그 의미가 점점 모호해지고, 창세기를 무시하는 것은 절대 아니지만 여전히 낙원에 살고 있다."

낙원에 대해 말하자면, 1846년 보스턴 여행에서 에밀리의 목적지에는 마운트 오번 묘지도 포함되어 있었다. 오늘날의 감성으로 본다면 관광 목록에 묘지를 추가하는 일이 평범해 보이지는 않겠지만 당시에는 달랐다. 그녀와 친지들은 1845년 당시 보스턴 시내에서 케임브리지까지 수천 명의 방문객을 직통으로 데려다주는 승합 마차를 탔을 것이다.

이들이라면 마운트 오번 스트리트 북쪽 입구로 들어갔을 것이다. 나일강을 따라 고대 사원으로 들어가듯 이집트식 거대한 화강암 정문을 통과했을 것이다. 거의 71헥타르에 달하는 대지 주변은 검은 참나무 고목들로 둘러싸여 있고 관상용 나무와 관목이 심겨져 있었다. 에밀리와 친척들이 구불구불한 길을 따라 거닐면 새로운 장면이 드러났다. 오크 애비뉴, 히비스커스 패스 등 식물 이름을 따라 거리 이름을 붙이는 일이 흔했고 이 이름들은 주철 간판에 양각되었다.

말은 입장이 허용되지 않으니 노크로스 부부와 디킨슨 일행은 걸어 다니며 구경했다. 때마침 버드나무가 물에 비친 연못을 건너 마운트 오번 산마루에 올라 저 너머 찰스강과 보스턴을 내려다보았다. 우아하게 조각한 묘비와 철제 울타리를 두른 무덤들이 군데군데 눈에 띄었다. 풍경을 압도하기보다 풍경과 어우러진 무덤들은 저마다

※ 아담과 하와가 신의 명령을 어기고 선악의 열매를 먹고 난 후 신의 부름에 자신의 벗은 몸이 부끄러워 무화과 잎으로 몸을 가리고 숨었던 순간 이전의 상태, 즉 순수한 상태의 에덴동산에서의 행복한 삶을 뜻한다.

생전의 삶이 있었겠지만 마치 먼지로 되돌아가는 순간 다시 자연의 일부가 되었다. 불규칙하지만 흥미로운 한 폭의 그림 같았다.

디킨슨은 한 친구에게 보낸 편지에서 당시의 인상을 이렇게 기록했다.

마운트 오번에 가본 적 있니? 안 가봤다면 이 '죽은 자들의 도시'에 대해 조금도 상상하지 못할 거야. 마치 자연이 자기 자식들에게 쉴 곳이 되어주려는 뚜렷한 생각을 갖고 이 장소를 만들어놓은 느낌이야. 지치고 낙심한 이들이 이곳에서 팔 벌린 사이프러스 아래에서, 밤의 휴식인 듯 아니면 해 질 무렵 꽃인 양 고요히, 두 눈을 감고 활짝 기지개를 켜지.

디킨슨이 방문했을 무렵, 마운트 오번 묘지는 15주년을 기념하고 있었다. 1831년 매사추세츠 원예협회의 후원 아래 설계된 마운트 오번은 미국 최초의 (그리고 따져봐야겠지만) 가장 유명한 정원 묘지다. 식민지 시절과 건국 초기 무덤들은 대개 음울하고 잡초가 무성한 지대에 묘비가 빼곡히 줄지어 둘러싼 교회 묘지였다. 19세기에 이르러 진보적인 사상의 설계자들이 묘지를 자연주의적이고 낭만적인 풍경으로 바꾸고자 했다. 전원적 묘지는 에밀리 디킨슨의 초기 낭만적 감수성에 딱 들어맞았다.

마운트 오번과 이름 흉내 낸 — 둘만 예를 들면 — 필라델피아의 로렐 힐과 브루클린의 그린우드 등은 매우 주목받는 관광지가 되었다. 도시 사람들은 몇 십 년 후 도시공원 운동이 부상하고 난 다음에야 비로소 공공의 공간을 가꾸었다. 가족들은 소풍 갈 짐을 챙겨 묘지로 갔다. 연인들은 이곳에서 교제했다. 학교 수업에서는 유명한 이들의 묘지를 방문하여 학생들에게 망자의 업적으로 영감을 주고자 했다. 원예 농업에 열성적이던 이들은 식물 재배와 망자와 참배객을 위한 식물 정원을 관찰했을 것이다.

언니 에밀리가 없을 때에는 라비니아가 정원을 돌봤다.

그러나 좋은 정원사라면 누구나 그랬겠지만 에밀리도 본인이 떠나 있는 자기 정원을 걱정했다. 물은 제대로 주고 있을까? 내가 없는 동안 어떤 꽃이 피었을까? "노리치에 꽃이 있니?" 애비어에게 물었다. "내가 집을 떠났어도 내 정원은 괜찮을 것 같아. 내가 없는 동안 … [비니가] 보살피고 있어." 그녀는 어린 여동생에게 관리를 위임함으로써 정원

1847년 디킨슨이 재학 중일 때 이 학교는 마운트 홀리요크 여자 신학교라 불렸다.

사의 딜레마를 해결했다.

이듬해인 1847년 9월 그녀가 마운트 홀리요크 여자 신학교로 떠났을 때에도 마찬가지였다. 후에 마운트 홀리요크 칼리지로 개명한 이 학교는 디킨슨이 가장 오래 집을 떠나 지냈던 곳이었다. 집 가방을 마차에 싣고 애머스트를 나섰다. 사우스 해들리로 가는 내내 말들은 활기찬 리듬으로 말굽을 또각거렸다. 마차는 농장과 공장 등 낯익은 풍경을 지나 덜그럭대며 포트강을 가로지르는 지붕 있는 다리를 통과했다. 마차가 커다란 백색 신학교 건물 앞에 멈추었을 때, 겨우 16킬로미터 정도 거리였지만 이 건물은 낯설고 멀어 보였을 것이다.

그녀는 기숙사 위층 방을 사촌 에밀리 노크로스와 함께 사용했다. (이름을 재사용하는 가족의 성향 때문에 가족 관계가 혼란스럽다.) 간단한 가구에 고래기름 램프를 밝힌 이들의 방은 프랭클린 난로가 있긴 했어도 집 안 식물에게는 너무 추웠다. "요즘 식물들은 어때? 내가 떠나기 전처럼 잘 자라고 있어?" 11월에 그녀는 오스틴에게 물었다. "식물들이 너무 보고 싶어. 여기도 식물을 키우는 친구들이 있고 나도 그럴까 했지만 여기는 너무 추워서 안 가져오기를 잘한 것 같아."

디킨슨은 과학과 고전 수업을 들었다. 이 시에 기록되었듯 그녀의 식물 연구는 계속되었다.

어리석은 이들이 이것을 '꽃'이라 부른다면 —
보다 현명한 이들이 알려줘야 할까?
유식한 이들의 '분류'라 해도
그 역시 마찬가지!

익숙한 식물 학명으로 바꾸자고 하소연하는 21세기 정원사들에게 이 연은 국가나 마찬가지일 것이다. 식물 체계학이라고 불린 유전학이 등장한 이후 분류학과 명명법은 보다 빠르게 수정되었다. 디킨슨이 보기에 석학들은 '분류한다.' 만일 과학자들이 DNA 분석에 기초하여 식물 속을 새로운 과科들로 재편성한 대로 그녀가 자신의 시를 지금 수정한다면, 그녀는 아마 '재분류'라고 바꾸었을 것이다.

디킨슨의 시는 꽃에서부터 시작하여 신학을 비롯한 여러 학문 분야의 주제들을 아우른다.

'계시록'을 읽은 이라면
흐려진 눈으로
같은 판본을 읽은 이들을 —
비판하지 말라!

'가나안'을 거부당한 —
나이 든 '모세'의 곁에 설 수 있을까 —

저 장엄한 풍경을 —
다른 쪽에서 그처럼 훑어보라

의심 없이
여러 과학을 불필요하다 여겨야 한다
학구적인 하늘에서
배운 천사들은 추구하지 않는 것!

반가운 미문美文 가운데 나직이
우리가 서 있으리라 인정하니 —
별들은 심오한 은하계 한복판에서 —
저 거대한 '오른손' 앞에!
179, 1860

에밀리 디킨슨의 관심은 폭넓게 뻗어나갔다.

디킨슨의 미문은 마운트 홀리요크의 엄격한 일정을 따른 덕분이기도 한데, 마치 군사 학교의 일정 같았다. "우리는 여섯 시에 기상해. 일곱 시에 아침 식사를 하고 수업은 여덟 시에 시작해." 그녀는 집에 보내는 편지에 이렇게 털어놓았다. "아홉 시가 되면 모두 신학교 강당에 모여 예배를 드려." 수업과 음악 연습은 저녁 식사 전후에 이뤄지고, 하루의 주된 식사는 열두 시 반에 나온다. "네 시 반에 우리는 … 리온 양에게 강의 형식으로 조언을 받아. 여섯 시에 저녁 식사를 하고 그때부터 여덟 시 사십오 분에 취침 벨이 울릴 때까지 묵언 학습 시간을 가져." 훈련은 이렇게 매일 계속되었다. 이들은 가끔 모두 모여 맨손 체조도 하고 1.6킬로미터 산책도 하곤 했다.

1848년 그녀는 학교를 떠나 집으로 돌아왔다. 친구들에게는 아버지가 자신을 다시 돌려보내지 않기로 결정했다고 말했다. 이상한 일은 아니었다. 2학년이 되자 115명의 반 학생들 가운데 단 23명이 돌아왔다. 당시 여성들은 대부분 대학에 다니지 않았고 학위 과정을 마치는 경우는 더 적었다.

⬤

1853년 디킨슨 씨는 미합중국 상원 의원에 선출되어 워싱턴으로 갔다. 덕분에 여행할 중요한 계기가 생겼다. 집으로 보내는 에드워드 디킨슨 의원님의 편지는 의사당뿐만 아니라 이 특별구의 날씨도 들려준다. 여름에는 시로코 바람이 불었고, 이른 봄에는 "나무들이 초록을 약간 보여주고, 의사당의 대지 위로 돋는 풀들은 내가 본 최고의 초록이다." 그의 아내와 두 딸은 1855년 2월 중순에 도착했다.

이 도시에서 머문 3주 동안, 이들은 윌러드 호텔에 묵었다. 그해는 계절답지 않게 따뜻했던 것 같다. 에밀리 디킨슨은 당시 날씨가 "여름처럼 순하고 포근했다. … 단풍나무는 꽃이 만발했고 초록 풀밭에는 햇살이 가득했다"고 묘사했다. 그녀는 마운트버넌이 가장 인상 깊었는지 이렇게 기록했다.

어느 포근한 봄날 우리는 색칠된 보트를 타고 포토맥강을 미끄러지듯 내려가다 강변으로 뛰어올랐단다. 풀이 엉킨 숲길을 서로 손잡고 함께 걸어 오르니 조지 워싱턴 장군의 묘소에 이르렀어. 무덤 옆에서 잠시 쉬었지. 아무도 한마디 말이 없었어. 그러고는 서로 손잡고 다시 계속 걸었어. 저 대리석에 담긴 이야기는 적잖이 지혜롭고 슬펐지. 그가 마지막으로 집에 왔을 때 들어 올렸던 그 걸쇠를 들어 올리고, 우리는 문 안으로 들어갔어. … 오,

마운트버넌의 조지 워싱턴 묘소 이미지. 디킨슨의 묘사에서 보듯 이 그림에서도 낭만화되었다.

하루 종일 마운트버넌을 이야기할 수 있다면, 네가 지루해하지 않으면 좋겠어!

서정적 산문으로 디킨슨은 인기 있는 명소를 묘사하고 있다. 위대한 이의 무덤에 얽힌 낭만적인 이야기가 다시 한 번 전면에 등장했다. 만일 그녀가 온종일 마운트버넌을 이야기했다면, 강을 가로질러 메릴랜드 해변의 격류로 이어지는 동편을 바라보는 널찍한 포치에 대해 이야기했을 것이다. 양쪽으로 탁 트인 회랑이 있는 흰 미늘 판자 주택은 저택 부지에 펼쳐진 명소였고 경관도 최고였다.

그녀의 마운트버넌 묘사는 아이러니로 비틀어 쓴 글이었을까? 황폐한 공간이 당혹스러웠을 텐데 말이다. 워싱턴의 후손들은 형편이

초여름

넉넉지 못했다. 그해 칠월 후손들은 택지를 팔았다. 1850년대 말이 되어서야 비로소 마운트버넌 여성회가 보존을 위한 노력을 시작했다. 그렇지만 에밀리 디킨슨은 그 이월의 어느 날 그의 표본목 아래를 거닐었을 것이고, 벽으로 둘러싸인 관상용 정원과 채소밭의 유물들을 보았을 것이다. 워싱턴 장군이 자신의 소중한 식물들의 집으로 지어준 고상한 벽돌과 유리 구조물인 오렌지 나무 온실도 거기에 있었다.*

　　이들이 수도에 머물던 어느 날, 집에 있던 오스틴이 짓궂은 편지를 한 통 보냈다. 이에 대한 반응을 보면, 에밀리는 전혀 개의치 않았다. "오빠는 우리가 '말과 고양이들, 제라늄'…을 잊고 지낸다고 하면서 농장을 팔아 어머니와 서부로 이사 가래. 내 꽃들로 꽃다발을 만들어 자기 친구들에게 보내겠대." 그녀는 이렇게 대꾸했다. "나의 어여쁜 꽃들에 대해, 내가 집을 떠나 있어도 나는 이파리 하나 꽃송이 하나 다 알고 있어." 상원 의회가 휴회하면, 디킨슨 일가는 필라델피아를 거쳐 애머스트와 오스틴에게 돌아왔다. 정원이 기다리고 있었다.

에드워드 디킨슨이 의회에 있을 무렵 디킨슨 가족의 실루엣.

---

* 마운트버넌은 버지니아주 페어팩스 포토맥 강가에 펼쳐진 미국 초대 대통령 조지 워싱턴의 농원 저택으로 워싱턴의 묘지가 있다. 워싱턴은 정치가였지만 300여 명의 노예를 둔 큰 농장을 운영했던 원예가이기도 했다. 이 사유지의 조경과 건축물은 역사적으로나 건축학적으로 의미가 커서 지금까지 미국 국립 사적지로 잘 보존되어 있다.

에밀리 디킨슨 정원의 초여름

'유월'이 누구인지 너도 알지 ─
진지바*에서 매일 장미를 ─
그리고 알뿌리류 백합들을 ─ 우물처럼 ─
한 펄롱**마다 벌들을 ─
파랑 해협을 ─
통과하며 항해하는 ─ 나비 원주민들을 ─
그리고 알록달록한 카우슬립*** 협곡을
내가 그녀에게 주곤 했지 ─
266, 1861에서

디킨슨이 잘 알고 있던 어여쁜 꽃 중에 작약과 아이리스가 있었다. 작약이 그 권태로운 머리를 끄덕인다. 개미들이 그 과즙에 이끌려 아직 열리지 않은 꽃봉오리 위로 꾸준히 행진한다. 사교계에 첫발을 디딘 아가씨에게 구애하는 청혼자들 같다. 폭우라도 쏟아지면 작약 울타리는 사정없이 망가진다. 빗물의 무게에 꽃송이들이 눌리고 줄기는 고꾸라진다. 아이리스의 청회색 날선 잎은 모양이나 질감이 대조적이다. 꽃은 하루 동안 피고 작약의 행렬에 비해 숨 가쁘다.

초여름 디킨슨의 정원에서 장미는 독보적이다. 두 개의 나무 정자와 여름 정자 위로 넝쿨져 올라온 꽃들이 만발한다. 구식 덤불 장미로 커다랗게 아치를 이룬 줄기들이 산책로 속으로 뻗어나가면

---

*_ 진지바Zinzebar는 잔지바르Zanzibar를 가리킨다. 아프리카 동부 해안의 작은 섬이며, 최초의 인류가 살았던 에덴의 원형이라고도 한다.
**_ 펄롱furlong은 길이 단위로 약 200미터에 해당한다.
***_ 카우슬립은 앵초의 일종이다.

초여름

온통 꽃송이로 뒤덮인다. 마티는 정원의 다양한 장미 종류의 목록을 기억나는 대로 적었다.

작은 그레빌 장미는 꽃봉오리가 무리 지어 올라오는데, 줄기 하나하나가 그 자체로 완벽한 작은 부케다. 할머니께서 1828년 갓 결혼한 신부로 애머스트에 오셨을 때 직접 몬슨에서 가져오셨는데, 지금도 여전히 우리 정원에서 아끼는 장미다. 노랑 장미와 흰 장미 덤불 말고도 (매서운 가시 때문에 이름이 붙은) 고슴도치 장미의 긴 울타리가 있고, 해마다 사방에 블러시 로즈가 흐드러져 어지러이 퍼져 있었다. 물론 이들이 시나몬 로즈라 불렀던 ― 일출과 일몰 사이에 활짝 폈다 진다는 이유에서 우리 세대는 '단 하루의 사랑'이라는 이름으로도 부른다 ― 단일 장미종도 있었다. 이들 사이로 알록달록한 진홍과 순백의 줄무늬 장미도 있었는데, 화사한 친츠 천과 비슷하여 캘리코 로즈라 불렀다.* … 이 장미 역시 여전히 우리 정원에 피어 있다. 화훼업자들은 계속 번식시켜보려고 했지만 실패했다. 유월에 기꺼이 접지를 내어준 적이 있기는 하지만, 이 사랑스럽고 충직한 옛 꽃들은 결코 요즘 인기 있는 최신 방식에 천박하게 현혹당하지 않을 것이다.

뉴잉글랜드의 추운 겨울을 버티기 위해 디킨슨 정원의 장미들은 내한성이 필요했는데, 이에 딱 들어맞는 종이 많았다. 오늘날 장미를 보는 안목은 화훼업자들이 정하는 대로 좁아졌다. 그저 줄기가 길고 대개 빨간색이고 통통한 꽃송이에 향기는 거의 없고 다발로 묶어

---

*_ 친츠chintz 천은 주로 꽃무늬가 날염된 광택 나는 면직물이며, 캘리코calico 면은 날염을 한 거친 면직물이다.

판매하는 장미 아니면 어디에서나 잘 자라는 녹아웃 장미*처럼 주차
장에서도 거뜬한 장미 종류다. 디킨슨 정원에서 자랐던 종들은 연구
해볼 만하다.

어느 여름날 에밀리 디킨슨은 친구 에밀리 파울러에게 장미꽃
몇 송이를 보냈다. "어제 저녁 내가 꽃봉오리에 대해 말하면서 장미
풍뎅이 얘기를 안 했어. 나의 가장 소중한 봉오리 위에서 이른 아침
식사를 하고 있는 풍뎅이 가족을 발견했단다. 주인을 위한 작고 똑똑
한 벌레 한 마리가 있었지. 가장 부드러웠던 것들은 사라졌지만 가장
작은 것들에 대한 내 사랑을 받아들였지." 장미는 성장기 벌레들의
우화에 곧잘 등장한다. 그녀의 장미 벌레는 각다귀나 진딧물이었을지
도 모르지만 기어 다니는 벌레나 민달팽이 종류는 아니고, 장미 잎과
싹에 왕성한 식욕을 가진 잎벌의 애벌레 단계다.

시인의 편지나 시에 등장하는 빈도로 볼 때, 장미는 에밀리 디
킨슨이 좋아하는 꽃이었다. 항상 구절을 영민하게 바꿔 표현할 줄 알
았던 그녀는 이렇게 편지했다. "비니가 네 쪽지에서 장미 속겹을 집어
서 내게 건넸어." 그녀가 보낸 어느 편지에는 말린 장미 꽃봉오리가
손바느질로 편지지 위에 꿰매져 있었다. 이 시는 '장미'라는 단어가 없
다. 수신인에게는 수수께끼였다.

피그미** 천사들이 — 길을 잃었다 —
브베에서 온 벨벳 민족 —

---

*_녹아웃Knockout 장미는 농약과 병충해에 강한 흔히 볼 수 있는 장미 종류다.
**_작은 존재들에 대한 은유로 볼 수 있다.

에밀리 디킨슨이 선택한
장미들

다마스크 장미 Damask rose, *Rosa damascena*

디킨슨은 한 시에서 이 장미를 "담홍의 아가씨"
라고 묘사했다. 수수한 7~8센티미터 키의 장미
들이 납작한 작은 다발 속에서 열린다. 새순은
가시가 많아 특히 꽃송이를 꺾으려는 정원사들
에게는 복병이다. 이 장미는 고대 장미 종류로
중동에서(damascena는 [시리아의 도시 — 옮긴이]
다마스쿠스의 라틴어형이다) 수백 년간 재배되다
로마 제국 시기에는 로마인들이, 그리고 10세
기가 되어 프랑스인들이 재배했다. 꽃은 향기로
벌을 제압한다.

오라 화이트 히치콕이 그린 장미.

그레빌 장미 Greville rose, *Rosa multiflora* 'Grevillei'

1881년 출간된 『가정용 일반정보 백과사전*Household Cyclopedia of General Information*』을 읽어보면, 그레빌 장미에 대한 언급을 발견할 것이다. 1816년 개량된
이래 줄곧 인기 있는 덩굴장미였다. 큰 겹꽃들이 호화스러운 다발 속에 열리는데, 한
다발 안에서도 색상은 연한 분홍에서 마젠타 색에 이른다. 애호가들은 일곱 색상의
분홍이 있다고 생각해서 이 식물에 '일곱 자매' 장미라는 별명을 붙이기도 했다. (참고
로 이 장미는 찔레꽃multiflora rose의 친척으로 미국 여러 곳에 널리 퍼져 있다. 자세한 것은 지

91

역 농업 사무소에 문의하기 바란다.)

고슴도치 장미(해당화) Hedgehog rose, *Rosa rugosa*

고슴도치는 작고 가시가 많은 유럽 포유류다. 북미에는 호저라는 비슷한 동물이 있다. 고슴도치 장미 역시 가시가 많이 돋았다. 원산지는 북중국과 한반도, 일본 열도로, 뉴잉글랜드 사구 전역에 귀화했고, 이로 인해 소금 분무기 장미salt spray rose라는 다른 이름이 생겼다. 식물학적인 표현인 rugosa는 광택 나는 녹색 잎의 주름 잡힌 모양을 묘사한 것이다. 품종에 따라 흰색, 분홍, 노랑, 자주색 꽃송이가 향기로운 홑꽃으로 당신에게 보답할 것이다. 가을이면 꽃잎이 떨어진 후에도 남아 있는 열매가 밝은 붉은색이 될 것이다.

블러시 로즈 Blush rose, *Rosa* 'Blush Noisette'

디킨슨의 하루에서 처음 소개한 블러시 로즈는 19세기 사우스캐롤라이나에서 개발된 미국 품종이다. 필립 누아제트라는 찰스턴의 원예 연구가가 혼종을 개량했다. 디킨슨 정원의 블러시 누아제트는 연분홍의 가벼운 향이 도는 꽃송이였다. 유월에만 꽃이 피던 예전 인기 품종들과 달리 누아제트는 서리가 내릴 때까지 관심을 받으며 계속 피는 꽃으로 알려져 있다.

시나몬 로즈 Cinnamon rose, *Rosa majalis*

묘목장 주인들은 시나몬 로즈를 1600년 이전 언제인가부터 거래 품목으로 소개했다. 이들은 꽃에서 귀한 향신료인 시나몬 향이 나고, 꽃잎과 열매도 17세기 식도락가들이 소비했다고 생각했다. 디킨슨 가족이 이 장미에 대해 장식적 가치 외에 다른 취향을 지녔다는 기록은 없다. 유월 정원 시나몬 향의 분홍 홑꽃과 가을 정원 오

"단 하루의 사랑" 혹은 시나몬 로즈.

초여름

렌지 레드의 열매 자체로도 충분한 장식이다.

캘리코 로즈 Calico rose, *Rosa gallica*

캘리코 로즈 하면 직물 디자인에 어울리는 듯하지만 이 이름은 gallica*가 오용된 것이다. 갈리카가 캘리코로 어형이 변한 이유는 아마도 이 장미의 무늬 때문일 것이다. 마티가 묘사했듯이 품종은 분홍색, 흰색, 자홍색 줄무늬 꽃잎이 알록달록하다.

'알록달록' 프랑스 장미*Rosa gallica* 'Versicolor' 는 줄무늬 캘리코 로즈다.

스위트브라이어 로즈 Sweetbrier rose, *Rosa eglanteria*

셰익스피어의 『한여름 밤의 꿈』에서 티타니아는 스위트브라이어의 다른 이름인 들장미 덩굴 지붕 아래에서 잠에 빠진다. 셰익스피어를 읽었을 디킨슨은 "어머니의 스위트브라이어"라 부른 것을 키웠다. 분홍 홑꽃의 이 장미는 아마도 에밀리 노크로스 디킨슨이 에드워드와 결혼하면서 애머스트로 가져온 식물들 중 하나일 것이다. 스위트브라이어 잎은 상처를 내면 저민 사과 같은 향이 난다. 가을이면 많은 장미종과 마찬가지로 루비빛 열매가 장관이다.

스위트브라이어 꽃송이가 가득한 가지. 클라리사 먼저 배저 그림.

---

*_ 현재 프랑스 지역을 가리키는 라틴어 갈리아Gallia의 형용사형이다.

어느 잃어버린 여름날에서 온 예쁜 아가씨들,
벌들, 배타적 사교계 친구들 —

파리Paris는 주름을 접지 못한 채
에메랄드로 벨트를 둘렀고 —
그렇게 광택이 나는 온순함의
뺨을 보일 수가 없었던 베네치아 —
나의 작은 다마스크 아가씨를 위해
펼쳐놓은 찔레와 이파리만큼
그런 매복은 결코 없으니 —

차라리 나는 그녀의 은총을 입지
백작의 수려한 얼굴은 아니리라 —
차라리 나는 그녀처럼 살지
'엑스터 공작'은 아니리라 —
왕위는 내게 충분하니
호박벌을 무릎 꿇릴 수 있어.

96, 1859

디킨슨에게 이 시는 상상했던 모임, 환대하는 주인들, 대륙의
수도와 휴양지로 마무리되는 대륙 순회 여행*을 대신한다. 디킨슨에
게는 보스턴, 워싱턴, 필라델피아로 간 실제 여행이나 파리, 베네치아,
영국으로 시 속에서 여행을 떠난다 해도 애머스트의 장미 속을 걷던
산책에 비할 수 없었다. 그녀와 가족이 시내 길 건너 조부가 지은 메인

---

*_ 대륙 순회 여행Grand Tour은 17~19세기 초 유럽과 1차 대전 이전 북미의 중산층 젊
은이들이 교양을 키우기 위해 유럽 주요 도시들을 둘러보던 여행을 가리킨다.

초여름

스트리트의 오랜 저택으로 다시 이사했을 당시, 장미 무늬 벽지로 침실 벽을 도배했을 것이다.

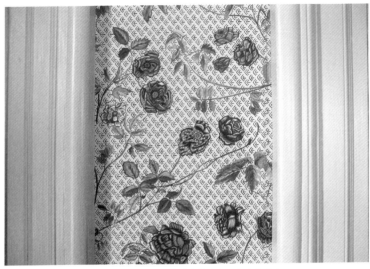

최근 리노베이션에서 발견된 조각으로 복구한 에밀리 디킨슨의 침실 벽지.

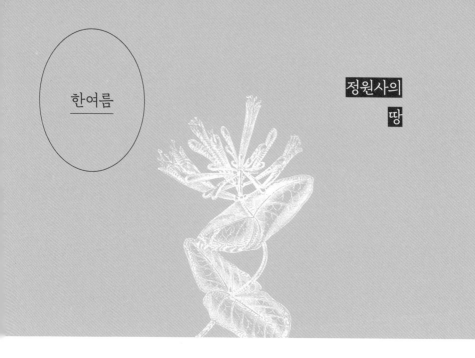

한여름

1854년 메인 스트리트의 홈스테드가 시장에 나왔다. 변호사 업무에
서나 정치에서 모두 자리를 잡은 에드워드 디킨슨은 기회를 잡았다.
그는 부친이 잃은 집을 다시 구매했고, 부동산 거래를 통해 자신의 권
리를 회복했다. 새뮤얼 파울러 디킨슨의 원혼을 달랬다.

　에밀리의 부친은 이 벽돌 저택과 별채, 저택 주변 풍요로운 대
지, 그리고 길 건너편 4.5헥타르 이상의 초원을 되찾았다. 그는 리노베
이션에 상당한 금액을 쏟아부었는데 도급업자를 고용하여 이탈리아
풍을 더했다. 큐폴라,* 대리석 벽난로 선반, 짝을 이룬 거실 창문의 아
치 창틀, 프렌치 도어**와 서쪽 포치, 그리고 서재와 식당이 만나는 모

---

*_ 큐폴라cupola는 원래 실내 전망과 채광, 환풍을 위해 저택 꼭대기에 컵을 엎어놓은
듯한 둥근 천창의 작은 구조물을 뜻하는데, 여기에서는 홈스테드 저택 지붕 위에 얹은
구조물을 가리킨다.
**_ 거실에서 포치를 드나드는 양방향 미닫이 유리문.

에드워드 디킨슨이 1854~1855년 리노베이션한 홈스테드의 꼭대기 지붕. 꼭대기에서 바라보는 전망이 좋다.

퉁이 동편의 작은 온실을 만들게 했다. 목수들과 석공들이 일을 마무리하기까지 반년 이상 걸렸다.

이 기획이 완성되고 가족들은 플레전트 스트리트의 집과 정원을 떠나 홈스테드에 다시 뿌리내렸다. 디킨슨은 이렇게 회상했다.

우리는 천체의 '이동' 같은 걸 상상했지만, 우리 인간들이 늘 그러하듯 예산에 맞춰 '이사'라는 제목의 팬터마임을 마친 느낌이야. 캔자스로 이사한 느낌이랄까. 나는 긴 짐마차 안에 앉아 있었고 뒤에 내 친구가 묶여 있었어. 이민자 무리에 끼어 있다고 상상할 만했지.

앞문에서는 은제 문패가
이 단거리 이민자들을 환영했다.

그녀가 이곳 생활에 다시
익숙해지는 데는 시간이 꽤 걸렸
다. "'마음이 있는 곳이 집home'
이라고들 하잖아." 그녀가 썼다.
"나는 **집house**이 있는 곳이 집이
라고 생각해. 주변에 다른 건물
들도 있고." 그녀는 자신이 좋
아하는 구석을 발견하거나 재발
견했다. 그녀는 격조 있는 정면

RESIDENCE OF HON. EDWARD DICKINSON.

메인 스트리트에 있는 리노베이션 후의 디킨슨 저택.

의 방들과 부엌을 연결하는 복도에 "북서 통로"라는 칭호를 하사했
다. 숨겨져 있지만 유용한 통로로 그녀가 좋아했던 은신처였는데, 뒤
계단과 바깥으로 통하는 문을 포함해 다섯 개의 출구가 있었다. 가족
친구가 디킨슨의 초대를 기억했다.

그녀는 부엌과 연결된 작은 뒤편 복도에서 나를 맞이했다. 흐린 조
명이 켜져 있었다. 그녀는 와인을 한 잔 하든지 장미 한 송이를 갖
겠냐고 물었다. 내가 장미를 갖겠다고 했더니 그녀는 정원에서 한
송이를 가져와 내게 주었다. 그녀는 매우 범상치 않았다. 목소리,
표정, 그리고 성품까지 몇 년이 지났지만 지금도 매우 생생하게 인
상이 남아 있다.

집이 있는 곳이 곧 집일지도 모른다. 그리고 에밀리 디킨슨에게
는 분명 정원이 있는 곳이 집이었다. 그녀는 곧 홈스테드 화단에서 꽃
을 많이 고르고 있었다. 그 당시 그녀는 시내 인근 사교 모임 초대를

한여름

즐기고 있었다. 양각으로 무늬를 넣은 초대 카드를 남기고 가끔은 작은 꽃다발을 보냈다. 애머스트 회중교회 제1교구 예배당에는 일요일마다 예약된 좌석이 있었기 때문에, 그녀는 친구들에게 줄 꽃다발을 예배 전에 친구들 가족석에 놔두곤 했다.

디킨슨은 자신의 꽃다발을 'nosegay'라 불렀다. 그녀는 여러 종류의 꽃으로 다발을 만들곤 했는데, 둥글게 하나로 모아 테이프로 둘러 묶어 한곳에 고정시켰다. 그녀는 창의적이었다. "한번은 친구가 평소보다 격식을 갖추고 공들인 꽃다발을 받았다. 꽃 한 송이에 관한 교훈도 한 줄 있었다. 조심히 살피며 꽃을 떼어낸 자리에 줄기에 감긴 작은 쪽지 하나가 발견되었다. 아주 소심하게 숨어 있어 안 보였다."

에밀리 디킨슨은 이와 비슷하게 여러 꽃을 조합하여 만든 꽃다발을 선물하곤 했다.

그녀의 글은 꽃다발 속에 숨긴 작은 쪽지 이상이었다. 이 시기는 시인 디킨슨에게 창조적인 시기였다. 정사각형 벚나무 책상 두 개 가운데 하나는 아버지 서재에서 온실을 바라보고 있고, 다른 하나는 그녀의 침실에 있었다. 그중 하나에 앉았다. 그녀는 침실 정면 창에서 ― 그 방향이나 높이에서 보는 ― 풍경을 사색할 수 있었다. 목가적인 디킨슨 초원을 지나면 기찻길이 있었고, 모자 공장의 굴뚝은 수입한 야자수 잎으로 모자를 제작하느라 바쁘고, 그 너머에는 홀리요크 목장이 있었다. 진보는 영속성에 꼼짝없이 둘러싸였다. 창밖으로 고개를 내밀고 동쪽을 바라보니 펠햄 힐스의 초

1886년의 애머스트 지도를 자세히 보면 메인 스트리트에 있는 홈스테드뿐만 아니라, 디킨슨 초원을 넘어 남쪽으로 모자 공장과 철로를 볼 수 있다.

록 물결이 그녀를 향해 밀려왔다.

　그녀는 펜을 진한 잉크에 찍어 글을 썼다. 한 단어, 이를테면 '장미' 같은 꽃 이름은 기억의 일부, 상상의 일부가 되었다. 운율을 맞춘 시에 담긴 말은 장미의 꽃잎처럼 각각 다르지만 리듬과 대칭을 창조했다.

　그녀는 작가이자 독자였고 그녀의 독서에는 정원, 꽃, 자연에 대한 책들이 선별되어 있었다. 에밀리 디킨슨이 살아 있을 당시, 새로운 기술이 인쇄술의 동력이 되면서 정원 관련 저술이 활발했고 정원 가꾸기는 남녀 모두에게 미국적 취미가 되었다. 그녀는 매사추세츠주 동부의 시인 소로Henry David Thoreau와 에머슨을 읽었고 자연에 집중함으로써 평범한 삶을 초월하는 이들의 성향을 공유했다. 조지 엘리

　　　　　　　　　　　　　　　한여름

엇George Eliot*과 엘리자베스 배럿 브라우닝Elizabeth Barrett Browning은 그녀가 좋아하는 작가들이었다. 그녀는 가족이 구독했던『애틀랜틱 먼슬리』같은 잡지에 실린 꽃, 정원, 자연계에 관한 글을 읽었다. 독서 하는 정원사는 결코 혼자 정원을 가꾸지 않는다.

그녀의 아버지는 그녀가 스물여덟 살일 때『자연에서 그리고 채색한 들꽃들Wildflowers Drawn and Colored from Nature』이라는 책을 그 녀에게 주었다. 그는 책 안에 "1859년 1월 1일, 나의 딸 에밀리에게, 아버지 에드워드 디킨슨으로부터"라고 썼다. 그 책은 감상적인 시 와 꽃과 잎의 다채로운 다색 석판화가 실린 대형 2절 도서였다. 이 책

디킨슨 가족은 방대한 서재를 갖고 있었다.

---

*_ 조지 엘리엇(1819~1880)은 에밀리 디킨슨과 같은 시기 영국 소설가로『미들마치 Middlemarch』와 같이 도덕적으로 고뇌하는 인물의 내면을 깊이 관찰하는 진지하고 철 학적인 소설을 주로 썼다.

클래리사 먼저 배저의 야생화 책이 홈스테드
저택 서재 테이블에 펼쳐져 있다.

의 금박 표지와 소재와 내용은 분명 에밀리의 허버리움과 사랑스런 단짝이 되었을 것이다. 코네티컷 출신 식물 화가 클래리사 먼저 배저 Clarissa Munger Badger는 화가이자 작가였다. 나는 에드워드 디킨슨이 이 뉴잉글랜드 여성이 출판한 사례로 자신의 딸을 격려하고자 했다고 생각하고 싶다.

메인 스트리트의 집으로 다시 돌아온 후, 디킨슨의 여행 시절은 거의 끝이 났다. 그녀는 태어난 집에 다시 정착했고 정원과 시를 가꾸는 일에 전념했다. 아래의 시에서는 백색 파리안 대리석으로 알려진 그리스의 파로스섬이 등장하지만 말이다.

결국 — 여름이 될 것이다
양산을 든 — 숙녀들이 —
지팡이를 들고 — 한가로이 걷는 신사들이 —
인형을 든 — 꼬마 소녀들이 —

창백한 풍경을 물들일 것이다 —
환한 꽃다발인 양 —
파로스섬 대리석 속 깊숙이 표류하지만 —
오늘도 — 그 마을이 있으니 —

여러 해를 고개 숙여온 — 라일락은 —
보랏빛 보따리에 휘청댈 것이다 —
이들의 선조들이 흥얼대던 — 그 음조를 —
벌들은 — 경멸하지 않을 것이다 —

들장미는 — 습지에서 붉어져가고 —

언덕 위 — 애스터의

옷차림은 — 한결같고 —

언약의 용담은 — 프릴을 나풀대다 —

그렇게 여름은 그녀의 기적을 여민다 —

여자들이 — 옷깃을 — 여미듯 —

아니 사제들이 — 표상의 위치를 바로잡고 —

성례를 — 마무리하듯 —

374, 1862

에밀리 디킨슨 정원의 한여름

"나의 예술, 어느 여름날" —553, 1863에서

유월 어느 감미로운 저녁을 상상해보자. 디킨슨 거실 프렌치 도어의 유리문들이 활짝 열려 있고, 잔물결치는 빅토리아 시대 유리에 나무와 잔디가 비치고 있다. 이웃집 거실에서 들리는 희미한 피아노 소리가 떠돌고 있다. 부인할 수 없는 여름이다.

저녁 식사 후에도 태양은 여전히 높이 떠 있어 거실의 실내를 비추고 마룻바닥 위를 날선 각으로 절단하기에 충분하다. 봄맞이 대청소를 막 끝냈음에도 공중에 먼지들이 떠다닌다. 창이 빛난다. 카펫은 먼지를 털어 여름 동안 말아놓는다. 이불들을 밖에 내어 넌다. 집안일에 대한 그녀의 태도를 요약하면, 언제나 명쾌했던 디킨슨은 "나는 해충이 더 좋다"고 말한 적이 있다. 그녀는 정원 일을 더 좋아했다.

프렌치 도어을 지나 포치에 들어서면 화분에 심은 식물들에

둘러싸인다. 초록 화분에 심은 협죽도는 팔월 말 개화를 위해 에너지를 비축하고 있는 어린 잎들이 반짝이며 온실에서 삐져나온다. 협죽도는 겨울 동안 유리 밑에 피었던 다프네(서향)와 어울려 있다가 이제 긴 여름날 새로운 싹을 틔운다.

여름은 에밀리 디킨슨이 좋아했던 계절이다. 그녀가 다른 계절보다 자주 언급했던 계절이기도 하다. 디킨슨의 시에서 여름은 145회 언급되었다. 여름에 가장 근접한 경쟁자인 겨울은 39회에 불과하다. 여름은 정원에서 시작하여 그녀에게 닿았다. 정원 산책로에서 꽃과 나무의 물결이 잡아끈다.

> 나의 정원이 ─ 해변처럼 ─
> 드러내는 ─ 바다의 존재 ─
> 그것은 여름 ─
> 진주 ─ 같은 것들을
> 그녀는 찾아낸다 ─ 나 같은 그런 이
>
> 469, 1862

나무들이 잎을 떨구는 그늘 웅덩이는 매일 시계 방향으로 움직인다. 느린 물살로 바위를 넘는 강물처럼 이파리들이 일렁인다. 봄의 형광빛을 잃어버린 잎들은 엽록소가 농축되며 짙어진다. 은은한 참나무 꽃, 그 꽃의 꽃차례가 불뚱 위에 먼지투성이의 꽃가루를 뿌리고 있다.

허니서클*은 서재 바로 밖에서 격자 울타리를 휘감고 그 향기

---

*_ 허니서클honeysuckle, *Lonicera*은 북미 대륙과 유라시아 지역에서 자라는 덩굴 식물인데 인동초*Lonicera japonica*도 여기에 속한다. 향긋하고 달콤한 과즙과 열매 때문에 곤충과 작은 새들이 많이 찾는다.

는 라일락이 떠나버린 자리를 접수한다. 관 모양의 분홍색 꽃 속 과즙
이 벌새를 소환한다. 벌새는 목표물인 꽃 위를 배회하다 케이크 테스
터처럼 긴 혀를 꽂고 달콤함을 맛본다.

덩굴이 새로 올라오면 뱀을 조련하듯 버팀대에 묶어줘야 한다.
이 일은 가끔 에밀리의 몫이었다. "나는 오늘 밤 차 마시기 전에 밖으
로 나가 허니서클을 조련했어." 에밀리는 이렇게 전했다. "아주 빨리
잘 자라." 덧붙여서 그녀는 이 두 식
물이 온통 꽃봉오리로 덮여 있었다고
했다. 어떤 때는 여동생이 이 일을 하
기도 했다. "비니가 허니서클을 조련
하고 있어. 그리고 로빈 새들이 줄기
를 슬쩍해서 둥지로 가져가지. 로빈
새들은 늘 그러잖아." 이렇게 디킨슨
은 전해주었다.

정원을 산책하기 좋은 아름다
운 저녁이 되었다. 마음에 든다면 천
천히 둘러보자. 하지 무렵 긴 황혼에
는 기품이 깃들어 있다. 보랏빛 아이
리스가 빛난다.

"허니서클―아주 빨리 잘 자라."

아침은 ― 이슬의 자리 ―
옥수수는 ― 정오에 다 익었다 ―
꽃들을 위한 ― 저녁 불빛 이후 ―
저무는 해를 위한 ― 공작님들!
223, 1861

한여름

(왼쪽) 비니가 키우던 반려동물이 환생한 듯 현재 박
물관의 고양이인 오스카가 방문객들을 반긴다.
(오른쪽) 부엌문 밖에서 고양이를 안고 있는 말년의
라비니아 디킨슨.

아이리스 화단의 잎들이 산들바람보다 빠르게 움직이고 있는
듯하다면, 아마 비니의 고양이가 뿌리줄기들 사이로 작은 설치류를
쫓아다니는 중일 것이다. 라비니아는 고양이를 좋아해서 고양이들에
게 멍청한 이름(드러미두들즈)이나 심심한 이름(태비), 그리고 20세기 미
디어를 미리 예견한 듯한 이름들(버피와 투씨)을 붙여주었다.* 고양이
들은 설치류를 사냥하기 때문에 들쥐, 다람쥐, 그 밖에 굴을 파고 사
는 짐승의 개체 수는 영지 안 고양잇과 동물에 반비례한다.

판석이 깔린 길 아래로 과일나무들이 나타나기 시작한다. 체

---

*_ 드러미두들즈Drummydoodles는 우리말로 '북 치고 멍 때리는 냥' 정도로 옮길
수 있을 텐데 의미보다는 혀 짧은 소리가 나는 발음 때문에 지은 이름인 듯하다. 태비
Tabby는 얼룩 고양이를 뜻하고, 버피Buffy는 1990년대 인기 있던 영화와 드라마 주인
공인 뱀파이어 퇴마사였으며, 투씨Tootsie는 19세기 고양이 이름이지만 1980년대 더스
틴 호프먼이 여장 남성으로 나온 동명의 영화 주인공 이름이기도 하여 모두 현재 독자
들에게 익숙한 이름들이다.

리, 사과, 자두, 배 들이 봄의 개화가 막 끝나면, 아직은 작지만 부풀어 오른다. 집에서 가장 가까이에 있는 벚나무 세 그루의 열매들이 제일 먼저 익어갈 것이다. 막 따서 달콤한 체리는 일단 저장되었다가 파이가 되어 식탁에 오른다. 열매가 새들을 유혹하면, 새들은 달달한 핵과를 얻겠다고 열심이다.

디킨슨 정원에는 과일나무뿐만 아니라 딸기밭도 있다. 예전 딸기는 유월이면 몇 주 동안 주렁주렁 열렸다. 가끔 한 그루에서 1리터쯤 열린다. 잼을 만들고 빵을 굽는 시기이기도 하다. 부엌에서 솔솔 풍기는 딸기 냄새가 정원 속으로 퍼진다.

> 울타리 너머 ─
> 딸기가 ─ 자란다 ─
> 울타리 너머 ─
> 나도 안다, 하려고만 들면 ─ 내가 넘을 수 있었다 ─
> 딸기는 좋으니까!
>
> 하지만 ─ 만일 내 앞치마가 얼룩졌다면 ─
> 신께서는 분명 꾸짖으시겠지!
> 오, 친구여, ─ 그가 소년이면 하고 상상해봤어 ─
> 그도 ─ 할 수만 있다면 ─ 넘었겠지!
> 271, 1861

아래편 정원 경계는 울창하다. 카네이션의 다양한 자매종들이 모두 활짝 핀다. 익살맞은 디킨슨은 메리 볼스에게 이렇게 물은 적이 있다. "너희 정원은 어때, 메리? 분홍이들은 진실하니? 그리고 향긋

한여름

한 윌리엄*은 믿음직해?" 분홍이들Dianthus caryophyllus의 가장자리는 핑킹가위로 마름질된 솔기처럼 지그재그다. 회색의 기다란 이파리들이 자라 매트처럼 깔려 있다. 분홍색 작은 꽃은 식용이어서 치즈 케이크나 설탕을 뿌린 티 케이크 위에 예쁘게 뿌리기도 한다. 가끔 디킨슨은 카네이션을 클로브clove의 프랑스어 기로플girofle에서 따와 길리플라워gilliflower라 불렀다.** 향신료 냄새가 나기 때문이다. 선조들이었다면 이 꽃을 이용하여 와인과 에일에 향을 더했을 것이다.

"분홍이들은 진실하니?" 오라 화이트 히치콕 그림.

오두막 정원의 다른 꽃인 향긋한 윌리엄은 흰색, 분홍, 마젠타 색상으로 핀다. 디킨슨 정원에서 향긋한 윌리엄은 때로 충직하지 못해서 1~2년 지나면 사라지기도 한다. 하지만 디킨슨은 여름마다 새 씨앗을 뿌려 한 해 초록빛으로 키우고 다음 해 꽃을 피워 격년으로 꽃을 보았다. 정원의 보석이다.

다이아몬드가 전설이고
왕관이 — 이야기라면 —
나는 내게 줄 브로치와 귀걸이를
파종하고 키워서 판다 —

---

*_ 향긋한 윌리엄Sweet Williams, Dianthus barbatus은 수염패랭이꽃이다.
**_ 클로브는 마늘이나 알뿌리의 한쪽을 뜻한다. 아마도 디킨슨의 카네이션은 요즘의 카네이션보다는 패랭이꽃에 가까운 모습이었을 듯하다. 저자는 마늘쪽처럼 여러 겹의 꽃잎이 모인 카네이션의 모습에서 프랑스어 발음을 흉내 내 길리플라워라 불렀다고 말하는 것 같다.

비록 설명 한 번 제대로 못하지만
나의 예술, 여름날은 — 후원자들이 있으니 —
한 번은 — 여왕이셨고 —
또 한 번은 — 나비였지 —
553, 1863

여러해살이들은 디킨슨의 초여름 울타리를 주도한다. 서로 봐
달라며 다투듯 한꺼번에 모두 만개하는 듯하다. 양귀비들이 철사처럼
단단한 줄기 위에 성경 종이 얇기의 꽃잎을 힘차게 흔든다. 양귀비들
이 정원에서 즐거워하며 장식적인 씨머리에서 나오는 씨를 뿌리고 예
상치 않은 장소에 불쑥 등장한다. 빨간 양귀비는 태양의 축소판 같다.

고요해 보이는 날이었지 —
땅도 하늘도 무해했어 —
지는 해를 볼 때까지
우연한 빨강이 방황했는데
시내의 서편에게는
산책하는 색이라 말했겠지 —

하지만 땅이 덜컹대기 시작하고
집들이 포효하며 사라지고
인간애가 숨었을 때
우리는 사멸을 본 이들처럼
구름 속 양귀비를
알아차리고 놀랍고 두려웠다 —
1442, 1877

한여름

노란 눈을 지닌 흰 데이지는 붉은 양귀비와 대조적이었다. 디킨슨은 데이지와 연관되기도 했다. 때로는 편지에서 자신을 별칭으로 데이지라 했다. 그녀가 키운 데이지와 지금도 애머스트 인근 들판에 서식하고 있는 데이지는 옥스아이데이지다. 디킨슨은 데이지를 사랑했지만, 모두가 그랬던 것은 아니다. 그녀의 한 친척은 달랐다. "왜 사람들은 데이지의 아름다움에 열광하지? 나는 완숙 달걀 반쪽으로 보여." 꽃은 취향이다.

여름은 계속되고 팡파르를 울리며 백합이 열린다. 이 꽃들은 봄이면 먼저 촘촘한 녹색 뭉치가 뻗어 나와 잎이 무성한 초록 줄기가 된다. 트럼펫 모양의 꽃들은 해마다 반드시 돌아온다. 디킨슨은 백합을 한 줄로 길게 키웠는데, 몇 주 동안 정원의 장관이었다. 백합은 종

디킨슨 정원의 데이지.

류가 다양한데, 매혹적이지만 이름은 없는 "단일 품종들보다는 훨씬 정교해서 장미 가루 묻힌 꽃잎에 갈색 벨벳 수술이 있는 흰 백합"을 포함해서, 점박이흰나리, 나리, 흰백합, 참나리 등이 있다.

에밀리 디킨슨은 아버지가 선물한 킹제임스 판본을 수년간 읽어서 성경을 알고 있었다. 그녀는 신약과 구약에 나오는 정원 관련 구절들을 적절할 때 인용했다. "백합화를 생각해보라"(「누가복음」 12:27, 「마태복음」 6:28)는 언급은 꽃 선물과 같이 보낸 편지에 여섯 번 나온다. 그녀는 과장된 태도로 "내가 순종한 유일한 계명은 '백합화를 생각해보라'"라고 고백한 적이 있다.

그녀는 성서적 의미의 백합을 알고 있다고 생각한 듯하다. "저 [디킨슨의 백합 – 옮긴이] 품종을 보고 성경이 반한 건 아니었겠지?" 디킨슨은 친구 마리아 휘트니에게 이렇게 썼다. "'들의 백합!' * 나는 백합을 지나칠 때마다 늘 솔로몬을 질타하며 다시 '그 백합'과 사랑에 빠졌지. 분명 아무도 나를 보지 못했을 거야. 이생을 마치고 내가 참회해야 한다 해도 계속 이럴 것 같아." 그녀는 백합을 잘 다룰 줄 알았다. 그녀와 친했던 사촌인 루이자(루)와 프랜시스(패니) 노크로스와 함께 보스턴에 머물던 어느 해, 그녀는 꽃 한 송이의 성장을 기록하여 비니에게 알렸다. "내가 온 후 네가 루에게 준 분홍 백합 다섯 송이가 피었어. 봉오리는 더 많지. 여자아이들이 다 나 때문이래."

여우장갑**도 백합만큼이나 눈길을 끌며 디킨슨의 여름 정원

---

*_ "들의 백합lily of the field"은 사실 은방울꽃이다. 같은 구절이 신약성경에 나오는데 ("또 너희가 어찌 의복을 위하여 염려하느냐. 들의 백합화가 어떻게 자라는가 생각하여 보라. 수고도 아니하고 길쌈도 아니하느니라. 그러나 내가 너희에게 말하노니 솔로몬의 모든 영광으로도 입은 것이 이 꽃 하나만 같지 못하였느니라." 「마태복음」 6:28-29), 흔히 인간이 아무리 권력과 재물로 치장한다 해서 들판에 아무렇게나 피어 있는 들꽃의 아름다움에 비할 수 없다는 의미로 자주 사용된다. 은방울꽃을 볼 때마다 디킨슨은 솔로몬의 부귀영화가 부질없다 생각했을지 모르겠다.

**_ 여우장갑fox glove은 질경잇과에 속하는 디기탈리스다.

디킨슨이 인용한 계명에 걸맞은 노랑 백
합. 클래리사 먼저 배저 그림.

에 길게 자랐다. 식물 아랫부분에 솜털이 난 잎들에서 마젠타색 꽃봉오리들이 오벨리스크처럼 위로 뻗은 줄기를 따라 열린다. 요정 이야기에 어울리는 꽃이라서인지 여우장갑 혹은 민담장갑*이라 불린다.** 여우든 요정이든 아니면 인간 세상의 것이든, 꽃은 손가락이라 불리는 듯하다. 식물 학명인 디기탈리스 *Digitalis*조차도 십진수인 우리의 손가락들을 가리킨다.*** 꽃송이

식물 학명이 *Lilium superbum*인 참나리가 여름 정원에서 고개를 끄덕이고 있다.

속을 들여다보면 사랑스런 점들이 보인다. 꽃가루 매개자들을 부르는 술집의 바깥 네온사인인 셈이다.

디킨슨이 시를 발표하는 일을 아주 드물었지만 1861년 『스프링필드 리퍼블리칸*The Springfield Republican*』 지에 「오월 와인The May Wine」이라는 제목의 시 한 편이 나온다. 여우장갑과 벌이 등장하는 이 시는 에머슨의 한 에세이에 대한 그녀의 시적 응답으로 읽을 수 있겠다. 그녀는 콩코드 출신 회중교회 목회자에서 저자로 변신한 에머슨의 두 번째 작품인 「시인The Poet」에 실린 다음의 글을 읽었다.

시인은 오직 시인이 어떤 야생의 상태로 또는 '마음의 꽃으로'

---

*_ folks gloves로 여우장갑과 발음이 비슷해서 생긴 이름인 듯하다.
**_ 디기탈리스는 라틴어로 손가락을 뜻하는 digit에서 왔다고 하는데, 영어 이름인 여우장갑은 고대 영어로 매달아놓는 종bell의 이름인 여우의 노래foxes-glew와 모양이 비슷하여 유래했다고 보기도 한다.
***_ 디기탈리스의 어근인 digit는 십진법의 숫자를 뜻한다.

한여름

말할 때에만 자신이 제대로 말하고 있음을 알고 있다. 신체 기관으로서의 지성이 아닌 오직 일에서 나오는 지성이며, 천상에서의 삶이 주는 지침을 따르려 노력하는 지성으로 말한다. 옛사람들이 곧잘 그랬듯, 단순한 지성이 아닌 [자연의 — 옮긴이] 과즙에 도취한 지성이다.

디킨슨은 황홀에 취해 응답했다.

나는 전혀 숙성 안 한 술맛을 알아 —
술통에서 진주 국자로 떠 마시지 —
라인강 술통들이라고 모두
이런 술을 내놓지는 않아

나란 놈은 — 바람의 술꾼 —
게다가 이슬의 고주망태 —
갈지자 춤추며 — 끝도 없는 여름 한낮 내내 —
녹아내린 파란 하늘 주막을 나선다 —

'주인장'이 술 취한 벌을
여우장갑꽃 문전에서 내쫓을 때 —
나비들이 마시던 '한 모금'을 포기할 때 —
나는 그냥 더 마셔야지!

하늘나라 선녀님들이 눈꽃 모자를 나풀대며 —
성자들이 — 창가로 달려와 —
이 쪼그만 술주정뱅이가 태양을 등지고 기대선

모습을 볼 때까지!

207, 1861

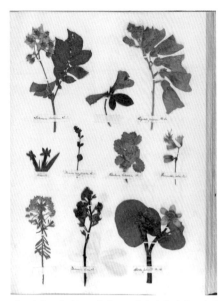

여러해살이들은 홈스테드
의 정원을 포함하는 여름 울타리
의 일꾼들이다. 여러해살이들이 해
마다 돌아와 반복된 공연을 펼치
는 동안, 드물게 예외적인 경우도
있지만, 단지 몇 주 동안만 꽃이 핀
다. 반면 한해살이는 이 계절에 씨
앗을 준비하기로 결단하고 꽃송이
를 밀어 올린다. 에밀리와 비니가
정원에 심은 것과 같은 한해살이
들과 여러해살이들은 분명 꽃 속
에 뭔가가 항상 있어 사람들과 꽃
가루 매개자들을 유혹한다.

여우장갑꽃이 벌을 유혹하는 순간이 압화 상태로 허버
리움 29쪽 오른쪽 상단에 보인다.

디킨슨 화원은 나비를 독점하지 않는다. 메인 스트리트 건너
편 초원은 붉은토끼풀이 가득하다. 유럽의 식민지인들이 가축과 함
께 미국으로 들여온 이 풀은 많은 꽃가루 매개자들이 선호하는 꽃이
다. 토끼풀 품종들(과 다른 콩과 식물들)이 공기 중의 질소를 포획하여
뿌리로 보내는 것처럼, 붉은토끼풀도 토양에 좋다. 바로 자연의 연금
술이다.

벌들이 더 좋아하는 꽃이 하나 있어 ―
그리고 나비들도 ― 원해 ―
그 보라색 민주주의자를 얻으려 해

한여름

에밀리 디킨슨이 선택한
여름 여러해살이
꽃들

금어초 Snapdragon, *Antirrhinum majus*

분홍, 흰색, 마젠타, 노랑으로 뾰족하게 올라오는 금어초는 여우장갑과 함께 늦은 유월에 볼 수 있다. snapdragon이라는 이름이 주는 그 까칠한 느낌보다 훨씬 정감 있어 보인다.* 꽃의 뒷부분을 꼭 쥐어보면 입을 벌렸다 닫는다. 모든 정원사의 내면에 숨긴 동심에 말을 거는, 표현력이 풍부한 입이다.

천일홍 Globe amaranth, *Gomphrena globosa*

디킨슨은 종종 자신의 시뿐만 아니라 식물 속에서도 영원불멸의 주제를 탐험했다. 허버리움의 책장을 넘기다 보면 특별히 말린 꽃 배열을 위해 사용된 꽃 몇 송이를 볼 수 있다. 원산지가 중앙아메리카인 천일홍은 서리가 내릴 때까지 여름 내내 동그란 보라색 꽃이 나온다. 겨울 동안 말리면 형태와 색을 그대로 유지한다. 허버리움의 다른 한해살이 '에버래스팅'**에는 밀짚국화와 보리국화가 있다.

향기 알리섬 Sweet alyssum, *Lobularia maritima*

여름이 바다라면 알리섬은 파도의 거품이다. 작은 식물로 키가 2.5센티미터 정도밖에 안 되고, 아지랑이 올라오듯 대개는 하얀 작은 꽃송이들이 무리를 이룬다. 분홍색

---

*_ snapdragon이라는 이름은 꽃잎의 양 끝을 위아래로 살짝 접어 말아 올린 듯한 모습이 뭔가를 낚아채려는 용의 입을 닮아서 붙였다고 한다.
**_ 에버래스팅everlasting은 말라도 형태나 빛깔이 변하지 않는 꽃이 피는 식물이다.

한해살이 천일홍과 여러해살이 피버퓨feverfew가 홈스테드 여름 정원에 한데 어우러져 있다.

이나 보라색도 있다. 향이 나고 정원 가장자리를 따라 레이스처럼 피어 있다. 판석 깔린 길이 있다면, 돌을 따라 씨앗을 뿌려보자. 이 식물은 서늘하고 축축한 공간에 뿌리 내리기를 좋아한다. 알리섬은 기분만 좋으면 스스로 씨를 뿌린다. 디킨슨은 가을 정원에서 향기 알리섬과 미뇨네트의 씨앗을 모아 겨우내 실내에서 키워 온실 대기를 향으로 채웠다.

미뇨네트 Mignonette, *Reseda odorata*

미뇨네트는 프랑스어[에서 작은 것을 뜻하는 어미 -ette에서 알 수 있듯 ─옮긴이] 이름부터 꽃의 작은 크기를 강조한다. 꽃차례는 시선을 피하듯 작고 눈에 잘 띄지 않는다. 완전히 새침데기다. 하지만 그 향기는 마치 백화점 향수 매장처럼 진동한다. 에밀리 디킨슨이 정원을 지나면 미뇨네트의 향이 그녀를 향해 솔솔 풍긴다. 눈에게 코를 따르라 한다. 안으로 들여온 꽃다발에서 향이 번지면 이거야말로 19세기 버전의 방향제였다. 지금도 프랑스에서는 향수 산업을 위해 상업적으로 키우고 있다. 특수 묘목밭에서는 미뇨네트를 절대 못 찾을 것이기 때문에 정원에 이것을 심고 싶다면 해마

한여름

다 씨를 받아 키워야 한다.

스토크 Stock, *Matthiola incana*

디킨슨 정원에서 향기가 좋은 또 하나의 꽃인 스토크는 겨자족[배춧과—옮긴이]에 속한다. 미니어처 장미 다발처럼 생긴 파스텔색 꽃송이로 자란다. 키가 큰 품종은 꺾꽂이용, 중간 키는 울타리용, 작은 품종은 가장자리용이다. 디킨슨은 골디락스*처럼 자기 정원에 가장 적합한 것을 선택한다. 그리고 그녀는 [주식 또는 배당금을 뜻하는—옮긴이] 금융 용어이기도 한 'stock'으로 말장난하기를 좋아했다.

향기 술탄 Sweet sultan, *Amberboa moschata*

꽃 이름의 유래가 된 권력자를 알 수만 있다면. 향기가 나고 튼튼한 여러해살이풀로 따뜻한 기후에서 자라고 엉겅퀴처럼 생긴 꽃을 피운다. 키는 90센티미터 정도까지 자라서 울타리 밖을 향하게 키우다가 꺾어서 말려 쓴다. 시든 꽃을 꾸준히 잘라주기만 하면 서리가 내릴 때까지 계속 꽃이 핀다. 디킨슨 시절에는 향기 술탄이 대체로 보라, 분홍, 파란 색뿐이었지만 요즘은 흰색과 노란색도 씨앗으로 구매할 수 있다.

디킨슨의 포트폴리오에서 "매운 '스토크'"는 "수선화 지참금"과 경쟁했다.**

---

* _ 미나리아재비 일종으로 유럽이 원산지다.
** _ "매운 '스토크'"와 "수선화 지참금"은 "그의 얼굴을 보여주려면 내가 무엇을 주면 될까What would I give to see his face?"로 시작하는 에밀리 디킨슨의 시에 나오는 표현이다.

붉은토끼풀. 디킨슨 시에서는 "보라색 민주주의자"라고 불렸다.

벌새도 — 열망해 —

그리고 지나가는 그 어떤 곤충이든 —
품고 떠나는 꿀에
비례하는 그의 몇 가지 궁핍과
그녀의 — 역량 —

그녀의 얼굴은 달보다 동그랗고
초원의 난초나 —
진달래 무리가 — 입은 —
드레스보다 더 붉어

한여름

세상이 초록이 되기 전 —
그녀는 유월을 기다리지 않는다 —
바람을 맞으며 — 보이는 —
그녀의 작고 단단한 용모

그녀 자신에게는 가까운 혈족 —
떼와 해의 특권을 위해 —
풀과 다투고 있다 —
일생을 건 달콤한 소송 당사자들 —

그리고 언덕 가득 —
더 새로워진 유행이 불어오면 —
질투에 사로잡혀
단 하나의 향기도 입안에 넣지 않는다 —

그녀의 대중은 — 정오이리라 —
그녀의 섭리는 — 태양이리라 —
그녀의 행보는 — 벌이 — 선포하리라 —
주권자가 되어 — 어긋남 없는 곡조를 —

무리 가운데 — 가장 용감한 자 —
최후의 일인까지 — 굴복시키며 —
어떤 패배도 — 알지 못한다 —
서리가 내리면 취소하겠지

642, 1863

데이지, 버터컵, 붉은토끼풀. 클
래리사 먼저 배저의 『자연에서
그리고 채색한 들꽃들』.

디킨슨은 여름 정원 화단을 넘어 들판과 숲을 거닐기로 했다. 산책하는 동안 시적으로 그리고 문자 그대로 채집을 했다. 애머스트 주변 풍경 속 양치류들은 뭉치고 떼 지어 자랐고 여름이면 바이올린 모양의 머리를 활짝 펼쳤다. 사람들은 이것들을 캐서 집과 정원으로 가져갔고, 실내에 자연의 느낌을 주기 위해 채집한 것을 압화했다. 어느 긴 편지에서 디킨슨은 이렇게 썼다. "내가 매일 놀고 있는 나의 숲에서 가져온 양치류 하나를 당신에게 보냅니다." 편지에 동봉된 이 양치류는 좀미역고사리로 촉촉한 바위 위나 바위 벽에 자라는 작은 자생종이다. 양치류를 뒤집으면 둥근 포자낭군들이 보이는데, 밑면 전체가 온통 포자가 담긴 점무늬다.

애머스트 지역 숲에 융단처럼 깔린 건초향 고사리를 포함하는 양치류도 이 계절을 열고 있다. 손으로 쓸어보면 신선한 향취가 난다.

언덕 주변 바뀐 모습 하나 —
마을을 채운 티레*의 불빛 하나 —
아침이면 너른 해돋이 하나 —
풀밭에 드리운 짙은 황혼 하나 —
주홍 발자국 하나 —
비탈에는 보랏빛 손가락 하나 —
유리창에 앉아 팔락이는 파리 한 마리 —
다시 거래를 시도하는 거미 한 마리 —
더불어 어슬렁거리는 장닭 한 마리 —

---

*_ 티레Tyre는 지중해 연안에 위치한 레바논의 항구 도시다. 아시아 고대 문명이 고대 그리스를 거쳐 유럽 문명으로 나가는 관문이기도 하며, 작은 도시이지만 지리적으로 중요한 항구다. 로마 시대 이전부터 황제와 성직자의 의복에 쓰인 티리언 퍼플이라는 자주색 염료가 유명하고, 티리언 램프라는 램프 양식이 있다. 지중해를 항해하는 선원들에게 티레의 불빛은 휴식과 문명의 빛이었을 것이다.

FERN & WOOD MOSS

(왼쪽) "나의 숲"의 "양치류."
(오른쪽) "인적 없는 길 위"에 있는 양치식물. 오라 화이트 히치콕 그림.

사방에서 기대했던 꽃 한 송이 —

숲속에서 날카로이 노래하는 도끼 한 자루 —

인적 없는 길 위로 고사리 향 퍼지고 —

이 모든 것 말고도 내가 말하지 못한 것들이 많다 —

그대도 알고 있는 남모를 모습 하나 —

그리고 해마다 응답받는

니고데모의 신비!*

90, 1859

---

*_ 신약성경에 나오는 예수와 니고데모의 대화에서 가져왔다. 하느님의 나라를 볼 수 있
는 방법을 묻는 니고데모에게 예수가 "거듭나야 한다"고 한 답을 이해하지 못하고 다시
거듭남의 방법을 물었는데, 이를 니고데모의 신비라고 한다.
"그런데 바리새인 중에 니고데모라 하는 사람이 있으니 유대인의 지도자라. 그가 밤에
예수께 와서 이르되 랍비여 우리가 당신은 하나님께로부터 오신 선생인 줄 아나이다. 하
나님이 함께 하시지 아니하시면 당신이 행하시는 이 표적을 아무도 할 수 없음이니이다.
예수께서 대답하여 이르시되 진실로 진실로 네게 이르노니 사람이 거듭나지 아니하면
하나님의 나라를 볼 수 없느니라. 니고데모가 이르되 사람이 늙으면 어떻게 날 수 있사
옵나이까. 두 번째 모태에 들어갔다가 날 수 있사옵나이까. 예수께서 대답하시되 진실
로 진실로 네게 이르노니 사람이 물과 성령으로 나지 아니하면 하나님의 나라에 들어갈
수 없느니라. 육으로 난 것은 육이요 영으로 난 것은 영이니 내가 네게 거듭나야 하겠다
하는 말을 놀랍게 여기지 말라"(「요한복음」 3:1-5).

한여름

여름은 버섯 철의 시작이다. 디킨슨이 기록했듯, 버섯들은 밤새 불쑥 튀어나오는 듯하다. 당시 버섯은 균류가 아닌 식물로 분류되었다. 오늘날의 식물학자들에 따르면 버섯은 오래전부터 있었고, 확대가족 같은 방대한 지하 네트워크를 지니고 있다고 한다. 훨씬 큰 식물이라면 재생산 기관일 것이라는 점에서 버섯을 지켜보는 행위는 음란할지도 모르겠다. 하지만 디킨슨에게는 즐거운 일, 마법이었다.

> 버섯은 식물의 요정 —
> 저녁에는 아니지만
> 아침이면 송로버섯 오두막 안에서
> 늘 지체했던 것처럼
>
> 한 지점에 멈춰 있다
> 그럼에도 그 생애는 다 합쳐도
> 느릿한 뱀보다 짧고
> 살갈퀴*보다 재빨랐다 —
>
> 이것은 초목의 요술쟁이 —
> 알리바이의 기쁨 —
> 거품처럼 먼저 일어나
> 거품처럼 서둘러 나간다 —
>
> 풀들은 잠시 멈추게 되어

---

*_ 살갈퀴tare는 쥐보리 혹은 독보리라고도 하며 개역개정판 성경(「마태복음」 13:36-43)에는 "악이 뿌리는 가라지"로 번역되어 있다.

즐거운 눈치다 —
신중한 여름의
이 은밀한 접목

자연에게 어떤 길들여진 얼굴이 있다면 —
혹은 그녀가 누군가를 경멸하게 된다면 —
자연에게 변절자가 생긴다면 —
버섯 — 바로 그이지!

1350, 1874

"식물의 요정," 오라 화이트 히치콕
그림.

습지대에는 수련이 꽃을 피운다. 수련은 고대 식물이며 진화해
온 습지를 결코 떠난 적 없는 원주민들이다. 한번은 반 친구가 비니에게
'연못수련'이라는 별명을 붙여주었는데, 에밀리 디킨슨이 비꼬았다. "그
러면 나는 개연꽃이야." 디킨슨 자매처럼, 수련들은 모두 같은 과이지
만 매우 다르다. 연못수련은 가로가 15센티미터나 되는 큰 흰 꽃을 보
란 듯 드러낸다. 개연꽃은 연못과 호수의 얕은 곳이나 흐름이 느린 시내
에서 작고 창백한 노랑 꽃을 나지막이 피운다.

정말 '아침'은 올까?
'낮' 같은 게 있을까?
내 키가 산만 하다면
산에서는 볼 수 있을까?

수련 같은 발이 있을까?
새 같은 깃털이 있을까?
나는 전혀 들어본 적 없는

한여름

유명한 나라에서 가져온 걸까?

오 어떤 학자! 오 어떤 선원!
오 하늘에서 내려온 어떤 현자!
작은 순례자에게 꼭 알려주세요
'아침'이라 불리는 장소는 어디인가요!
148, 1860

늦여름이 애머스트에서 하품을 길게 하니 서리는 여전히 한참
멀었다.

늦여름

30대 후반 에밀리 디킨슨은 칩거했다. 점진적이고 자발적이었다. 비극적이라기보다는 오히려 독특했다고 볼 수 있는데, 디킨슨은 스스로를 "집과 정원의 발보아*"라 칭했다. 정원은 육지에 갇힌 발보아에게 안전한 항구였다. 식물들은 엉뚱함을 받아들이고 있었다.

혹시 정원이 나를 정복할까 —
나는 아직 정원과 얘기해본 적 없다
이에 대해 벌에게 털어놓을 힘이
지금 내게 별로 없다 —

---

*_ 바스코 데 발보아Vasco de Balboa(1475~1519)는 대항해 시대에 태평양을 발견한 스페인 출신 탐험가다.

나를 바라보곤 했던 상점들을 위해 —
나는 거리에서 그 이름을 부르지 않을 것이다
혹시 매우 수줍고 — 매우 무지한 저이의
얼굴이 죽어버릴까 봐

내가 그렇게 배회해왔던 —
비탈은 그것을 알아서는 안 된다 —
사랑하는 숲에게
내가 갈 날을 알려서도 안 된다 —

테이블에서 그 얘기를 웅얼대서도 안 된다 —
그렇다고 무심하게
수수께끼로 힌트를 주어도 안 된다
어떤 이가 오늘 산책할 것이다 —

40, 1858

1869년 에밀리 디킨슨은 개인적으로 만나고 싶어 했던 한 신사에게 보스턴에서 열리는 저녁 문학 모임 초대를 거절할 수밖에 없다는 편지를 썼다. "괜찮으시다면 애머스트까지 와주시면 매우 좋겠습니다." 그녀는 제안했다. "나는 다시는 아버지의 땅을 떠나 다른 사람의 집이나 도시로 가지 않습니다."

편지 수신인은 토머스 웬트워스 히긴슨이었다. 그는 나중에 디킨슨 출판 연대기에 주요 인물이 될 것이었다. 르네상스적 인간이던 히긴슨은 유니테리언 교회*의 목사이자 노예 폐지론자, 여성 권리 활

---

* _ 이성과 합리적 사유를 통해 신을 이해하고 믿을 수 있다고 주장하는 이성 중심 기독교 교회 분파다. 19세기 보스턴을 비롯한 미국 동부를 중심으로 활동했다.

디킨슨은 다시는 이 땅을 떠나 다른 사람의 집이나 도시로 가지 않았다.

동가, 그리고 디킨슨 집안에서 구독했던 신간 잡지 『애틀랜틱 먼슬리』의 정기 기고 작가였다. 그는 자연이나 꽃과 같은 일련의 주제들에 대한 글을 썼고, 특히 1862년 4월 장래의 저자들에게 조언을 던지는 「어느 젊은 기고자에게 보내는 편지」라는 제목의 에세이를 썼다. 이 글은 디킨슨에게 특별한 반응을 불러일으켰다. 그녀는 네 편의 시를 동봉하여 편지를 한 통 보냈다. 그리고 "폐가 되지 않는다면 제 운문이 살아 있는지 말해주시겠어요?" 하고 물었다. 이것은 그녀가 히긴슨에게 보냈던 일흔한 통의 편지 가운데 첫 번째 편지였다. 그녀가 희망했던 대로, 그는 그녀의 멘토가 되었다. 후에 그녀는 그를 '지도 교사'라 불렀다.

　　1870년 히긴슨은 애머스트까지 올 시간을 찾았다. 그녀가 초대한 지 1년이 지나, 이들이 첫 번째 서신을 교환한 후 거의 10년 만이

　　　　　　　　　　　　　　　　　　　　늦여름

였다. 팔월의 어느 따뜻한 화요일 오후, 그는 디킨슨 홈스테드의 거실에서 기다리고 있었다. 그는 아내에게 보내는 편지에 이렇게 묘사했다. "시골 변호사의 큰 저택인데, 갈색 벽돌에 큼직한 나무들과 정원이 있어요. 내가 카드로 보내줄게요." 그는 써 내려갔다. "컴컴하고 서늘하고 조금 딱딱한 거실에 책이 몇 권, 그리고 조각 작품들과 함께 피아노가 열려 있어요." 그는 기다리면서 서가를 찬찬히 훑어보았다. 여느 저자들처럼 그도 자신이 쓴 책 몇 권을 발견하고 기뻤다. 그때 에밀리 디킨슨이 문을 열고 들어왔다.

그날 밤 아내에게 보내는 편지를 계속 쓰면서, 그는 시인을 "정갈하고 흰 피케와 푸른 망사 소모사 숄을 걸친" 소박한 드레스를 입고 붉은 머리에 평범한 얼굴을 한 작은 여성이라고 묘사했다. 디킨슨의 첫 화제에 깜짝 놀랐다. "그녀는 데이릴리* 두 송이를 들고 와서는 어린아이 같은 모습으로 내 손에 꽃을 올려놓고는 말했소. '이건 제 소개예요.'" 두 사람은 긴 대화를 나눴고 그는 그날 저녁 집으로 돌아갔다. 그는 편지를 끝맺으면서 디킨슨의 강렬함을 이렇

(위) 디킨슨의 멘토였던 토머스 웬트워스 히긴슨. 이들이 만났을 때는 훨씬 나이 든 후였다.
(아래) 데이릴리. 첫 만남에 건넸던 대담한 꽃이다. 헬렌 샤프 그림.

---

* _ 데이릴리daylily는 원추리속 식물이다.

게 요약했다. "함께 있으면 이렇게 내 에너지를 소진시키는 사람은 처음이었어요."

디킨슨이 데이릴리를 소개한 것은 활짝 핀 오렌지색 꽃송이가 좋았기 때문이었을지도 모른다. 아니면 그녀가 꽃의 어휘로 소통한 것이었을지도 모른다. 그녀는 이렇게 쓴 적이 있다. "꽃

홈스테드 정원에 핀 재래종 데이릴리.

속 사촌에게 감사드려요. 입술은 없지만 언어를 지녔죠." 꽃의 언어는 격분이었다. 꽃을 통해 메시지를 교환하려면 같은 어휘 목록을 갖는 것이 중요하다. 어떤 사전에는 데이릴리가 추파 던지기지만 다른 사전에서는 아름다움이다. 그녀가 데이릴리로 결혼한 히긴슨 씨에게 도발한 것 같지는 않다. 하지만 아무도 모를 일이다.

때때로 에밀리 디킨슨은 꽃의 목소리를 사람의 목소리보다 더 좋아했던 것 같다. 히긴슨에게 보내는 편지에서 그녀는 이렇게 쓴 적이 있었다. "아시겠지만, 나는 들판 출신이에요. 민들레와 함께 있으면 아주 편안하지만 응접실에 있으면 한심한 인물이 되고 말아요." 그녀는 반려견 카를로와 그 일대를 거닐면서도, 우연한 만남의 기회조차 피했다. 사람보다는 식물들이 더 좋았다. 그녀가 히긴슨에게 묘사한 대로다.

'남성과 여성들' — 사람들은 신성한 것들에 대해 큰 소리로 떠들면서 나의 개를 당황하게 만들죠 — 사람들이 자기들끼리 있어만 주면, 카를로와 나는 사람들을 거스르지 않아요. 카를로가 당신 마음에 들 거라고 생각해요 — 과묵하고 용감하니까요 — 밤나무

늦여름

(위) 온실로 가는 실내 출입구는 디킨슨 아버지의 서재를 지난다.
(아래) 디킨슨의 '식당 옆 정원.' 1915년 사진.

를 좋아하시나 봐요. 제가 산책 중에 보았던 밤나무를 선생님도 좋아하실 것 같아요. 그 나무에 갑자기 시선이 끌렸는데, 하늘이 꽃으로 피어나는 줄 알았어요.

디킨슨은 사교 모임을 피하는 반면 정원이나 야외 또는 집 안이 편했다. 그녀의 부친은 벽돌 저택을 리모델링하면서 온실을 추가했다. 온실은 디킨슨의 영역이 되었다. 목수와 석공 들이 벽돌 저택 남동쪽 모퉁이에 온실을 붙였다.

식당 창을 에워싼 채 외벽 너머에 지어진 이 온실을 디킨슨은 "식당 옆 정원"이라 불렀다. 가로 2미터, 세로 5미터 정도의 작은 유리방은 집에서 나오는 간접 열기로 관리될 수 있었다.

식당 창문을 열어두면, 프랭클린 난로에서 나오는 열기가 온실을 채우고 식물들이 얼지 않게 해준다. 흰 선반들이 식당 창문에 걸쳐 있었다. 이중창 문 셋이 바닥에서 천장까지 뻗어 남쪽으로 온실을 에워쌌다. 두 개의 유리문이 밖으로 열려 있었다. 하나는 돌계단으로 내려가 정원 안까지 연결되었다. 다른 하나는 울타리 안에서 정문을 통과해 거리까지 이어졌다.

여러 훌륭한 빅토리아인들처럼 에밀리 디킨슨도 자신이 모은 식물들 앞에서는 까치*였지만 나름의 기준이 있었다. "그녀는 이것저것 뒤섞인 평범한 품종의 가정용 식물들을 전혀 좋아하지 않았다." 그녀의 조카가 후에 회고했다. "드문 진홍색 백합, 부활을 뜻하는 칼라, 옥살리스가 있으면 여기는 언제나 여름이었다. 옥살리스가 집안 식구들과 집에 자주 놀러오는 이들 머리 위로 떠도는 소박한 향처럼 위에 걸린 바구니에서 향이 퍼져 내렸다."

디킨슨은 사촌에게 보내는 편지에 온실 식물 목록을 적었다.

크로커스들이 들어왔지. 식당 옆 정원에 있던 것들이야. … 그리고 푸크시아는 고양이가 차지했어, 딸기로 착각했나 봐. 프림로즈들도 있는데 지난겨울 쪽지에 보냈던 작은 문양 같아. 에이프런 옆에는 헬리오트로프가 가득해. 산의 색을 띤 재스민 꽃봉오리, 루빈[파리의 유명한 조향사] 같은 은은한 향기 알지, 그리고 길리플라워, 마젠타, 그리고 약간의 미뇨네트와 향기 알리섬 한 아름, 그리

---

* _ 까치는 수다스럽고 자잘한 물건들을 둥지에 모아두기를 좋아한다.

늦여름

고 카네이션 봉오리.

온실은 유쾌하면서도 꾸준한 일거리를 만들어낸다. 식물들은 돌봄이 필요하다. 다듬고 방향을 돌려주고 분갈이도 해줘야 한다. 정원사들은 사막과 정글이 교차하는 이상한 세계를 창조한다. 선인장류는 건조해야 한다. 양치류는 축축해야 한다. 디킨슨은 가끔 톰 소여의 기술로 물 주기를 시켰다. "그녀는 자신의 작은 온실에서 자기 식물들에게 물을 주라고 했다. 치자나무, 헬리오트로프, 양치

(위) 옥살리스. 오라 화이트 히치콕 그림.
(아래) 온실 식물들이 잘 자라려면 세심한 주의와 부지런함이 필요하다.

류"라고 조카는 말했다. "곤충의 더듬이처럼 생긴 길고 가느다란 주
둥이가 달린 작은 물뿌리개로 훨씬 높은 선반까지 뻗어야 했다. 그녀
의 아버지가 고안해 그녀에게 만들어준 것이었다."

디킨슨 실내 정원의 환한 빛은 식물들에게 싹을 틔우라는 신
호를 보낸다. 온실의 하사품을 조금 나누며 디킨슨은 이렇게 썼다.
"내륙의 버터컵을 보내줄게. 바깥의 꽃들은 여전히 바다에 있어." 그
녀의 내륙 식물들은 다양했고 이국적이고 에로틱했다.

> 그대를 위해 나의 꽃을 키우고 있다 —
> 눈부시게 부재한 이여!
> 내 푸크시아의 산호색 봉제선이
> 뜯어질 때 — 씨 뿌리는 이는 꿈꾸고 있다 —
>
> 제라늄 — 엷은 색에 — 진한 무늬 —
> 나지막한 데이지들 — 점점이 —
> 나의 선인장 — 그녀의 수염을 가르며
> 그녀의 목구멍 속을 보여준다 —
>
> 카네이션이 — 향신료를 떨구면 —
> 벌들이 — 집어 들고 —
> 내가 숨겨둔 — 히아신스 —
> 주름 잡힌 머리를 내밀고 —
>
> 아주 작은 — 플라스크로부터 —
> 향기가 떨어진다
> 이들이 품은 모습에 너는 감탄한다 —

늦여름

글로브 로즈들 ─ 자신의 공단 조각을 부수고 ─

나의 정원 바닥에 떨어졌다 ─
그런데도 ─ 너는 ─ 거기 없어서
나에게는 그들이 기꺼이 맺은
진홍색도 ─ 더는 없었다 ─

367, 1862에서

온실의 막힌 공간은 꽃향기로 진동했다. "나의 꽃은 가깝고 낯
설어." 3월 어느 날 그녀는 친구 엘리자베스 홀랜드에게 보내는 편지
에서 선언한다. "그저 방 하나 지나면 향신료 섬에 와 있어. 오늘 바람
은 유쾌하고, 어치는 블루테리어처럼 짖어대지."

                ◉

온실은 에밀리의 영토였고 에밀리는 이를 나누었다. "비니는
자기 임무를 행복해해. 자기 고양이도, 자기 꽃들도. 안에 있는 정원
은 아주 작긴 하지만 당당하지. 새빨간 카네이션들이 있어. 아주 마
녀스러운 제안이지. 그리고 히아신스는 스스로 지켜야 할 약속들로
뒤덮여 있어." 디킨슨 자매는 야외 정원도 공유했는데, 이들이 늘 같
은 생각이었을지는 의문이다. 비니에게 "모든 꽃들은 제멋대로였다.
그녀에게 폭군이었고 자기 화단 밖으로 뛰쳐나가 다른 화단으로 난
입했다. 하지만 비니는 나무라는 법 없이 꽃이 필 때까지 제거하지도
않았다. 살아 있는 꽃은 … 라비니아에게 구닥다리 원예 원칙보다 소
중했으니까." 라비니아 디킨슨은 자유방임주의 방식의 정원사였던
것 같다.

언니가 점점 칩거하다 보니 애머스트에 공식적으로 모습을 드러내는 건 비니였다. 비니는 디킨슨의 가까운 지인이 아닌 사람들과 상업적인 거래를 맡았다. 그녀는 정원에서 일꾼들을 지도했고 구매 물품을 청구했다. 주문하고 청구서에 지급하는 라비니아 덕분에 그녀의 언니는 본인에게 절실했던 프라이버시를 누릴 수 있었다.

비니는 정원과 관련된 의뢰도 챙겼다. 장례식과 결혼식에 꽃을 기부했고 무도회를 위해 부케가 필요한 동네 젊은 여성들에게도 보내주었다. 홈스테드에 들르면 정원에서 자주 비니를 보았을 것이다. 한 신사도 그랬던 적이 있었다. 후에 비니가 이 일을 조카에게 설명했다. "옷은 온통 진흙투성이였어. 모자는 최악에다 숄은 집시 패션으로 허리에 묶고 있었지. 괜찮은 건 하얀 긴 장갑뿐이었어. 하지만 내가 제임스의 손수레에 자리를 마련해주었어. 그분이 거실에 있는 것보다 더 좋아했으면 했지." 창문으로 라비니아의 정원용 드레스가 보이고, 그녀를 도와 무거운 것들을 옮기는 정원사가 보인다.

정원의 자매는 세 명이었다. 1856년 오스틴이 결혼한 후, 에밀

젊고 건장한 오스틴 디킨슨(왼쪽)과 '수 언니' 수전 길버트 디킨슨(오른쪽).

늦여름

에밀리 디킨슨이 선택한
온실 식물들

치자나무 Cape jasmine, *Gardenia jasminoides* 'Veitchii'

디킨슨은 특별한 날을 기념하기 위해 친구들에게 치자꽃 ─ 보통 가르데니아라고 부르는 꽃이다 ─ 한 송이를 보내곤 했다. 에밀리의 조카는 이 꽃을 "그녀의 지대한 관심"이라 불렀다. 가르데니아는 변덕이 심한 식물이지만 디킨슨은 주저 없이 도전에 응했다. 전성기 치자의 빛나는 잎과 관능적인 하얀 꽃은 왕족에게 어울린다.

다프네(서향) Daphne, *Daphne odora*

향기로운 학명에서 예상할 수 있듯이, 다프네는 향기로 높이 평가받는다. 고대인들에게 다프네는 찰랑이는 물의 님프인 물의 요정으로 아폴론에게 쫓기다가 원치 않는 그의 접근을 피하려고 관목 속에 숨어 변신했다. 1873년 토머스 웬트워스 히긴슨이 디킨슨 홈스테드에 두 번째 방문했을 때, 시인은 다프네 잔가지 하나를 들고 사뿐히 들어왔다.

"고양이가 차지했던" 푸크시아.

푸크시아 Fuchsia, *Fuchsia hybrida*

디킨슨이 키웠던 푸크시아는 이 식물을 식물학적으로 처음 설명했던 16세기 독일의 의학 교수 레온하르트 푹스Leonhart Fuchs에서 이름을 따왔다. 원산지는 남태평양, 중남미, 카리브해다. 분홍색, 빨간색, 보라색 종들이 나란히 매달

려 있는 푸크시아를 온실 선반 가장자리에 늘어지게 두는 것은 훌륭한 선택이다. 푸
크시아를 먹으려는 비니의 고양이들이 주변에 없더라도 가지치기해주는 것이 좋다.
식물의 부드러운 새순을 따주면 바깥의 싹들이 올라오고 꽃이 풍성히 피는 데 도움
이 된다.

협죽도 Oleander, *Nerium oleander*

만일 디킨슨이 살인 미스터리 소설을 썼다면, 협죽도야말로 독보적으로 등장할 것이
다. 모든 부분에 독이 있기 때문이다. 독성 성분을 제외하면 협죽도는 사랑스러운 온
실 식물이지만, [미국―옮긴이] 북부 기후에는 연약한 여러해살이다. 잎은 광택이 나
는 상록수이고 깃털 있는 분홍 꽃이 줄기 끝에 모여 있다. 디킨슨 가족은 여름이면 협
죽도 화분을 바깥 포치로 내놓았다.

옥살리스 Wood sorrel, *Oxalis*

많은 종류의 옥살리스를 장식용으로 키우는데 여섯 종은 매사추세츠가 원산지다. 종
류에 따라 다르지만 흰색, 마젠타색, 살구색, 노란색의 꽃잎이 다섯 장인 꽃송이가 풍
성하다. 옥살리스는 식용이기도 한데 다소 신맛이 난다. 루바브나 시금치와 마찬가
지로 옥살산이 풍부하다.

디킨슨의 온실에서 키우는 장식
용 옥살리스.

늦여름

리는 한 시에서 이렇게 시작했다. "나는 집에 자매가 한 명 있고 울타리 너머에 또 한 명 있다." 비유적으로 울타리 폭만 지나면 되는 거리에 살고 있는 자매가 바로 그녀의 올케인 수전 길버트 디킨슨이다. 수전은 디킨슨 세 오누이의 오랜 친구이기도 했다. 1852년 에밀리는 수전에게 보내는 편지에서 이렇게 말했다. "나는 지금 정원에 나가봐야 해. 크라운 임페리얼은 네가 집에 올 때까지 머리를 들고 있으려면 감아놓아야 하거든." 이 말은 왕실의 비유인데, 크라운 임페리얼[왕관백합－옮긴이]은 1미터 자 정도의 키에 밝은 빨강이나 노랑 꽃이 위에 핀 줄기가 담을 넘본다.

크라운 임페리얼의 눈부신 꽃.

CROWN IMPERIAL.

서쪽의 침실 창밖을 내다보면 디킨슨은 옆집 오스틴과 수전의 정교한 저택인 에버그린스를 볼 수 있었다. 결혼 전 이 부부는 미시간에 있는 수전 오빠들 근처로 가서 정착하려고 가족 이주를 생각했다. 이들의 '서부 이주'에 대한 동경은 당시 널리 퍼져 있던 서부 열기 때문이었다. 이리 운하가 풍요로운 오하이오강 계곡 지역을 열어준 지 수십 년이 지나고 나서 뉴잉글랜드 시골의 농부들은 비탈과 바위투성이 땅을 포기하고 더 푸른 평원의 목초지와 프레리의 깊숙한 토양을 찾아 떠났다. 농부들의 대이주와 함께 상인들과 기술자들도 떠났다.

에드워드 디킨슨은 오스틴과 수전을 설득하여 "서쪽으로!"를 외치는 대신 집에 머물도록 했다. 에드워드는 두 개의 당근을 내놓았다. 오스틴을 법률 업무 파트너로 삼겠다고 했고, 인근의 상당한 크기의 땅에 이 부부가 원하는 스타일의 집을 지어주겠다고 했다. 바로 이

후대의 에버그린스 사진, 1920년경.

인생의 선택과 재정적 거래를 상징하는 것이 바로 두 집 사이의 오솔길이다.

이 부부는 처음부터 명소를 만들 작정이었던 것 같다. 이들의 '오두막'의 건축 양식은 당시 최신 유행이던 이탈리아풍이었다. 집의 정사각형 탑에서 보면 애머스트 풍경이 한눈에 들어오고 이들의 정원을 조감할 수 있다. 이들은 수전의 오빠들이 준 지참금으로 집을 최신 양식으로 장식했다. 이들이 집에 붙인 이름인 에버그린스는 정원에 대한 이들의 관심을 반영했다.

합병된 디킨슨 소유지들은 우아한 새 말뚝 울타리로 경계를 나타냈다. 홈스테드와 에버그린스 앞 울타리에는 사람이 드나드는 정문과 말과 마차, 수레가 드나드는 문이 있었다. 에드워드 디킨슨의 책에 따르면 정문을 열어두는 것은 방정치 못한 짓이었는데 오스틴도 부친과 생각과 같았다. 이웃 아이가 닫는 것을 깜빡하기라도 하면, 아이는 "멀리서 그리 온화하지 않은 억양으로 '애야, 문 닫으렴' 하는 우렁찬 목소리를 분명히 들었을 것이다." 오스틴 디킨슨은 정원이나 포치에 있는 부친의 위치를 알아맞히곤 했다.

1865년 봄 디킨슨가는 담장 대신 솔송나무 울타리를 설치했다. 에밀리가 보스턴에서 사촌들과 지내던 때 집에 있는 비니에게 편지를 썼다. "굴뚝도 완성되고 솔송나무 울타리도 모두 설치되었다면 좋겠어. 앞마당의 이빨 두 개도 다 메꾸고, 정말 경이롭겠지." "이빨

(위) 오스틴 디킨슨과 수전 디킨슨의 집인 에버 그린스는 애머스트에서 최초로 이름이 붙은 주택이었다.
(아래) 디킨슨가 소유지 정면의 울타리.

두 개"는 정면 산책로 정문을 지탱하는 끝이 뾰족한 장식용 문기둥을 말한다.

　　에드워드와 오스틴은 울타리가 똑바로 서 있도록 일꾼들에게 지시했다. 솔송나무는 이를 위한 훌륭한 선택이었다. 애머스트 지역이 원산지인 솔송나무는 장성한 활엽수 그늘에서도 잘 자라고 가지치기로 모양을 잡을 수도 있다. 디킨슨 저택 울타리는 소유지를 에워싸는 초록의 품이면서 보다 다채로운 식물들을 위한 짙은 배경이 되었다.

> 붉은 여인, 언덕 한복판에서
> 일 년의 비밀을 간직해요!
> 흰 여인, 들판에 핀
> 수수한 백합 속에서 잠들어요!
>
> 산뜻한 미풍, 빗자루를 들고
> 골짜기를, 언덕을, 그리고 나무를 쓸고 가요!
> 부디, 나의 어여쁜 아주머니들!
> 누구를 기대해야 할까요?
>
> 이웃들은 아직 의심하지 않아요!
> 나무들이 미소를 교환하네요!
> 과수원과 버터컵과 새 —
> 그렇게 잠깐 사이에!
>
> 그런데도 풍경은 저리 고요하군요!
> 산울타리도 정말 태연하네요!
> 마치 '부활'이
> 그리 이상하지 않은 것처럼요!
> 137, 1860

두 저택 사이의 오솔길은 잘 다져져 있었고, 에밀리는 에버그린스의 단골 방문객이었다. "바로 여기에서 그녀는 피아노로 쏜살처럼 달려가 웃으면서 '악마'라는 제목이 아주 적절했던 자작곡을 천둥처럼 쳐댔다." 당시 어떤 이가 이렇게 회상했다. 그녀는 밤낮으로 드나들었다. "아버지가 등을 들고 와서 에밀리가 안전하게 귀가했는지 확인할 때면, 아버지를 피해서 어둠을 헤치고 아버지보다 먼저 집에 도착하곤 했다." 심야의 애머스트는 어두웠을 것이고 오직 차고 기우는 달만 빛났을 것이다.

에버그린스 주위를 도는 한낮 산보는 19세기 중반과 후반 미술 양식의 풍경들 속을 걷는 산책이었다. 정원도 유행을 따르기 마련이지만, 에버그린스는 낭만주의와 픽처레스크 양식이었다. 돌계단과 두 개의 테라스는 메인 스트리트에서부터 현관문까지 이어졌고, 무성한 진달래 종류와 영국산사나무가 테두리가 되었다. 화단은 굴곡을 이루고 관목 숲은 무성했다. 나무와 관목으로 구성된 풍경은 문, 창문, 대문 어디서 보든 시각적으로 유쾌했다.

실내와 야외의 경계는 모호했다. 저택 서쪽으로 오스틴과 수전은 오래된 사과나무 둘레에 포치를 설계했고, 사과나무에서 튀어나온 가지들을 위해 지붕에 천공을 남겨두었다. 넝쿨이 기어오르며 현관 지붕선을 꽃과 푸른 잎으로 뒤덮었다. 잔디밭에는 또 한 그루의 사과나무가 살아 있는 여름 별장으로 변신했다. 나무에 자연적으로 생긴 좌석에 도달하려면 — 지상 1.8미터에 있다 — 나무 계단을 올라야 했다. 잔디밭에는 벤치를 놓아 휴식과 명상을 할 수 있는 장소가 되었고 재미를 주었다. 에밀리도 이러한 변신을 구경하며 분명 즐거웠을 것이다.

시간이 날 때마다 정원에서 지냈던 오스틴은 원예의 달인이었다. 그는 픽처레스크 양식을 주장했던 앤드루 잭슨 다우닝의 글을 포함해 그 당시 조경의 유행을 따랐다. 에버그린스 측면에 오스틴은 진달래 종류를 심었다. 야외로 산책할 때마다 양치류를 채집했다. 에버그린스 그늘에서 오랫동안 자란 것은 로열펀이다. 양치류의 굳건한

오솔길. 후에 오스틴과 수전의 맏아들이 "두 연인에게는 충분히 넓다"고 묘사했다.

군주인 로열펀의 원산지는 애머스트와 그 인근의 습지가 더 많은 지형이기 때문에 에버그린스에서 자생한 것은 아니었을 것이다. 식물들이 대개 그렇듯, 로열펀도 이 사유지의 새로운 보금자리에 적응할 줄 안다.

오스틴과 수는 새 보금자리에서 교제와 사교를 주선하고 즐겼다. 특히 진달래와 목련이 만발할 즈음 손님들을 맞이했다. 해리엇 비처 스토Harriet Beecher Stowe*가 여기에서 저녁 식사를 했고, 에머슨도 방문했다. 나중에 『비밀의 화원The Secret Garden』을 쓴 프랜시스 호지슨 버넷Frances Hodgson Burnett은 당시 유명한 작가였다. 그는 자신의 일기에 점심 식사 도중에 에밀리 디킨슨이 그녀에게 팬지 꽃다발에 살포시 얹은 "이상하고 멋진 작은 시"를 그릇에 담아 보냈다고 썼다.

그 밖에도 뉴욕 센트럴 파크 설계자들로 이미 널리 알려진 프레더릭 로 엄스테드Frederick Law Olmsted와 캘버트 복스Calvert Vaux도 손님이었다. 디킨슨 가족은 수시로 이들을 에버그린스에 초대하여 수전의 격조 있는 메뉴들을 대접했다. 수전의 기억으로는, 이 손님들이 경치의 장래와 식물들 — 생장 습성과 형태, 그리고 다른 특징들 — 을 마치 살아 움직이듯 아주 소상하게 이야기를 나누었다. 어느 저녁 식탁에서 특별한 푸른 가문비나무에 대해 대화했다. "마당 맨 끝에 있는 이 나무를 살펴보려고 사람들이 일제히 식탁을 떠났다가 20분쯤 후에 돌아왔는데, 식사가 중단된 것도 모르고 완전히 자기들 이야기에 빠져 있었다." 나중에 복스는 자신의 저서 『저택과 오두막Villas and Cottages』을 수전에게 바쳤다.

오스트리아에서 교육받은 센트럴 파크의 식물관리소장 이그나츠 필라트Ignatz Pilat 역시 방문하여 며칠을 보냈다. 필라트는 이들과

---

* _『톰 아저씨 오두막Uncle Tom's Cabin』으로 남북전쟁 당시 아주 유명했던 소설가.

147

함께 근처 해들리의 마운트 워너로 소풍을 가기도 했다. 산행 중에 그는 고사리를 하나 캐어 수전에게 뿌리와 싹의 교차 부분에 또렷하게 머리가 둘인 독수리를 보여주었다. 에밀리가 자신의 화훼 정원과 허버리움, 온실에 식물들을 수집했다면, 오빠인 오스틴의 작업은 훨씬 규모가 컸다. 그는 나무를 심었다. 범상치 않은 나무들이었다. 당시 많은 신사들과 마찬가지로 자신의 소유지를 일종의 수목원이라 생각했다. 사람들 말로는 그는 아름다운 결과를 창조했다.

수전은 꽃 울타리를 더하고 저택 근처 양지바른 서쪽 비탈에 유리 온상을 두었다. 화단 하나에서는 '볼티모어 벨'이라는 장미가 줄기를 뻗으며 유월의 분홍 장미들이 다발로 피어 있었고, 가을에는 밝은 주황색 열매가 달렸다. 장미 밑에는 보라색 헬리오트로프와 보드랍고 회색이 도는 이파리의 향기 나는 제라늄을 심었다.

솜씨 좋은 꽃꽂이 전문가였던 수전은 꽃을 모아 식탁에 놓거나 신사들의 라펠을 장식할 작은 버튼홀 부케를 만들기도 했다. 메뉴에 들어갈 재료를 따 오기도 했다. 어느 오월 점심을 그녀는 이렇게 묘사했다. "우리 정원과 온상에서 가져온 싱싱한 아스파라거스와 샐러드로 점심 식사에 식욕을 돋우는 가니시를 만들었다. 아르부투스로 식탁 중앙을 채우면 마치 창문마다 밝은 햇살이 빼꼼히 들여다보며 안에서의 불꽃 튀는 대화에 끼어들려 하는 듯했다." 아스파라거스를 수전의 정원에서 가져왔는지 옆집인 홈스테드에서 가져왔는지는 알려지지 않았다.

두 저택 사이 우뚝 솟은 침엽수 숲을 뒤로하고, 수전은 하늘로 솟은 접시꽃을 나란히 심었다. 늦여름이면 꽃줄기는 오스틴의 키보다 커졌고, 밑에서부터 꽃이 한 송이씩 피면 아이들은 꽃으로 인형을 만들고 싶어 했다. 꽃을 거꾸로 하면 꽃송이가 알록달록한 치마처럼 보였다. 접시꽃은 다 피고 나면 치마를 떨구었다. "접시꽃이 사방에 옷

아마도 수전 디킨슨의 버튼홀 부케는 이런 모습이었을 것이다. 오라 화이트 히치콕 그림.

을 남길 때면 꽃자루와 수술을 따내느라 아주 바빠"라며 디킨슨이 쓴 적이 있다. 아마도 에버그린스의 식구들이 한창 자랄 때여서, 그녀가 실제로 옷을 줍고 다녔을 수도 있다.

디킨슨은 이 사유지의 즉흥 행진에 대해 한 친구에게 편지했다. "수는 어린 아들을 데리고 — 기분 좋은 날이면 — 마차를 타고 나가. 뒤에서는 카를로가 따라오고 고양이도 한 마리 따라왔어. 저택에서 각각 나왔지. 그렇게 작은 존재들이 오스틴의 집에서 나오는 걸 보고 있으니 재미있어." 아이들 둘이 더 생겨 아이들 목소리로 정원이 활기찼다. 오스틴과 수는 자녀가 셋이었다. 1861년에는 에드워드가, 1866년에는 마사가, 한참 뒤인 1875년에는 길버트가 태어나 네드, 마티, 깁이라 불렸다. 아주 평범하고 시끌벅적한 이 아이들은 고모에게 큰 즐거움이었다.

네드는 가끔 이웃 과수원에서 슬쩍했다. 옆집에 살던 디킨슨이 쪽지를 보냈다. "아버지 정원에 과일이 한가득한데도, 법적으로 과일을 훔친 소년 이야기를 들었다"고 꾸짖으며 이내 덧붙였다. "이 불법 행위에는 맛이 기가 막힌 뭔가가 있긴 했지." 둘째인 마티는 가끔 교회를 빼먹고 정원이나 온실에서 에밀리 고모와 시간을 보내곤 했다. 막내인 깁은 들르라는 요청을 받고 갔지만 고모는 자고 있었다. 에밀리는 일어나 에버그린스로 와서는 이렇게 응대했다. "에밀리 고모는 이제 일어났다. 그리고 고모네 오두막에서 이 작은 식물을 가져왔으니 길버트가 선생님께 가져다드리렴. 잘 자렴. 에밀리 고모는 다시 잔다." 아이들이야말로 누구보다 정원에 활기를 불어넣었다.

두 저택에서는 쪽지가 계속 오고갔다. 고용된 일손이던 티모시는 홈스테드의 압소에서 짠 우유를 통에 담아 거품을 내며 에버그린스로 갔다. 아이들은 기대 속에 그가 다가오는 모습을 지켜봤고, 드디어 어머니는 아이들을 나가게 해주었다. 에밀리 고모가 뭔가 함께 보내셨을까? 마티의 기억은 애정이 어렸다.

그것은 대체로 판지 상자였다. 우리가 상자를 건네받으면 티모시가 말했다. "미스 임리께서 보내셨단다." 상자 안에는 아마도 설탕을 뿌린 하트 모양의 작은 케이크 세 개가 있을 것이다. 아니면 — 헬리오트로프이거나 빨간 백합이거나 치자꽃이거나 — 꽃 한송이를 위에 얹은 초콜릿 캐러멜이 있고 그 밑에는 우리 어머니에게 보내는 시나 쪽지가 항상 있었다.

동네 아이들은 네드와 마티, 깁과 함께 어울려 두 저택 근처 사유지에서 놀았다. 후에 이들이 기억하기로는, 정원이나 과수원, 부속 건물들이 집시 캠프나 해적 모험에 아주 완벽한 배경이었다고 한다. 이들은 모두 미스 에밀리를 알고 있었다. 이들 중 한 명인 맥그레거 젱킨즈는 어른이 되어 이렇게 기억했다. "그녀는 [우리에게는] 수줍어하지 않았다. … 그녀는 훌륭한 동지였고 지칠 줄 모르는 동료였다. 먼저 보내는 미소, 춤추는 두 눈, 그녀의 재빠른 대답은 우리가 그녀 가까이에 있을 때 우리 모두를 기쁨으로 들뜨게 했다."

미스 에밀리는 이웃 악동들과 놀아주는 법을 잘 알았다. 산울타리 안에 정해둔 우체국에서 그녀는 해적들, 때로는 집시들과 비밀 메시지를 교환했다. 침실 창문에서 바구니에 생강빵을 내려주곤 했다. 아이들은 데이지나 토끼풀을 넣어 보답했다. "우리는 그녀가 무엇을 가장 좋아하는지 알고 있었다." 젱킨즈는 회상했다. "우리는 철 이른 야생화, 불타는 나뭇잎, 반짝이는 돌, 빛나는 떨어진 새의 깃털을 찾아 그녀에게 가져다주었다. 그녀의 선물과 그 고마움에 대한 분명한 보답이었다." 비록 디킨슨은 야생화 유랑을 그만두었지만, 그녀에게는 여전히 보물을 가져다줄 특사들이 있었던 것이다.

디킨슨은 아이들에게 분명 흥미로운 수수께끼였나 보다. "그녀는 마치 아주 희미하고 멀리 떨어진 무언가를 듣고 있듯 넋을 잃고 서 있는 버릇이 있었다." 젱킨즈의 글이다. "우리들은 해 질 녘에 부엌 창가에 서서 나무 사이로 서쪽 하늘을 바라보고 있는 그녀를 자주 보았다. 그녀는 당당한 작은 머리를 뒤로 젖히고, 눈을 치켜뜨고, 특히 한 손을 앞에 들고 있었다." 몇몇 어린 소녀들에게 디킨슨은 정원 가꾸기 우화를 써주기도 했다.

어느 쪽일까, 제라늄 또는 줄렙*?
하늘 위로 나는 나비는 이름이 없으니
세금도 내지 않고 집도 없지만
너와 나만큼 높아, 아니 더 높아.
그렇게 멀리 솟아 절대 한탄하는 법이 없지
그게 슬퍼하는 법이야.

여름이었다. 긴 낮이 석양까지 뻗고 나비들은 정처 없이 날아다니고 제라늄은 정원에 만발했다.

151

에밀리 디킨슨 정원의 늦여름

정원의 열기는 그 자체로 존재감을 지닌다. 팔월에는 북부에
도 수은주가 종종 32도까지 오른다. 습도가 높은 대기 탓에 모든 것
이 느려지는 느낌이다. 이때는 천랑성 시리우스라는 이름이 붙은 개
의 시절인데, 시리우스의 영향으로 열기가 꼬리를 흔들거나 혀를 내밀
고 있다. 디킨슨은 더위를 즐기는 듯했지만, 정원과 여동생은 그렇지
않았다. "요즘 너무 더워서 풀들이 여름의 한복판처럼 헐떡거린다. 옥
수수는 좋아한다고들 해. 나는 옥수수 말고도 더 있는 줄 알았어. 속
아도 한참 속았어! 비니는 자기 정원에서 쿵쿵대며 신이 전혀 도움이
안 된다고 투덜대." 오후 내내 쌓였던 천둥 번개는 야만의 기운을 발
산한다.

바람이 풀밭을 흔들기 시작했던
위협적인 선율과 저음 —
그는 땅에 대고 협박했다 —
하늘에 대고 또 했다 —
나뭇잎들은 나무와의 연결 고리를 풀고
모두 저 멀리 출발했다 —
먼지는 스스로를 손으로 떠내어
길에 내던졌다 —
짐마차들이 빠르게 거리를 오갔고
천둥은 천천히 서둘렀고 —
번개는 노란 부리 하나를 보여주더니 —

납빛 발톱 하나를 내놨다 —
새들을 막대기를 쌓아 둥지를 틀었다 —
소들은 외양간을 고수했다 —
그때 거대한 비가 한 방울 내리고
마치 댐을 막던
손이 막고 있던 틈과 작별한 듯
물이 하늘을 난파시켰나 보다.
하지만 내 아버지의 집을 내려다보니 —
단지 나무 한 그루 쪼개졌을 뿐 —

796, 1864

지금도 건기는 흔하다. 디킨슨은 건기가 식물에 미치는 영향에 주목했다. "우리는 화려한 가뭄을 즐기고 있다." 그녀의 기록이다. "풀밭은 갈색으로 칠해졌으니, 자연은 우리 모두의 추측을 넘어선 표준 색상 아닌 다른 색으로 보일 것이다." 정원사이자 시인인 디킨슨은 극단적인 날씨를 받아들였다. 또 어느 날에는 비유에 심취하여 "오늘은 목이 타는 것이 멋졌다. 풀들은 정치가들의 신발 색깔이고 오직 나비만이 초연했다." 디킨슨 역시 초연했다.

정원에 물을 줄 때다. 스프링클러와 급수용 호스가 없던 시절이니 디킨슨은 옛날 방식으로 물을 주었다. 어느 팔월 그녀의 기록이다. "비니가 양철 행상과 거래 중이다. 내가 제라늄에 물을 줄 수 있도록 물뿌리개를 사고 있다." 그녀는 헛간 근처 뒷마당 밖에 있는 우물에서 물을 길어 왔을 것이다.

우물에 퍼져 있는 미스터리라니!
그 물은 저 멀리 산다 —

153

물동이 안에 거주하는
다른 세상에서 온 한 이웃

그의 한계를 본 이 아무도 없다.
단지 그의 유리 뚜껑 —
원할 때면 언제든 들여다볼 수 있어 좋은
심연의 얼굴!

풀밭은 두려운 눈치가 아니니
내게는 경외인 것에 그가
아주 가까이 서서 아주 대담하게 보고 있는 것이
나는 종종 의아하다.

이들이 어떤 식으로 연결되어 있을 텐데
그 무리들은 바다 곁에 서 있으니
그에게는 바닥이 없어
어떤 소심함도 배신하지 않는다 —

하지만 그런데도 자연은 이방인
그녀를 가장 많이 인용하면서도
그녀의 영혼 깃든 집을 전혀 지나친 적 없는 사람들
그녀의 영혼을

그녀를 알지 못하는 이들이 불쌍하다면,
그녀를 안다고 해도
그녀에게 가까이 다가갈수록 더 알 수 없다는

이런 후회가 도움이 될까.

1433, 1877

모기들이 칭얼대며 정원사의 드러난 피부에 집중한다. 손목과 발목이 특히 표적이 되는데, 정원사가 몸 대부분을 소매와 치마로 덮고 있던 시절에도 마찬가지였다. 정원용 모자는 유행에 안 어울리게 얼굴이 타는 것을 막아주는 아주 필요한 의복의 일부였다.

여름은 그녀의 소박한 모자를
자신의 끝없는 선반에 올려놓았지 ―
아무도 눈치채지 못하게 리본 하나 떨어뜨렸어 ―
네가 직접 묶어.

여름이 그녀의 보드라운 장갑을
자기 숲속 서랍 속에 넣어두었지 ―
어디든 그녀가 있으면 ―
경이의 사건 ―

1411, 1876

디킨슨 초원의 습한 지역과 인근 시내의 강둑에는 진홍빛 꽃들이 현란한 붉은 보석처럼 피어 있다. 두 저택 주변의 숲이 우거진 지역에서는 단명하는 봄철 야생화가 땅속 집 안으로 물러났다. 여름의 열기를 피해 이른 수면에 들어간 것이다. 하지만 이후의 꽃들이 등장하니 눈발 같은 등골나물과 흰 우드애스터가 그 자리를 대신한다.

나뭇잎들은 묵직하니 피곤한 기색이다. 여름의 짙푸른 초록은 봄의 연둣빛을 잊는 중이다. 늦은 오후 바람에 미묘한 변화가 있다.

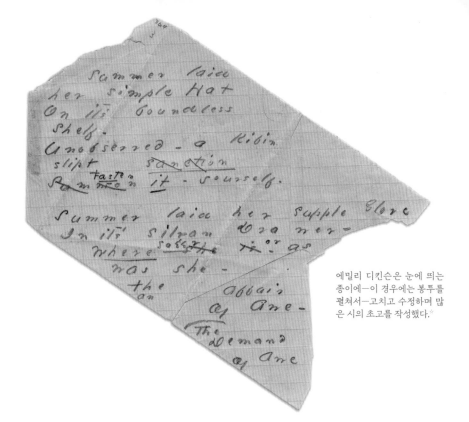

Summer laid
her simple Hat
On its boundless
shelf.
Unobserved - a Ribin
slipt faster sanction
Remotion it - ourself.

Summer laid her supple Glove
In its silvan Drawer -
where sodeste it or as
was she -
the an abbain
of Ame -
The
Demand
of Ame

에밀리 디킨슨은 눈에 띄는
종이에—이 경우에는 봉투를
펼쳐서—고치고 수정하며 많
은 시의 초고를 작성했다.*

하늘은 비구름이 몰려오며 점점 어두워지고, 기압의 변화로 잎들은
바람에 뒤집힌다.

이파리들은 여인처럼
명민한 확신을 교환한다 ─
약간의 끄덕임과 약간의

---

*_ 편지 봉투을 펼쳐 쓴 시를 초고라고 보는 견해도 있지만, 최근 디킨슨 연구자들은 시
인이 특정 지인들에게서 받은 편지의 봉투 속면의 펼침면을 일부러 사용하여 그 모양에
맞춰 시를 적었다고 주장하며 '편지 봉투 시envelop poems'라 분류하기도 한다.

늦여름 진홍 로벨리아는 빨
간 꽃이 핀다. 클라리사 먼저
배저 그림.

불길한 추리 ―

양측 모두
비밀을 요구하고 ―
악한과의
위반할 수 없는 계약.
1098, 1865

메인 스트리트 건너
편 디킨슨 초원은 그들만의
"명민한 확신"이 있다. 에밀
리의 어린 시절 지인이 초원
에 대해 썼다. "그때는 초원
안에 집이 없었다. … 기다란
풀밭이 버터컵과 토끼풀, 앤
여왕의 레이스Queen Anne's
lace로 가득했는데, 산들바
람에 모두 일렁였고 벌과 나
비, 보보링크 새들이 단골로
출몰했다." 꽃가루 매개자
들의 안식처였던 것이다.

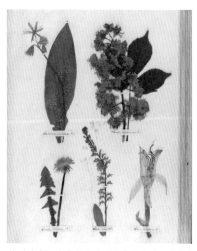

이 허버리움 하단 중앙에 뾰족한 푸른색 로벨리아
가 있다.

나비는 풀 사이에서 자라는 꽃의 과즙을 먹고 초원에서 산다.
하지만 늦여름에는 다시 풀을 베야 한다. 숫돌 위에서 칼날 가는 소리
가 난다. 정면 유리창으로 일꾼들이 낫을 휘두르거나 말들이 절단기
를 끌며 마치 보트가 지나간 자국을 남기듯 풀려나가는 붕대처럼 풀
이 베이는 모습이 보였다. 풀 베인 냄새가 바람에 실려 온다.

늦여름

바람은 과수원에서 불어오지 않았다 ─ 오늘은 ─
그보다 더 멀리 ─
건초에서 놀겠다고 ─
모자를 위협하지 않고 ─
그 녀석은 그렇게 지나갔다 ─ 아주 ─
그로 인해 ─
만일 그가 문 앞에 가시방울 하나 놓는다면
우리는 그가 전나무에 올랐음을 안다 ─
하지만 전나무는 어디 있나 ─ 말하라 ─
그대 거기 있었는가?

만일 그가 토끼풀 향을 가져온다면 ─
그러면 그것은 그의 일이지 ─ 우리의 일은 아니다 ─
그때 그는 풀 베는 이들과 함께 있었고 ─
시간의 날을 벼려내어 건초의 포근한 휴식에 이른다 ─
유월 어느 날 ─ 그의 길 ─

만일 그가 모래를, 그리고 자갈을 뿌린다면 ─
작은 소년의 모자 ─ 그리고 짧게 깎은 머리 ─
이따금 보이는 뾰족탑 ─
그리고 쉰 목소리 '길을 비켜라'
머물 바보가 있겠는가?
그대가 ─ 말하겠는가 ─
그대는 바보처럼 머물고 싶은가?

494, 1862

토끼풀 건초가 헛간에 들어왔을 때, 디킨슨의 조카들과 동네 아이들에게 사다리 위로 올라가 달콤한 냄새가 나는 더미 위에 몸을 던지는 놀이는 양도할 수 없는 권리로 보였다.

풀은 할 일이 거의 없다 ―
단일한 초록의 영역 ―
오직 나비만 품고,
벌들을 즐겁게 해주며

온종일을 잘 저어 예쁜 선율을 짓고 ―
미풍이 따라오고,
햇살을 잡아, 자기 무릎에 감싸고
모든 것들에 절하고,

진주처럼 밤새 이슬을 꿰어,
그 자체로도 아주 영롱한
공작 부인이 되지만, 그렇게 눈에 띄기에는
너무 흔했고,

죽을 때조차,
담백한 향신료 혹은 ―
시들어가는 감송 같은 ―
아주 신성한 향기에 싸여 잠들어버렸고 ―

그다음에는 주권자의 헛간에 거주하는,

꿈을 꾸며 하루를 마칠,

풀은 할 일이 거의 없으니,

나도 건초라면 좋겠다 —

379, 1862

부엌문을 나와 디킨슨은 "주권자"의 가족 헛간을 올려다볼 수 있었다. 회전 숫돌, 장작 창고, 주름 잡힌 노란 평직물의 이륜마차, 그리고 썰매를 둘 정도로 공간이 넓었다. 한 명 이상의 일꾼들이 공구 보관소 위 2층에서 잤다. 넓은 중앙의 공간에 건초와 말들을 수용했다. 서쪽 편은 젖소, 닭, 돼지의 보금자리였다. 동물들도 거름을 만들어 정원을 풍요롭게 했다. 더위 속에 마음을 휘어잡는 장소였다.

늦여름 정원을 걷던 디킨슨은 기록했다. "날씨는 아프리카 같

한련이 늦여름 열기 속에 활짝 피었다.

은데, 꽃들은 아시아 같다." 사방이 열대 지방인 데다 식물들은 무성하게 자랐다. 화단은 한련이 가득하다. 헬리오트로프와 마리골드는 뜨거운 태양 아래 번성했다. 아기의 숨결*이 퍼지면 정원 곳곳에 하얀 아지랑이가 아른거렸다. 디킨슨은 메리 볼스에게 보내는 편지에서 탄식했다. "술탄의 왕비 같은 제라늄이 생겼는데 벌새들이 내려오면 제라늄과 나는 눈을 감고 멀리 가버린다."

꽃 넝쿨은 높이 뻗어 오르는

---

* _ 안개꽃 종류인 집소필라 *Gypsophila*는 흔히 아기의 숨결이라 불린다.

여름 정원의 공예사들이다. 디킨슨의 정원도 마찬가지다. 스위트피 넝쿨손들은 꼬여서 끈이나 격자 구조물에 매달려 있다. "내가 글을 쓰는 곳은 스위트피 한복판 그리고 찌르레기 곁." 디킨슨은 관찰했다. "그리고 나비에게 손이라도 얹으면 나비는 날아가버린다." 향긋한 스위트피 꽃은 꺾꽂이하기에 좋다.

나팔꽃은 낮이면 묵묵히 나팔을 활짝 편다. 수탉과는 다르다. 디킨슨의 글이다. "벚나무를 타고 오르는 나팔꽃조차도 보라색 아침이야!" 초기 시에서 디킨슨은 하루살이 나팔꽃을 직유로 이용하여 로버트 번스*를 흉내 냈다.

작고 불쌍한 마음!
그들이 널 잊었니?
그렇다면 신경 쓰지 마! 신경 쓰지 마!

작고 당당한 마음!
그들이 널 버렸니?
웃어봐! 웃어봐!

작고 여린 마음!
나는 너를 망가뜨리지 않을 거야 —
나를 신용할 수 있겠니? 나를 신용할 수 있겠니?

작고 명랑한 마음!
나팔꽃처럼!

---

*_ Robert Burns, 18세기 말 영국의 시인으로 순수하고 아름다운 자연을 노래했다.

바람과 태양이 — 너를 단장해줄 거야!
214, 1861

훌륭한 정원사라면 대개 그렇듯, 디킨슨 가족도 수확물을 나누기도 하고 받기도 했다. 어느 여름 디킨슨은 사촌에게 이렇게 편지를 썼다. "네가 말한 대로 복숭아를 요리했더니 절반으로 자른 과육이 아름답게 부풀고 정말 마법의 맛이 나더라." 에밀리와 비니는 나이 든 어머니를 간병하고 있었기 때문에 복숭아나 콩 모두 유익했다.

"우리가 프리카세*한 콩은 요리하여 '에밀리 이모'가 홀짝이기 좋아하는 고소한 크림이 되었단다. 이모는 언제나 액체로 된 음식을 씹는 것보다 더 좋아하시잖니." 제철 과일은 아플 때나 건강할 때나 언제나 옳다.

여름의 중심에 베리 종류들이 열매를 맺는다. 어린 시절 디킨슨 자매는 친구들과 베리를 따러 다녔다. 마을 주변 산울타리에 지천이던 라즈베리와 블랙베리를 땄다. 한 시에서 대체 의약 성분을 지닌 베리들이 나온다. 진짜도 있고 상상한 것도 있다.

"갈증"에는 블랙베리, 헬렌 샤프 그림.

여름을 좋아하나요? 우리 것을 드셔보세요 —
향신료요? 여기서 — 사세요!

---

*_ 프리카세fricassée는 잘게 썬 고기와 야채를 센 불에 볶다 육수를 붓고 졸여 소스를 넣어 만드는 프랑스 요리다.

아프시구나! 갈증에 좋은 베리 종류들이 있어요!

지치셨군요! 가라앉았다면 휴가!

당황하셨군요! 바이올렛 영지 — 고민거리를 그냥 보고 넘어간 적은 없었어요!

갇혔군요! 장미의 집행 유예를 가져올게요!

기절! 공기를 병에 담아!

죽음까지도 — 요정의 묘약을 —

그런데, 그게 어느 거죠 — 선생님?

272, 1862

디킨슨 정원의 커런트 덤불에는 열매가 가득하다. 비니 일기에서 어느 유월의 시작에는 농부의 이른 출발이 드러나 있다. "아침 네 시에 커런트를 땄다. 와인을 만들었다." 에밀리 언니도 분명 도왔을 것이다. 그다음 주 에밀리는 오스틴에게 그 결과로 얻은 와인이 오빠에게 딱 맞을 거라며 자랑했다. 어머니의 요리 수첩에는 "수중에 있는 돈보다 커런트를 더 많이 지닌 이들"을 위한 발효 커런트 와인 레시피가 포함되어 있었다. 이렇게 만든 와인은 요리 재료가 되기도 했다. 한 친구에게 농담을 건넸다. "오늘 밤 와인 젤리를 만들어 편지로 크게 한 잔 보내. 편지가 괜찮으면 말이지. 가끔 짱짱한 천이 있으니까." (와인 젤리는 19세기의 홈메이드 젤리다.)

저녁 식사 후는 정원 산보에 완벽한 시간이다. 황혼에 가득 찬 달이 떠오르고, 꽃들은 푸르스름한 빛을 발한다. 파리한 꽃이 빛나며 향기는 풍성하다. 밤의 꽃가루 매개자 나방을 유혹한다. 밤이면 향기로운 꽃 위에 네 시 방향으로 날개를 펴고 쉬고 있던 나방들이 날아다닌다. 반딧불이들이 깜빡이고, 창가에는 촛불을 밝힌 여름밤이다. 올빼미들이 운다. 나방, 반딧불이, 박쥐, 올빼미. 디킨슨은 이 모두를 시의 주제로 삼았다.

여름이 깊어지면, 밤 정원 데시벨도 높아진다. 귀뚜라미와 메뚜기도 합류하여 북을 치며 화음을 맞춘다. 그런데 이것이 이상하게도 위안이 된다. 잠을 위한 백색 소음. "남의 눈에 띄지 않은 미사"다.

여름이면 저 측은한
새들보다 풀밭에서 더 멀리 —
어느 하찮은 나라가 기념하는
남의 눈에 띄지 않는 미사 —

어떤 선포의 의식도 안 보이니 —
이렇게 조금씩 커지는 은총
상념의 관습
점점 고독은 확장된다 —

정오에는 아주 고풍스런 느낌 —
팔월이 나직이 타오를 때
이 분광하는 찬양을 드높이자
예표의 휴식

아직 어떤 은총도 —
어떤 고랑도 빛을 발하지 못하지만
그럼에도 어떤 드루이드적 차이로
지금 자연이 나아졌다 —*

---

*_ 이 시는 깊고 짙은 여름밤의 적막함이 주는 고요와 신비로움을 비교祕教 의식에 빗대어 표현하고 있다. 이글거리는 한낮과 달리 더위가 한풀 꺾인 밤의 서늘함 속에서 자연이든 사람이든 낮의 수고를 내려놓고 편안히 쉬게 해주는 신의 섭리의 흔적을 느낀다.

165

895, 1865

구월 어느 아침, 공기는 빨랫줄에 걸린 면 이불보처럼 뽀송뽀송하다. 정원이 가을 문턱을 한 걸음 넘어섰다.

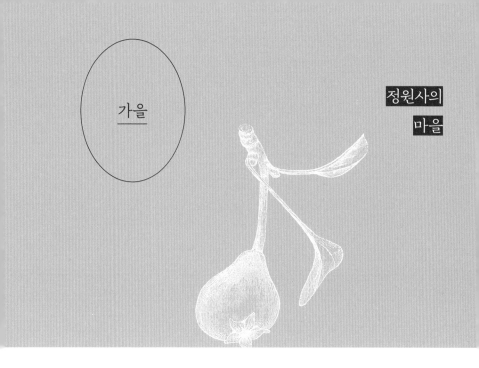

가을

정원사의 마을

1860년대 에밀리 디킨슨은 시력이 나빠지기 시작했다. 작가이자 독자, 정원사로서 끔찍한 일이었을 것이다. 최근 전기 작가들은 이것이 홍채염 증상이라 결론지었다. 홍채와 수정체가 붙어서 통증이 심하고 빛에 극도로 예민해진다. 이 고통으로 디킨슨은 은둔 습관을 깨고 나오게 된다.

에밀리는 집을 떠나 케임브리지로 가서 패니와 루와 함께 하숙집에서 두 번을 연이어 묵으며 안과 의

개연꽃은 수중 백합이다. 헬렌 샤프 그림.

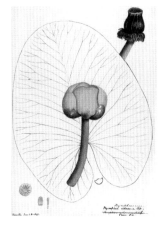

기차가 애머스트 칼리지를 지나 힐스 모자 공장을 따라 디킨슨 초원 남쪽을 돌아가고 있다. 1860년대에 뉴런던 노던 철도회사가 이 노선을 획득했다.

사에게 정기적인 치료를 받았다. 난민이 된 기분이었고 집이 그리웠지만 꾸준히 치료를 받았다. 에밀리는 수에게 한탄하기도 했다. "널 볼 수 있으면 정말 좋겠어. 풀들을 보면 좋겠고, 과수원에 불어오는 바람 소리를 들으면 좋겠어. 사과는 다 익었을까, 기러기들은 지나갔을까, 연못수련 씨앗은 잘 보관했지?" 마치 다른 대륙으로 떠난 듯했다.

상태가 안정되고 집으로 돌아온 에밀리는 루에게 편지했다. "처음 몇 주는 아무 일도 안 하고 내 식물들을 위로했어. 지금도 식물들의 작은 초록 뺨들이 한가득 미소 짓고 있단다." 아낌없는 보살핌은 식물들에게 특별한 치유였지만, 디킨슨에게도 위안이 되었다.

그녀가 돌아온 애머스트는 활기찬 곳이었다. 디킨슨이 성장하는 동안 마을 풍경도 많이 발전했다. 부친의 상당한 노력 덕분에 애머스트-벨처타운 간 철도가 1850년대에 동네까지 들어왔고, 메인 스트리트 건너 홈스테드 동쪽까지 이어지면서 새로운 생명 줄로 애머스트를 보다 큰 세상으로 묶어주었다.

디킨슨 할아버지 때부터 애머스트는 마을과 대학이 균형을 잘

　　　　　　　　　　　　가을

이루고 있었고, 디킨슨 가문도 그랬다. 에드워드 디킨슨은 애머스트 칼리지의 오랜 재무 담당 이사였고, 상급반과 교수들, 지역 유지들의 연례 오픈하우스 전통을 후원했다. 손님들이 정원으로 몰려나와 종교, 정치, 전쟁 소식에 대해 토론했을 것이다. 에밀리는 사회로 나가는 것을 멈춘 후에도 와인과 차를 대접하고 대화를 나누면서 가족들이 이러한 행사를 주관하는 것을 계속 도왔다.

도시가 확장하는 동안 학교 역시 새로운 성장을 더하고 있었다. 애머스트 칼리지는 계속 신축 계획을 세웠다. 건물을 신축하고 확장하고 새롭게 했다. 프레더릭 로 옴스테드는 오스틴과 동료 재무 이사들에게 보내는 대학 전망 보고서를 작성했다. 옴스테드 덕분에 재단은 캠퍼스 꼭대기에서 서편으로 보이는 산 경치를 감상할 수 있었다.

오스틴의 요청으로 옴스테드는 마을 전반의 개선에 대해 자문하기도 했다. 디킨슨 법률 사무소는 애머스트의 마을 공유지에 주목했다. 당시 이곳은 군데군데 습지가 많았다. 어떤 지역은 개구리 연못도 있다. 옴스테드는 반원형의 넓은 나무들이 그려진 스케치를 공공 공간을 위해 제공했다. 그의 설계가 그대로 실행되지는 못했지만, 오스틴 디킨슨과 이웃들은 마을개선협회를 구성하고 빅토리아 시대 양식으로 나무 심기 계획을 수행했다. 1857년 10월 5일 오스틴과

디킨슨가 3대의 열정이 담긴 애머스트 칼리지.

COLLEGES AND OBSERVATORY AT AMHERST, MASSACHUSETTS.

생각이 같은 마을 유지들이 애머스트 장식나무협회를 결성했다. 법률 교육을 받은 오스틴은 이사회를 책임지고 협회 사업 목표를 작성했다.

공유지를 설계하고 꾸민다. 마을 전체에 다양한 공공 산책로를 점진적으로 개선하고 꾸민다. 결점이 있는 곳에는 길게 나무를 심어 자갈길을 만든다. 그리고 우리 마을의 공공장소와 길을 더 매력적이고 아름답게 만든다.

나무는 마을을 위한 것이었다. 애머스트의 중앙 공유지에는 교회와 건물들 ― 볼트우드의 선술집, 잡화점, 애머스트 하우스, 그리고 1층에 상점과 위층에 사무실이 있는 벽돌 건물의 상업 구역들 ― 이 나란히 있었다. 에밀리가 어렸을 때 즐겨 다녔던 시내 거리에는 말을 매어놓는 철책이 있는 넓은 보도가 있었다. 1840년 초에 마을 회관을 담은 판화에는 일정한 간격으로 늘어선 가로수가 보인다. 초기의 한 마을 설계자가 소매점 건물들 앞에 심은 것들을 애머스트 장식나무협회가 계속 이어갔다.

오스틴은 마차를 타고 일꾼들과 함께 마차를 몰고 나가곤 했다. 때때로 아이들도 함께 마차에 탔다. 아이들이 주변 시골의 너른 풍경을 구경할 때면, 오스틴은 식물들이 무엇인지 칼미아, 스트로브 잣나무, 작은 참나무 같은 식물과 수풀과 작은 관목을 캐고 있는 남자들이 누구인지 알려주었다. 숲 가장자리 근처의 습한 지역에서는 하얀 층층나무와 분홍 진달래를 발견했다. 마을로 돌아와 원예 용품을 한가득 가져왔다. 이 지역이 원산지인 식물들이었는데, 분명 강인하고 번성했을 것이다. 마티는 기억했다. "나는 '버남 숲이 던시네인에 온다'는 『맥베스』의 구절이 너무 좋았어. 나도 펠럼 숲이 애머스트에

애머스트의 웨스트 스트리트. 1840년대 애머스트 시내에 가로수를 심을 때에는 나무 보호대로 묘목을 보호했다.

오는 걸 자주 봤잖아?"*

에밀리 디킨슨은 이 나무 모으기 현장을 목격하지 못해 아쉬워했을 수도 있겠으나, 어떤 식으로든 공유할 수 있었던 것 같다. 당시 사진을 보면 오스틴의 가로수 몇 그루가 홈스테드 앞에 심어진 것으로 보인다. 그렇다면 이는 지금처럼 나무협회 관련자로서 혜택을 받은 셈이다. 그리고 어느 날 저녁, 에밀리의 오빠가 길 건너편에 신축된 회중교회의 조경을 한 것을 보기 위해 그녀를 에버그린스 가장자리로 오게 했다는 이야기가 많다. 오스틴은 교회 조경 설계의 첫 시작부터 논쟁을 일으켰다. 보수적인 동료 교구민 한 명이 교회 문까지 곡선으로 들어가게끔 만든 설계를 두고 교구를 그만두겠다고 위협했다. "은총의 왕좌에 직진으로 걸어 올라가지 못하는 것은 어리석고 이교도적이다. 가톨릭적이거나 그보다 더 나쁘다." 그러나 결국에는 오스틴 디킨슨의 설계가 이겼다.

마을 주변 미화 계획과 아울러 애머스트의 몇몇 사업하는 시민들이 물 치료로 보다 많은 방문객을 유치겠다고 결정했다. 마을 동쪽 3킬로미터 떨어진 펠햄 힐의 샘은 지역 주민들에게는 — 여기에서

---

*_ 셰익스피어의 비극 『맥베스』의 주인공 맥베스가 반역으로 왕위에 오른 후 자신이 살해한 이들의 가문과 지지 세력에게 공격을 받을까 두려워하던 중, "버남 숲이 던시네인에 오지 않는 이상" 누구도 해치지 않을 것이라는 유령들의 예언을 듣고 안도한다. 하지만 버남 숲에서 나무 덤불로 위장하고 진군한 반군들이 던시네인에 와서 공격하는 바람에 맥베스는 비참한 최후를 맞는다. 아마도 애머스트 근처 팰럼 숲에서 관목을 캐는 모습에서 시인은 『맥베스』의 장면을 상상해봤을지도 모르겠다.

아르부투스를 모아온 에밀리 디킨슨도 포함된다 — 먼 거리에 있었는
데 1860년 신축 호텔 용지가 되었다.

1년 후인 1861년 7월 6일자 『스프링필드 리퍼블리칸』은 이 의
료 휴양지 1주년 기념식에 대해 보도했다. 애국적인 노래도 있었고, 관
현악단과 시 낭송, 그리고 물론 연설도 있었다. "연설은 사람 붐비는
저녁 만찬 테이블 앞에서 스턴스 박사, 히치콕 박사, 그리고 대학 임원
인 에드워드 디킨슨과 다른 유지들로 이어졌다. … 히치콕 박사는 말
하는 동안 산과 샘에 '하이지언*'이라는 이름을 주었고 호텔을 '오리
엔트'라 불렀다.

비유적이었을지 몰라도 휴양지의 물은 디킨슨 정원에 도착했
다. 어느 가을 에밀리는 자신의 술탄인 아프리카봉선화에 대해 썼다.
"케이티 이모와 술탄들이 막 정원을 떠났다. 나의 술탄들과 작별하
니, 이들의 아름답던 우애가 떠오른다. 나의 것들은 예년에 비해 무
성한 편은 아니다. 아마도 펠햄의 물이 이들의 당당한 입맛에는 충격
이었나 보다." 디킨슨은 사실이었건 농담이었건 이 물의 효능에 익숙
했다.

자석처럼 사람들을 마을로 불러오는 또 한 가지는 이스트햄프
셔 농업협회가 주관하는 연례 가축 축제였다. 에드워드 디킨슨과 그
의 이웃인 루크 스위처, 그리고 비슷한 생각을 지닌 다른 신사 농부들
은 1850년 5월 1일 "애머스트시에서 상금 그리고 다른 방식으로 농
업과 정비 기술을 장려하기 위해" 이 협회를 설립했다. 해마다 열리는
주요 이벤트는, 오스틴이 편지에 쓴 대로, "내 생각에 이 가축 축제일
은 1년 중 애머스트에서 가장 유쾌한 날이다. 개회와 함께 많은 **애머
스트 사람들**에게는 특히 명절 같다. 노년 여성들과 목사들, 학생들, 친

---

* 그리스 신화에 등장하는 건강의 여신 히기에이아Hygieia에서 온 듯하다.

"가축 축제일은 1년 중 애머스트에서 가장 유쾌한 날이다."

척들, 그리고 꽉 막힌 재정 이사들은 달랐다." 다소 까칠할 수 있겠지만 그가 옳았다.

이른 아침 박격포 소리가 행사를 연다. 농부들은 농사일하는 노아인 것처럼 소, 돼지, 양, 말, 황소를 이끌고 마을로 들어온다. 음매, 매애, 히힝, 킁킁 소리가 난다. 마을의 숙녀들은 구워 온 음식, 저장 음식, 예쁜 소품들로 경쟁한다. 세련된 것이 유행하면서 미술 작품과 꽃꽂이가 더해졌다. 지역 주민들은 편을 갈라 트랙터 끌기에 나섰고, 몇몇 은밀한 내기꾼들은 판돈을 걸었을 것이다. 가끔 벨처타운의 화관을 쓴 악단도 공연했다.

이 쇼는 쇼가 아니지만
이들이 그렇게 가니 ―
내게는 동물들의 쇼
나의 이웃의 ―
아름다운 연극이라 ―
둘 다 보러 갔다 ―

1270, 1872

축제이니 경쟁의식도 고조되기 마련이다. 디킨슨 가족도 참여했다. 심사 위원인 때도 있었고 심사를 받기도 했다. 1858년 오스틴은 미술 작품 분야를 주관했고, 어머니는 화훼를 심사했고, 아버지는 마차를 심사했다. 디킨슨 여사는 무화과를, 에밀리는 빵을, 수전은 꽃을 제출했다. 지역 신문 보도에 따르면, "꽃병과 꽃바구니 하나가 한 번에 위원회의 눈에 띄었다. 디킨슨 여사의 눈부신 정원에서 온 것이었다. 꽃을 키워낸 여사의 부지런함과 성취에 필적할 만한 것은 꽃을 장식하는 여사의 남다른 능력뿐이다." 수전은 50센트의 상금을 받았다.

디킨슨 자매는 집에 있었지만, 잊히지 않았다. "오스틴과 수가 벨처타운 가축 축제에서 막 돌아왔다." 에밀리는 기록했다. "오스틴이 내게는 풍선을 비니에게는 수박을 가져다주었다."

9년 후 수전은 18회 축제에서 화훼 부문을 심사했다. 1867년 9월 24일과 25일 햄프셔 공원에서 수전과 위원회는 꽃꽂이, 소장 야생화 전시, 그리고 달리아를 포함한 정원 화훼 분야로 시상했다. 위원장은 애머스트 칼리지의 윌리엄 클라크 교수였다.

당시 클라크 교수는 경력에 변화가 있었다. 새로운 대학이 마을에 들어섰고, 클라크는 총장이 되었다. 1862년 모릴 조례가 의회에서 통과되어, 주마다 특정 토지를 농업 학교용 부지로 남기도록 했다. 이듬해 매사추세츠주는 애머스트를 그 부지로 선정했다. 주 상원 의원이던 에드워드 디킨슨이 이 새 대학의 입지 선정과 지원금을 위해 로비했다. 1867년 연말 시청 북쪽 농장에서 매사추세츠 농업대학의 첫 학기 첫 수업이 열렸다.

캠퍼스는 화려한 유리 정원인 더피 식물원Durfee Plant House을 자랑했는데, 유리로 된 마하라자 천막※으로 양치류 재배지와 양어지가 완비되어 있었다. 온실과 식물원은 유쾌한 오후 드라이브 장소였다. 프레더릭 로드(후에 로드 앤드 버넘 그린하우스사Lord & Burnham greenhouse firm로 잘 알려진)가 설계한 이곳은 1867년 말에 완공되었다. 디킨슨 씨가 홈스테드에 온실을 추가하고 13년이 지난 후였다. 마티

※_ 인도의 왕들이 왕궁에서 벗어나 머물던 화려한 대형 천막이다.

초기 더피 식물원과 주변 정원. 앞에 매사추세츠 농업대학 강사와 학생들이 포즈를 취하고 있다.

는 더피 식물원을 "에밀리 고모의 온실이 몇 배로 늘어났다"고 묘사
했다. 야자수 온실이 있고 동백나무 전시실도 있었다. '빅토리아실'에
는 여왕에게 경의를 표하는 빅토리아 레지아*Victoria regia*(후에 빅토리아
아마조니카*Victoria amazonica*라고 개명한)라는 거대한 아마존 수련이 주인
공인 수조가 있었다.

　　이 식물원의 소유주는 방문객들에게 꺾은 꽃을 주었다. 싼 가
격으로도 상당한 양의 줄기를 가져갈 수 있었다. 수전 디킨슨은 이
꽃들을 꽃꽂이용으로 썼다. 매사추세츠 농업대학은 채소나 관목, 나
무뿐만 아니라 실내와 정원 화단을 위한 장식용 식물도 판매했다. 매
물이 광범위했다. 1870년대 카탈로그에는 제라늄만 50종이었고 판매
용 장미는 60종이었다. 은둔 중이던 에밀리 디킨슨이 이곳을 방문했
을 것 같지는 않지만, 친구나 가족으로부터 얘기는 들었을 것이다. 주
간지에 실린 글을 읽었을 수도 있다. 해마다 성장 철 끝 무렵 이곳에

왔더라면 그녀도 즐거웠을 텐데 정말 아쉽다.

에밀리 디킨슨 정원의 가을

"우리는 손에 복숭아를 들고 잠이 들지. 그리고 돌을 들고 일어나. 돌은 다가
올 여름의 맹세야."

여름은 소나타의 느린 부분처럼 늘어졌다가 알레그로로 활
동하기 전에 크레센도를 이룬다. "**여름**? 추억이 펄럭였다 — 여름이
었나?" 디킨슨은 썼다. "들판이 변하는 걸 봤어야 해 — 유쾌한 곤충
학! 날랜 꼬맹이 조류학! 무용수, 마루, 운율이 함께 물러나면 환영
이 된 나는 이야기를 되풀이하지! 깃털 돋은 웅변가가 솜털 보송한
청중 앞에 서고 — 팬터마임식 찬사. '한 편의 연극이구나,' 정말로!"

여름에 표정이 생기기 시작하면
매혹의 책을 정독하는 이는
내키지는 않아도 분명하게
때늦은 이파리들로 얻은 소득을 알아차린다

구름 모자는
가을이 감지되기 시작한다
아니 숄을 걸친 더 깊은 색이
끝없는 언덕을 휘어 감는다

눈의 탐욕이 시작되면

"가을이 감지되기 시작한다."

묵상으로 언어를 정갈하게 하고
저 멀리 나무를 물들이는 어떤 이는
번지르르한 사업을 재개한다

여러해살이가 되기 위해
거의 모두가 거치는 결론
그러고는 뜻 모를 안정감이
회상하는 불멸 —
1693, 연대 미상

뉴잉글랜드의 가을은 이미 명성이 자자하다. 침실 창문으로
새로운 팔레트를 지닌 나무들이 보였다. 계절은 금발이다. 느릅나무
잎들은 황금빛이 되어 떨어진다. 두 통의 초기 편지에서 디킨슨은 셰

익스피어의 "저 시든, 저 노란 잎"*을 이용하여 저 황금빛을 묘사했다. 계절은 단풍잎과 사사프라스 잎을 와인색과 적갈색으로 물들이고 있다.

> 그것의 — 이름은 — '가을' —
> 그것의 — 색조는 — 피 —
> 언덕 위 드러난 — 동맥 —
> 길 따라 흐르는 — 정맥 —
>
> 오솔길의 — 거대한 혈구들 —
> 그리고 오, 오색 소나기 —
> 그때 바람이 — 물동이를 뒤엎고 —
> 진홍의 비를 쏟는다 —
>
> 먼 아래로 — 모자들을 흩뿌리고 —
> 붉게 물든 웅덩이들에 모이다가 —
> 한 송이 장미처럼 — 소용돌이치고 — 멀어진다 —
> 주홍 바퀴들을 몰며 —
>
> 465, 1862

낮이 짧아지고 밤은 시원해지자 잎들은 나이가 들고 물리적으로 노화한다. 세월이 지날수록 할아버지의 피부가 얇아지듯, 초록 엽록소가 사라지기 시작한다. 숨어 있던 노랑과 주홍이 드러난다. 바나나와 당근 색상의 화학적 조화다. 잎에 있는 당분이 빨강 같은 새로운

---

*_『맥베스』 5막 3장, "내 인생 이제 가을이니 저 시든, 저 노란 잎이 되었구나…"

색상들을 잣기 시작한다. 건조한 날씨 덕분에 가장 찬란한 것들이 펼쳐져 서리가 내릴 때까지 지속된다. 결국 세포 접착제는 줄기와 식물 사이의 유대를 끊기 위해 약해진다. 디킨슨의 "주홍 바퀴들" 속에서 잎들은 물러나 날아간다.

소소한 강풍이 불어 마른 잎들을 뒤흔든다. 책 속 종잇장처럼 잎들을 훌훌 넘긴다. 공기 중에 어떤 냄새가 있다. 마른 잎, 나무 탄내, 나지막이 들리는 바스락 소리.

정원의 판석 길을 걷던 디킨슨은 이렇게 적었다. "구월이 되었는데, 나의 꽃들은 유월처럼 대담하다." 가을에 날씨가 선선해지면 이상한 일이 일어난다. 무더위가 유예되고, 정원은 팔월의 침체에서 벗어나 두 번째 개화기를 맞는다. "아직 서리는 내리지 않았어. 문 앞에서 보면 석양에 비친 비니의 정원은 연못 같아. 그 안에서 유영하다

"저 멀리 나무를 물들이는 어떤 이"가 잘 키운 단풍잎들. 오라 화이트 히치콕 그림.

(위) "붉게 물든 웅덩이들"에 모인 사사프라스. 채색했고 단풍잎이 함께 있다. 오라 화이트 히치콕.
(오른쪽 상단) 디킨슨은 사사프라스의 어린 잔가지를 채집하여 허버리움에 올려놓았다(두 번째 줄 오른쪽 끝).
(오른쪽 하단) 가을이면 붉게 물드는 흰참나무.

보면 비니는 건강해지겠지. 아주 간소한 베데스다*야!" 정원이 주는 정신적, 신체적 위안을 암시하며 디킨슨은 기록했다.

여름은 두 번 시작한다 —
유월에 한 번 시작하고 —

*_ 예루살렘의 베데스다 연못은 신약에 천사가 가끔 내려와 물을 움직이게 할 때 들어가면 어떤 병이든 낫는다고 하여 많은 병자들이 그 주위에 있었다고 한다.

가을

애잔하게 다시
시월에 시작한다 —

없으면 혹시 폭동이라도 날까 봐
은총의 화가가 되었다 —
가는 얼굴이
남은 얼굴보다 더 아름답듯 —

그때 떠나고는 — 영원히 —
오월까지 — 영원히 —
낙엽은 영원히 회귀하지 —
죽어가는 이에게는 예외지만 —

1457, 1877

정원에 남은 얼굴에는 국화, 만생종 데이지, 애스터가 포함된
다. 어느 구월 디킨슨은 수와의 가상 대화를 이렇게 기록했다. "가을
이 되면서 저녁이 점점 길어져. 새로울 게 전혀 없어! 애스터들은 아
주 잘 있어. '다른 꽃들은 어때?' '아주 잘 있어, 고마워.'"

클레마티스 넝쿨은 잎꼭지로 지지대를 휘감아 오른다. 잎꼭지
는 잎을 본줄기에 붙여놓는 짧지만 강한 줄기다. 클레마티스는 가을
이면 서너 품종이 꽃이 피는데, 뛰어난 관찰력을 지닌 시인에게 클레
마티스 씨앗은 거부할 수 없다.

우리의 헤어짐은 습관적이라
시시한 액세서리 하나 드려요 —
연인이 멀리 떠났을 때 —

181

믿음을 자극할 거예요
취향이 다양하니 그것도 다양하죠
멀리 여행을 떠나는 ― 클레마티스 ―
곱슬머리 한 올을
내게 선물하네요 ―
628, 1863

초가을은 두 번 피는 장미들에게 꽃봉오리를 몇 번 더 내보내라는 신호를 보낸다. 마치 계절의 변화에 등을 돌리려는 듯하다. 에밀리 디킨슨은 사촌에게 쪽지와 함께 늦은 꽃 한 송이를 보냈다. "저택 관리인인 매기 마허가 너를 위해 이 봉오리 때문에 정원을 뒤졌어. 너도 '여름의 마지막 장미'에 대해 들어봤지. 이건 그 장미의 아들이야." 〈여름의 마지막 장미〉라는 노래를 모두들 알고 있었을 것이다. 당시 인기 있던 노래였고 디킨슨이 연주도 했고 자신의 악보집에도 들어 있었다.

매기 혼자만 정원에서 일했던 것은 아니다. 노스플레전트 스트리트 하우스의 채소들을 묘사하면서 디킨슨은 오빠에게 썼다. "정원은 굉장했어. 우리에게 비트와 콩이 있고, 지금 3주 동안 **한창인 감자**도 캤지." 그녀는 정원사를 대수롭지 않게 인정하면서 계속 말했다. "늙은 에이머스는 잡초를 뽑고 괭이질도 하며 생각 없는 채소들을 모두 감독한다."

고용된 일꾼 여럿이 정원에서 일을 도왔다. 처음에는 노스플레전트 스트리트 저택이었고 나중에는 메인 스트리트 저택이었다. 에드워드 디킨슨이나 오스틴 같은 신사들은 힘든 일을 할 시간은 없고 지불할 돈은 있었다. 호레이스 처치는 가족과 애머스트 칼리지를 위해 여러 해 정원을 돌봤다. 어린 에밀리는 그를 기억했다.

그는 연도에 대해, '26년'에 파종한 나무들, 또는 '20년'에 내린 서리를 자랑스럽게 말했던 사람이다. 너무 전설적이어서 마치 고색 창연한 대학 탑의 죽음처럼 보였다. 나는 그가 한때 겨울 채소를 얼 때까지 거두지 않으려 했던 것을 기억한다. 그리고 신부가 이의를 제기하자 "나리, 서리가 주님의 뜻이라면, 그 뜻을 거스르지 않겠습니다"라고 대답했다.

추수는 주님의 뜻과 그 뜻을 따르는 모든 이의 고된 노동이 밖으로 드러나는 표시였다.

홈스테드의 채소들은 화훼 정원 너머 널찍한 땅을 차지한다. 가시적으로 아스파라거스 밭으로 구분이 되어 있다. 이른 봄이면 아스파라거스 줄기들이 뿌리에서 솟아오르고, 거의 두 달간 계속하여 가족들에게 갓 딴 채소를 제공한다. 줄기가 가늘어지면 밭은 다음 해를 위해 힘을 기른다. 이 연필 두께

(위) 삐쭉 말려 올라온 씨앗은 없지만 이 페이지의 아래 가운데가 클레마티스다.
(아래) 디킨슨은 정원에 있을 때나 피아노에 앉아 있을 때 모두 '여름의 마지막 장미'의 의미를 알고 있었다.

의 얇은 줄기를 제멋대로 놔두면, 무성한 양치류 잎이 뒤덮는다. 가을이 되면 아스파라거스의 길게 갈라진 잎을 담은 화병들로 집 안 화로와 벽난로를 장식한다. 아스파라거스는 기능적이면서도 장식적인 교차형 식물로, 그 꽃은 생산적이고 평범한 꽃이 피는 이웃들과 잘 구분된다.

아스파라거스 밭 너머 적화강낭콩이 지지대를 휘감아 오르며, 마티가 묘사했듯, "화사한 캘리코를 입은 시골 소녀들처럼 빨갛고 하얗게 뽐냈다." 알록달록하게 감아 오른 이 적화강낭콩은 붉은 깍지째로 먹는 콩이다. 리마콩과 술이 달린 큰 옥수수 옆줄에서 자란다.

디킨슨의 시에 꽃이 매우 많이 나오고, 과일도 가끔 등장하는 반면, 채소는 좀처럼 나오지 않는다. 다만 딱 한 번 뉴잉글랜드의 토양에서 옥수수나 포도 (혹은 시)를 키우기가 쉽지 않음을 암시했다.

> 내 몫의 황량함에서
> 내가 키우려 애쓴 꽃송이가
> 내 바위 정원에서 ─ 뒤늦게
> 내놓은 포도 ─ 그리고 옥수수 ─
> 862, 1864

디킨슨의 텃밭은 겨울을 고려하여 설계하고 싶었다. 봄까지 이어지도록 선정된 식물들이었다. 한 편지에서 디킨슨이 농담을 했다. "여기 신사들은 해마다 나무를 통째로 뽑아놓고 들판 전체를 지하 창고에 집어넣는단다. 그런데 그게 맛은 그저 그래. 제발 안 하면 좋겠어. 1년 내내 신선한 야채와 채소가 있어야 하는데 겨울은 한 달도 못 가."

겨울 호박은 마구 뻗은 식물에서 자란다. 마티는 이 덩굴이

"서리가 내릴 때까지 여름이 남겨둔 모든 것을 뒤틀었다"고 기억했다. 호박을 잘 보관하는 법은 다 익을 때까지 덩굴에 그대로 두는 것이다. 덩굴이 시들면 열매가 익어 자를 준비가 되었다. 말려서 조심히 저장하면, 껍질은 질기고 속 열매는 단단하게 유지된다.

양배추와 셀러리가 줄지어 있다. 둘 다 시원한 날씨를 좋아한다. 양배추는 둥글고 헐거운 잎사귀로 둘러싸인 거대한 공 모양이다. 마티 덕분에 우리는 홈스테드에 적어도 두 종류의 양배추 품종이 있었다는 것을 알았다. 셀러리는 장난감 병정처럼 15~20센티미터 간격으로 줄을 지어 자라기 때문에 관리하기가 훨씬 쉽다. 식물이 자라면 둑을 돋운다. 가을이면 꼭대기 잎들만 남는다. 야위어진 줄기는 달고 부드러워진다. 이렇게 셀러리에 흙을 돋아주어 저장고를 만들어두면 포기별로 소형 창고가 되는 셈이라 서리가 내린 후에도 보관할 수 있다.

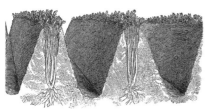

(위) 허버드종인지 패티팬인지 굽은 목인지 알려지지는 않았지만, 디킨슨 가족은 몇몇 단단한 겨울 호박 종류를 키웠다.
(아래) 디킨슨가의 정원사들은 겨울에 대비해 셀러리에 흙을 돋운다.

이것들이 바로 나의 농장 소산이니
나에게는 충분하다
그리고 이곳저곳
이웃 곳간에도 혜택이다.

우리에게 그것은 한 해 추수이니
서리가 시작될 때를 대비해
우리는 그저 조디악을 뒤집어
땅 몇 만 평을 끌어들인다 —
1036, 1865

서리가 시작될 무렵 곳간은 꽉 찼다. 뿌리채소들은 인기 품목이다. 정원에서 비트의 불꽃이 타오르면, "태양이 부르고뉴 잔을 통과하듯 비트 잎에 비쳐 빛나는구나! 붉은 잎맥에 불이 붙었어!"라고 마티는 기록했다. 에드워드 디킨슨은 의회에 있을 때, 특히 사무소에서 호레이스 처치에게 순무 씨를 보내 이렇게 지시했다. "겨울 순무를 위해 이것을 잘 보관해야 합니다." 순무는 가축 사료로도 사용했을 것이다.

경작하는 정원에서만 수확한 것은 아니었다. 견과류는 튕겨져 땅에 떨어지고, 겨울잠에 대비해 씨앗이 흩뿌려지는 잔치 속에 계절은 활기를 띤다. 홈스테드의 흰참나무에서 사방으로 떨어진 열매들은 다람쥐들이 수확하기를 기다리고 있다.

칙칙한 인간 세상에서는
컵 받침이 컵을 떠받치고 있지만
다람쥐의 영지에서는
컵 받침이 빵 한 덩이 들고 있지 —

어느 나무의 식탁이
이 작은 왕을 기다리고
산들바람이 계속 불어올 때마다
그의 식당은 그네를 탄다 —

그가 갖고 있는 — 커틀러리는
그의 적갈색 입술 안에 있어 —
식사할 때 그것이 반짝이는 모습을 볼 수 있다

버밍엄을 가릴 눈부심* —

우리의 사소한 사정들 때문에
우리가 — 선고를 받게 된다면
날아다니는 가장 작은 시민이
우리보다 더 마음대로 살지 —

1407, 1876

물론 인간이 소비하는 견과류도 있다. 짙은 초록 껍질에 싸인 검은 호두가 떨어진다. 이것은 조심스레 말려 갈라지기 전에 껍질을 벗겨야 한다. 히코리 역시 딱딱한 견과류로 힘센 손과 더 힘센 망치가 필요하다. 밤은 익으면 가시 껍질이 벌어진다.

어린 에밀리는 가족과 친구들과 함께 '밤 따기' 하러 소풍을 떠났다. 군밤에서는 제철 특유의 맛인 수분이 많은 과육이 나온다. 디킨슨은 자신을 묘사하길 "나는 굴뚝새처럼 작고, 내 머리카락은 밤가시처럼 대담하며, 내 눈은 손님이 남긴 유리잔의 셰리 같"다고 쓴 적이 있다.

밤나무는 편리한 크로노미터**가 되기도 했다. "밤나무 잘못은 아니지만, 밤이 익어 기분이 평소 같지 않"다고 디킨슨은 전했다. 다른 식물계 구성원들도 시계 역할을 했다. 디킨슨은 친구 새뮤얼 볼스에게 이렇게 썼다. "우리는 당신이 열매를 지나고 있겠다 생각해요. 포도 철이 지나면 그다음에는 사과 그리고 밤. 그렇게 하루가 조금씩 짧아지고 부족한 것들은 조금씩 길어지죠. 하늘은 새로 붉은 드레스를 입어요. 보라색 모자도요."

---

*_ 다람쥐에게는 참나무가 영국 왕실의 식사보다 성찬으로 차린 식탁이라는 의미다.
**_ 크로노미터chronometer는 경도 측정용 정밀 시계다.

187

에밀리 노크로스 디킨슨은 무화과에 대한 자부심이 대단했다.

포도나무 격자 울타리를 헛간 앞에 세워뒀기 때문에 디킨슨은
포도로 시간을 쉽게 가늠할 수 있었다. 시월, 그녀는 오스틴에게 포도
밭을 묘사했다. "포도가 너무 좋아. 과즙도 많고 잘 익은 보라색이야.
왕들의 의복이 이보다 더 왕족의 빛깔일까 싶어.* 포도 덩굴은 왕국
인가 봐. 잘 익은 동그란 포도 알은 백성이고 ─ 왕을 집어삼키는 백성
들의 첫 사례로 기록될 거야!" 시월이면 포도송이들이 주렁주렁 열린
다. 태양은 가득한데 이솝 우화가 익어간다.

무화과나무들이 포도 정자의 반대편에서 자라며 헛간의 열기
를 반사하여 항상풍**으로부터 그늘이 되어준다. 그들의 잎은 아라베

---

*_ 포도줏빛 보라색은 왕실이나 교황의 색깔이다.
**_ 항상풍prevailing wind은 연중 일정한 방향으로 부는 바람이다.

가을

스크풍이고 가지는 무성하다. 매사추세츠 겨울보다는 지중해에 적합해서, 디킨슨 부인은 열매를 맺는 꽃봉오리를 보호하기 위해 나뭇가지를 덮거나 묻어 세심히 보살펴야 했다. 디킨슨 부인의 무화과는 애머스트의 뉴스거리였다. 지역 신문 편집자는 갓 딴 무화과 바구니를 받고서 잘 익은 과일의 보도 자료를 발표했다. 정원이 정원사를 반영한다면, 무화과나무는 에밀리 노크로스 디킨슨의 무엇을 이야기하는 것일까? 아마도 디킨슨의 어머니는 도전을 받아들이고 궁금하고 색다른 것을 음미하는 사람이었을 것이다.

과수원은 디킨슨 시에 매우 자주 등장한다.

내 음률의 표준은 로빈 새 —
내가 성장하면서 — 로빈 새도 성장하기 때문이다 —
내가 뻐꾹 하며 태어났다면 —
그에게 선서했겠지 —
친숙한 송시가 — 정오를 지배한다 —
꽃을 향한 나의 변덕이 버터컵이라면 —
우리가 과수원에 반했기 때문이다 —
내가 영국에서 태어났다면,
데이지를 퇴짜 놨겠지 —

시월이 당연히 — 견과류라면 —
견과를 떨어뜨리면서 —
계절이 훌쩍 떠나버리고 — 내게 가르쳐주기 때문 —
눈의 장관이 없는 —
겨울이 내게 — 거짓말인 것은 —
내가 — 뉴잉글랜드스러움을 보기 때문 —

여왕도, 분별이 나와 같다면 —
시골스럽지 —
256, 1861

디킨슨 씨는 서재에서 패트릭 배리Patrick Barry의 『과일 정원The Fruit Garden』이라는 작은 책을 꼼꼼히 읽고 있었다. 뉴욕주 로체스터에 있는 마운트 호프 종묘원의 배리는 좋은 교훈과 애국심을 과일 재배와 연결했다. 에드워드 디킨슨이라면 분명 좋아했을 것이다.

개인과 사회의 건강의 유익함, 그리고 주거와의 전체적인 통합에서 얻는 풍요로움과는 별도로, 과일 정원은 사람들의 취향과 습관, 예절에 온화하고 세련된 영향력을 발휘하고 가정과 국가에 대한 사랑을 매우 돈독하게 해준다.

로빈 새 한 마리가 홈스테드 정원의 도구 손잡이를 횃대로 삼았다.

가을

골든 스위트 Golden sweet

말 그대로 노랗고 크고 색이 연하다. 디킨슨 정원의 골든 스위트는 노스탤지어 때문에 더 달콤했다. "꽃을 내게 나눠 주셨던 이모는 분명 내 것을 한 다발 갖고 계실 것이다. 골든 스위트 나무는 할아버지에게 받았다"고 디킨슨은 기록했다.

러셋 Russet

러셋은 까칠해서 껍질이 홈스펀 천 느낌이다. 디킨슨 씨라면 러셋을 '보관이 잘되는 과일'이라 불렀을 것이다. 십일월 저장고에 넣어 두면, 유월까지 보관할 수 있다. 사실 아주 맛있는 사과는 아니지만, 19세기 애머스트에서 애플파이가 먹고 싶다면 러셋은 그 결함

(위) 어린 나무들은 자라서 디킨슨 과수원을 즐겁게 만들어줄 것이다.
(아래) 라비니아 디킨슨은 볼드윈을 더 좋아했다. 헬렌 샤프 그림.

에도 불구하고 환영받았을 것이다.

> 참 괜찮은 생각을 했다
> 늘 다니던 길에서
> 점잖은 이를 만났을 때
> 모자를 들어 올려볼까
>
> 우리에게는 불멸의 장소가 있다.
> 피라미드가 쇠락하고
> 왕국들이 과수원 러셋처럼
> 잊힌다 해도
> 1115, 1865

볼드윈Baldwin

밝은 빨간색에 아삭하고 과즙이 많다. 볼드윈은 우연히 씨를 뿌렸던 매사추세츠주 동부가 원산지이다. 볼드윈 품종은 사과가 많이 열린다. "올해는 과일이 없어 — '성령의 열매' 빼고. 서리가 봉오리에 한가득 내렸거든. 하지만 비니는 볼드윈을 더 좋아하지." 디킨슨은 「갈라디아서」에 나오는 "성령의 열매"를 인용했다.*

---

*_ 개역성경 「갈라디아서」 5:22-23, "오직 성령의 열매는 사랑과 희락과 화평과 오래 참음과 자비와 양선과 충성과 온유와 절제니 이 같은 것을 금지할 법이 없느니라."

디킨슨 가족들이 과일 정원, 특히 사과를 좋아했다는 것은 그리 놀랄 일이 아니다.

디킨슨 과수원에서 나는 사과는 식탁에 오르는 또 다른 식품인 사이다*의 재료이기도 하다. 사이다는 바로 먹기도 하고 발효시키기도 한다. 소유지에 사이다 저장고가 있었다는 증거가 좀 있다. 아니면 인근 사이다 압축장에 사과를 가져갔을 것이다. "사이다가 거의 다 되었다. 토요일이면 좀 먹을 수 있을 거야. **어쨌든 일요일 정오에는 되겠지!**"라며 어린 에밀리가 설레었던 적이 있기 때문이다.

디킨슨의 가을 과수원에서 사과가 익어 떨어진다. 일꾼들과 야생 동물에 대해 이야기할 수 있는 기회였다. "일꾼들이 오늘 사과를 따고 있다. 예쁜 하숙인이 나무와 새, 개미와 벌을 떠나고 있다"며 디킨슨이 기록했다. "짹짹이들이 안 된다며 '뒈'라고 여섯 번이나 말하는 걸 들었다. 우리의 특권이 통째로 날아가는 것은 어떻게 해야 할까?"

사과 말고도 과수원에는 복숭아, 배, 자두, 마르멜루가 있었다. 디킨슨은 과일의 장점을 편지에 담았다. 그녀는 설탕 배를 "햄 같은 엉덩이, 봉봉 사탕 같은 과육"이라 묘사했다. 친구에게 보내는 편지에서 디킨슨은 매우 신이 나 있었다. "너를 만나 아주 맛있었다 — 아직 때도 아닌데 복숭아라니, 사계절 내내 가

"햄 같은 엉덩이, 봉봉 사탕 같은 과육."

PEAR.

---

*_착즙한 사과 주스를 끓여 농축시킨 음료로 북미에서는 대개 무알콜로 마신다.

능하고 지역은 ― 종잡을 수 없지만 말이야.'' 다른 친구에게는 자신과 비니에게 한 번에 편지하지 말라는 경고를 보냈다. "같이 먹을 수 있는 자두는 자두가 아니야. 과육은 너무 존경하기 때문에 먹을 수 없고 씨앗은 먹고 싶지 않단다." 이웃인 제임슨 부인이 아들에게 이렇게 말한 것을 보면, 적어도 마르멜루 한 그루 정도는 디킨슨 소유지에 있었나 보다. "비니가 어제 예쁜 마르멜루 몇 개를 나한테 보냈단다. 그래서 겨울에 쓸 근사한 뭔가가 생겼지."

가을이 아니어도 시인들이 노래하는
산문스러운 몇몇 날들
이쪽으로 눈도 조금 내리고
저쪽으로는 아지랑이 ―

가시 돋친 몇몇 아침들 ―
수도승의 몇몇 저녁들 ―
다 가버린 ― 브라이언트 씨의 '황금 지팡이'와
톰슨 씨의 '묶음들'

여전히 시냇물은 부산스럽고 ―
향신료 뿌린 꽃밭은 잠겼고 ―
최면 거는 손가락이 살며시
여러 엘프들의 눈을 만진다 ―

어쩌면 다람쥐가 남아 ―
나의 감상을 나누니 ―
오, 주여, 내게 양지바른 마음을 내려주소서 ―

가을

당신 바람의 거센 의지를 견딜 수 있도록!

123, 1859

이 계절은 아직 결심을 못했는지 막간의 인디언 서머*가 주는 짓궂은 따스함이 있었다. 기민한 정원사들은 온도가 적당한 날이면 하루 동안 화단에서 식물을 캐고 화분을 실내로 옮기기 위해 지켜본다. 이는 균형 잡힌 행동이다. "식물들이 지난밤 막사에 들어갔다." 디킨슨이 어느 가을 아침을 기록했다. "식물의 여린 갑옷으로는 간악한 밤을 나기 충분치 않다." 그녀의 식물들을 위한 막사는 바로 온실이었다.

지금은 새들이 돌아올 때 ―
한두 마리 될까 ― 얼마 안 되는 새들이
결국 나타났다 ―

지금은 하늘이
오랜 ― 유월의 오랜 궤변 ―
파란 황금빛 실수를 다시 시작할 때

오, 벌을 못 속이는 속임수
그대의 그럴듯한 말재주에
속아 넘어갈 뻔했다

---

*_ 가을에도 꽤 쌀쌀한 북미 지역은 구월에서 십일월 사이 가끔 철에 맞지 않게 따뜻하고 화창한 날씨가 계속될 때가 있다. 이 시기를 인디언 서머라 부르게 된 유래는 확실치 않지만 18세기부터 사용되었다고 하며, 아마도 인디언들에게는 폭설의 추운 겨울이 오기 전 잠시 사냥할 수 있는 선물 같은 시기일지도 모른다.

그렇게 이랑에 뿌린 씨앗이 자신의 증인을 품고
바뀐 바람 속으로 순식간에
소심한 이파리 하나 재촉하여 보낸다 —

오, 여름날의 성찬!
오, 안개 싸인 최후의 만찬에 —
한 아이를 오라 허락한다 —

그대의 성스런 상징을 함께 나눈다 —
그대의 신성한 빵을 먹는다 —
그대의 불멸의 와인도 —

122, 1859

디킨슨 초원의 미역취는 노랗고 애스터는 보라색이다. 벌들은
과즙과 꽃가루를 모아 벌집으로 가져가 겨울 저장고를 짓는다. 애머
스트 주변 야산에는 용담이 마치 튜브에서 바로 짜낸 물감 같은 밝은
남색 꽃을 피운다.

신께서 작은 용담을 만드셨지 —
장미가 — 되려 했지만 —
실패했어 — 그래서 온 여름이 웃었어 —
하지만 눈 내리기 직전

자주색 생명체가 올라왔어 —
온 언덕이 황홀해했지 —
여름은 이마를 숨기고

가을

조롱은 — 잠잠했어 —

그녀의 상태는 서리 —
티리언이 올 때쯤이면
북쪽에서 그에게 빌겠지 —
창조자여 — 내가 — 꽃을 피워도 되겠습니까?

520, 1863

(티리언은 로마 황제들의 제복에 사용된 보라색 염료다.)

삼림 지대 주변에는 개암나무가 노란 머리를 늘어뜨리고 있다. 마녀개암이라고도 하는 버지니아풍년화는 애머스트 전역에 서식하는 큼직한 관목이다. 디킨슨이 "사랑스런 외톨이"라고 부른 것은 최고의 묘사였다. 패니와 루가 보내준 잔가지 하나를 에밀리는 잘 다듬었다. 그녀는 이렇게 기록했다. "이것은 반짝이 수술 장식과 좀 더 차분한 수술 장식을 혼합한 것처럼 생겼다. 너무 좋다. 머리를 헝클고 대롱 아닌 나뭇가지에서 자라고 있으니 민들레 같은 느낌은 조금도 없다 — 다소곳이 고개를 숙이고는 있지만." 개암은 정말 다른 세상의 외모를 가지고 있다. 그녀는 마녀개암에 대해

가을에 꽃이 피는 마녀개암의 밝은 노란색 잎과 "사랑스런 외톨이" 꽃. 헬렌 샤프 그림.

말한 적이 있다. "어린 시절 인디언 파이프,* 황홀한 민들레 홀씨, 이 따금 분홍의 강을 따라 찾아오는 저 신비한 사과만큼이나 나를 사로 잡았다."

주위에는 다른 방법으로 정원사에게 오는 식물들이 있다. 가을은 남에게 편승하는 씨앗의 계절이다.

우엉이 내 옷자락을 잡아당겼다
우엉 탓이 아니고 — 내 불찰이다
우엉의 거처에 너무 가까이 갔으니 —

수렁이 내 신발을 욕보인다
수렁이 달리 뭘 하겠는가 —
그들이 아는 유일한 거래인데
첨벙대는 사람들?

피라미가 — 경멸할 거야 —
코끼리의 고요한 눈동자가
더 멀리 지켜본다
289, 1862

시월 전에 첫서리가 애머스트에 내린다. 오월에 마지막 서리가 내리고 겨우 다섯 달 만이다. 디킨슨은 이렇게 말했다. "초가을에 한겨울 서리를 만났다. — '신이 우리와 함께한다면, 우리에게 등을 돌리셨나 보다.' 그가 우리를 등지셨다면 어떤 동맹도 소용없다." 서리는

---

*_ 미국 동부에서는 수정난풀을 인디언 파이프라 부른다.

가을

불온한 연인이다.

이회토 속 방문객 —
꽃에 영향을 미치다가 —
흉상처럼 가지런해지고 —
유리처럼 우아해진다 —

밤과 해 뜨기 직전에 —
방문하여 —
반짝이는 인터뷰의 결론을 맺고는 —
어루만지고 — 가버린다 —

하지만 그의 손가락이 닿은 이와 —
그의 발로 달려온 곳은 —
그리고 그가 입맞춤한 그 어떤 입이든 —
이전과는 같지 않다 —

558, 1863

한 편지에서 디킨슨은 "캄차카의 베일이 내 청교도 정원의 장미꽃을 어둡게 한다"며 한탄했다. 그녀는 또 다른 말로 "너의 정원은 곧 죽을 거라 확신했지만 나의 정원은 아닐 거라 생각했어. 마치 초저녁 별처럼 마지못해, 그러나 아름답게 소멸했단다"라며 애도했다. 가을의 끝은 삭막하고 나무는 벌거벗고 땅은 드러난다. 에밀리 디킨슨은 겨울을 건너뛰고 뒤이어 올 봄으로 가는 꿈을 꾸었다.

저렇게 작은 꽃을 성가시게 하면 안 된다 —

층층나무 잎이 빨갛게 변하듯, "이회토 속 방문객"은 잎의 색깔을 바래게 할 수 있다.

다만 그것이 조용히
우리가 잃어버린 작은 정원을
다시 이 잔디밭으로 데려올 때는 예외다 ―

이토록 향긋한 그녀의 카네이션이 끄덕이고 ―
이토록 술 취한 그녀의 벌들은 윙윙대고 ―
저렇게 영롱한 백 개의 플루트들이
백 그루의 나무에서 밖으로 ― 몰래 나오고

이 작은 꽃을 본 이는
저 왕좌 주변 보보링크들과
황금 민들레들을
분명 또렷이 바라보리라
82, 1859

그러나 겨울은 피할 수 없다.

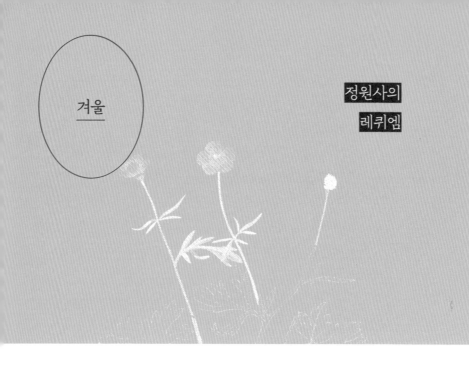

정원사의
레퀴엠

디킨슨 인생의 마지막 시간들은 상실의 겨울이었다. 넓은 세상으로부터 스스로 물러나고 가까운 이들에게 죽음이 자주 찾아왔다. 1874년 아버지에서 시작하여 11년간 그녀는 자신의 삶의 궤적에 중요했던 여섯 사람을 잃었다. 에드워드 디킨슨은 디킨슨가 여성들을 홈스테드에 남겨두고 갑자기 사망했다. 그녀가 아버지를 그리워하며 바친 애도는 일상적이고 어마어마했다. 특히 아버지가 걸어서 문을 지나는 순간부터 그를 중력처럼 끌어들였던 빵을 아버지를 생각하며 구웠다. 그는 그녀의 정원을 위해 식물을 사주었다. 그녀는 마흔셋이었다.

어느 비스듬한 빛 하나 들어오는
겨울 오후 ―
그 빛 내리누르니, 묵직함이

마치 대성당 선율 같아요 —

그것이 천상의 아픔을 우리에게 주니 —
아무런 상처도 안 보이지만,
내면의 차이에 —
그 의미들이 있어요 —

이를 가르쳐줄 이는 없겠죠 — 아무도 —
그것은 봉인된 절망 —
공중에 띄워 우리에게 보낸
황제의 고통 —

그것이 올 때, 풍경은 귀를 기울이고 —
그림자들은 — 숨죽이고 —
갈 때는, 마치 멀리
드리운 죽음의 표정 —
320, 1862

그해 겨울, 그녀는 창밖의 황량한 풍경을 응시하며 아버지의
추억을 소환했다. 그녀는 이때를 준엄한 오후라 불렀다. 슬픔을 묘사
하면서 친구인 엘리자베스 홀랜드에게 편지를 썼다. "바람이나 새가
강철의 주문을 어기는 일은 없다. 그녀가 사랑을 낭비하는 곳에서 지
금 자연은 엄격함을 낭비한다." 그녀는 "내가 찾은 — 토끼풀을 뽑은
손"으로 편지를 닫았다.
　　이듬해 어머니가 뇌졸중으로 쇠약해져 병상에 눕게 되었다. 이
로써 디킨슨의 은둔 생활이 아예 봉인되는 듯했다. 정원은 여전히 탈

출구였다. "나는 가버리는 게 아니에요. 다만 땅은 광활하니까 — 여행하는 거죠 — 내게로 — 그리고 아버지가 돌아가시고 나서 — 알고 지냈던 몇몇 지인들이 — 왔어요." 너무 광활한 땅을 에워싸고 있는 솔송나무 울타리는 그녀를 훨씬 북쪽의 스칸디나비아 북방림과 러시아의 드네프르강과 돈강으로 유배시켰다.

눈의 가장자리에
솔송나무가 있고 싶어 한다고 생각해 —
이것이 그만의 고행에 적합하고 —
경외심을 만족시켜주니 —

이 경외심을 사람들은 광활한 자연에서 해소하지 —
그리고 사막에서 — 신물 나게 누리지 —
흰서리를 원하는 휑한 본능 —
라플란드*에는 — 필수품

솔송나무의 천성은 — 추위에도 — 잘 자란다
북풍이 이를 갈지만
그에게는 — 최고의 달콤한 영양소 —
최고의 노르웨이산 와인 —

공단 입은 종족들에게 — 그는 아무것도 아니지만 —
돈강의 아이들은
그의 장막 밑에서 놀고,

---

*_ 스칸디나비아의 북부 지역.

겨울

1885년경 겨울의 홈스테드. 눈 덮인 솔송나무들이 보인다.

드네프르강 레슬러들이 달린다.

400, 1862

집 안에서 두 자매가 어머니를 여러 해 보살폈다. 위아래층으로 오르내리며 어머니에게 별식과 정원의 꽃을 가져다드렸다. 비니는 어머니에 대해 이렇게 썼다. "어머니는 모든 새와 꽃을 좋아했고 모든 슬픔에 대한 연민이 가득하셨다." 에밀리 노크로스 디킨슨은 1882년 11월 14일 사망했다.

다음 해 옆집 에버그린스에 너무도 힘든 상실이 찾아왔다. 여덟 살의 깁, 다시 말해 디킨슨의 가장 어린 조카 토머스 길버트가 1883년 가을 티푸스로 사망했다. 그가 죽기 전날 밤 에밀리 고모는 그의 침대 곁에 앉아 가족의 사랑스럽고 빛나던 별이 꺼져가는 모습

짐이 죽었을 때, 가족들은 그의 방문을 닫아 그의 어린 시절을 타임캡슐처럼 보존했다.

을 지켜보았다.

사람을 돌보던 디킨슨은 이제 무덤을 돌보게 되었다. 집에서 가까운 거리에 작은 묘지가 있었다. 풀과 꽃이 자라는 계절이면 두 자매가 걸어서 언덕 위에 올라 꽃으로 무덤을 장식했다. 깁에게는 은방울꽃을, 부모님에게는 꽃이 핀 산사나무 가지를 가져왔다.

죽음이 가까워지면서 그녀는 자신이 떠날 생각을 하게 되었다. "내 차례가 되면," 디킨슨은 한 편지에서 생각에 잠겼다. "나는 버터컵이 좋아. 당연히 풀밭이 한 송이 주겠지. 그녀가 스쳐 지나가는 자녀들의 변덕을 존중해주지 않을까?" 온갖 회한이 떠오른다. 다음 생에 대한 달콤쓸쓸한 희망도 갖는다. "나는 전율할 때까지 내가 사랑하는 것들을 만지고 싶어! 그렇게 언덕이 붉어지고 흐릿해지고 하얗게 되고 '다시 태어나겠지.' 크로커스가 누워 있는 깊이를 알고 있다면, 절대 가게 해서는 안 돼."

슬픔 속에서도 에밀리 디킨슨은 오랜 친구들을 계속 만났다. 그녀의 편지 친구는 줄어들 줄 몰랐다. 그중 한 친구가 헬렌 헌트 잭슨으로, 태어날 적 이름은 헬렌 피스크인 어린 시절 친구였다. 아마도 라일락 아래에서 헬렌과 함께 놀던 에밀리가 기억날 것이다. 둘의 관계는 거기서 끝나지 않았다.

1830년 애머스트에서 태어난 에밀리와 헬렌은 정원과 자연 세계에 관한 관심을 공유했다. 그리고 둘은 진흙에 애착이 있었던 듯하다. 한번은 헬렌의 어머니가 딸을 꾸짖었다.

헛간과 우리에서 놀고 있는데, 집 안에서 놀았으면 좋겠구나. 정원에서 즐겁게 놀면서 그런 장소 주변에 있었다면 더 잘 씻으렴. 날도 추워지고 있잖니. 실내나 정원과 달리 그런 곳들은 아가씨들에게는 그리 적절하지 않단다.

207

이 두 소녀는 저학년일 때 한 동안 학교 친구들이었다가 에밀리는 통학생으로 애머스트 아카데미에 등록했고, 헬렌은 기숙 학교에 들어 갔다. 헬렌이 입스위치 아카데미에 서 집으로 보내는 편지에서 꽃잔디, 아이리스, 장미, 허니서클, 폴리안서 스에 대해 묘사했다. 10대에 부모님 이 돌아가시고 나서 헬렌은 애머스 트를 떠나 삼촌과 함께 살았다.

이 두 여성은 어른이 되어 헬 렌이 에드워드 헌트 소령과 결혼한 이후 1860년 다시 연결되었다. 디킨 슨은 이 부부에 반했는데, 특히 소령 이 "그녀의 큰 개가 '중력을 이해했 다'"고 말한 일을 기억했다. 이들은 계속해서 여러 해 편지를 주고받았다.

에밀리의 어린 시절 애머스트 친구인 헬렌 헌트 잭슨 은 어른이 되어 에밀리의 인생에 들어와 문학 멘토가 되었다. 찰스 F. 콘리Charles F. Conly. 계란지에 찍은 질산은 사진. 1884년경.

남편이 사망한 뒤, 헬렌은 직업적으로 글을 쓰기로 했다. 시, 에 세이, 소설, 아동용 책, 야생화 관련 책을 썼다. 그녀는 재혼하고 헬렌 헌트 잭슨이 되었고 유명한 문인이 되었다. 잭슨의 소설 『머시 필브릭 의 선택Mercy Philbrick's Choice』은 에밀리 디킨슨의 삶을 그렸다고도 한 다. 오늘날 연구자들은 자서전적으로 보고 있다. 원예와 문학에 관심 이 많은 어느 애머스트 여성을 묘사한 이 책은 둘의 삶을 소재로 가 져온 듯하다. 주인공은 산림 식물들을 채집한다.

겨울

이 숲에는 세 종류의 석송이 있었고, 노루귀와 노루발, 바위앵도와 월계수 덤불이 있었다. 야생의 야외 활동을 좋아하는 사람에게 이게 무슨 횡재인지! 매일 머시가 집에 새로운 보물을 들이다 보니 그 집은 거의 여름 나무처럼 푸르고 향기로웠다.

머시의 정원은 디킨슨의 정원을 떠올리게 했다. "유행 지난 분홍의 숙녀 취향의 팬지와 패랭이꽃으로 작은 통행로의 경계를 두른, 색다르지만 잘 정돈된 화단"이 있어 에밀리 디킨슨의 취향에도 맞았을 것이다.

잭슨을 소개받은 토머스 웬트워스 히긴슨은 그녀의 노력을 격려했다. 그녀가 애머스트 출신임을 알고서 그는 디킨슨의 비범한 시 몇 편을 그녀에게 보여주었다. 잭슨은 천재를 알아봤다. "너는 위대한 시인이구나." 그녀는 디킨슨에게 보내는 편지에 이렇게 썼다. "네가 살고 있는 이 시대는 큰 목소리로 노래하지 않는 네가 잘못이라 하지. 사람들이 네가 죽었다고 할 때면 너는 네가 너무 쏘아댄 걸 좀 후회할 거야."

아쉽게도 그들의 편지 중 몇 통만이 남아 있지만, 디킨슨이 잭슨에게 파란 지빠귀에 관한 시를 보냈던 편지가 한 통 있다. 감명을 받은 잭슨은 "파란 지빠귀들이 여기 있네"라고 말했다. "나도 그 새에 대해 써볼까 했었는데, 이렇게 못 썼을 거야. 지금도 못 쓰겠어." 그녀는 편지 말미에 구미가 당기는 제안을 늘어놓았다. "꾀꼬리도 한번 해보면 어떨까? 꾀꼬리도 바로 나올 거야."

디킨슨은 "미다스가 만진 이들 중 하나"라는 시로 답하며, 꾀꼬리를 "변론하는 이," "아닌 척 하는 이," "미식가," "도둑"이라 명명했다. 한술 더 떠 디킨슨은 "네가 제안했던 꾀꼬리에 벌새를 추가할까 해. 이들이 진실하기를 바란다"고 이어갔다. 그녀가 추가한 벌새는

역작이었다.

소실 루트,
굴러가는 바퀴 하나 —
에메랄드의 공명 —
연지벌레의 줄행랑 —
그리고 가지에 피어난 꽃송이 하나하나
숙인 고개를 까딱인다 —
튀니스에서 온 편지, 아마도,
가뿐한 아침 일주 —
1489, 1879

길을 가던 루비목벌새가 쉬고 있다.

잭슨은 디킨슨의 작품을 홍보할 준비가 되어 있었다. 그녀는 『시인의 가면The Masque of Poets』 앤솔러지의 한 권인 『노 네임 시리즈No Name Series』에 "성공의 달콤함을 가장 잘 헤아리는 이는"이 포함되어야 한다고 디킨슨에게 힘주어 말했다. 그녀는 또한 시집 제작자 역할을 하게 해달라고 부탁했다. 그렇게 헬렌 헌트 잭슨은 디킨슨 시의 사후 출판을 맡을 뻔했다. 그러나 그러지 못했다. 잭슨은 1885년, 너무 일찍 죽었다.

디킨슨은 오랜 친구들과 유대 관계를 유지하면서도, 말년에 새로운 친구를 사귀게 된다. 메이블 루미스 토드는 1881년 9월 애머스트 칼리지 천문학과 신임 교수인 남편 데이비드와 갓 태어난 딸 밀리센트와 함께 애머스트에 이사 올 때부터 거창했다. 메이블은 가수였고 피아노도 연주했으며, 글도 썼고, 연기도 하고, 그림도 그렸다. 그녀는 젊었다. (메이블은 에밀리보다 스물다섯 살 어렸다.) 지성과 미모, 재능을 모두 갖춘 메이블은 디킨슨 형제자매에게 분명 눈부신 빛을 발했던 것 같다.

수전은 즉시 이 부부를 에버그린스의 정기적인 저녁 손님으로 초대했다. 메이블은 자주 홈스테드를 방문하여 비니와 대화하고, 노래하고, 응접실의 피아노를 연주했다. 맏언니 디킨슨은 복도나 계단 꼭대기에서 귀를 기울였다. 베토벤이나 바흐나 스카를라티가 끝나면, 가정부가 든 쟁반이 거실에 도착한다. 공연의 보답으로 셰리 한 잔, 에밀리의 시 한 편, 또는 그녀의 정원에서 가져온 꽃 한 송이가 올려져 있었다.

두 사람이 대면하여 만난 적은 없었지만, 토드와 디킨슨은 식물이나 음악, 글에 대한 열정이 잘 맞았다. 메이블은 부모님에게 보내

이 연극적 장면에서 메이블 루미스 토드는 흰 드레스를 입고 중앙에 서 있고, 그 옆에는 수전 디킨슨이 깁을 안고 앉아 밀짚모자를 쓰고 벽난로 앞에 있는 마티 쪽을 바라보고 있다. 맥고모자를 쓴 데이비드 토드는 맨 오른쪽에 있다. 네드 디킨슨은 테니스 라켓을 들고 맨 앞줄에 옆으로 길게 누워 있다.

는 편지에서, "집에 오면 바로 매우 세련된 꽃 한 상자가 내게 와 있어요. 히아신스, 헬리오트로프, 그리고 모르는 기이한 노란 꽃들이었어요. 누가 보냈는지 아세요? 미스 에밀리 디킨슨이에요!"

메이블 토드는 능숙한 식물 화가였다. 1882년 그녀는 디킨슨에게 나무판에 인디언 파이프를 그려 보냈다. 반응은 열렬했다. 디킨슨은 "의심의 여지 없이 가장 좋아하는 인생의 꽃을 내게 보내셨네요. 거의 초자연적이에요. 그림과 만나는 순간 사랑스런 기쁨을 느꼈어요. 누구에게도 털어놓지 못하겠어요"라고 썼다. "호기심 많은 어린 시절 땅에서 나온 이것을 쥐었을 때의 느낌이 아직도 소중해요. 이 세상 것이 아닌 듯한 전리품. 어른이 되어서도 신비로움은 더 커질 뿐 전혀 줄어들지 않아요." 인디언 파이프는 허버리움에도 등장하는데, 40여 년 전에 채집된 것이었다.

인디언 파이프는 신기한 식물이다. 생김새는 양초처럼 하얗고 잎이 없고 색소가 없는 듯 새하얀 은방울꽃 줄기 같다. 땅을 향해 고개 숙인 꽃을 보면 그리스어로 '한 바퀴'를 뜻하는 모노트로파라는 속명屬名이 수긍 간다. 북동부가 원산지인 인디언 파이프는 속씨식물인 꽃나무지만 광합성을 하지 못한다. 일반적인 초록 생물들과 달리 스스로 양분을 제조하지 못하고 공생 관계에 의존한다. 균근이라는 이름의 특별한 균류는 나무뿌리에 군락을 이루고 질소나 인 같은 영양소를 참나무 종류나 침엽수 같은 보다 큰 식물에 보낸다. 그 대신 균류는 나무뿌리에서 인디언 파이프로 음식을 되돌려준다. 최고의 식물성 물물 교환인 셈이다.

누군가는 에밀리 디킨슨이 인디언 파이프와 같았다고 할 수도 있다. 그녀는 식구들에게 의지했다. 처음에는 아버지였고 그다음에는 비니를 통해 바깥 세계와 교류했다. 생필품을 구하고, 보호를 받고, 소식을 들었다. 조카는 비니 고모를 "집안의 남자"라고 묘사했다. 나무판 그림을 받고 한 달 후 에밀리는 메이블에게 편지를 썼다. "나는 인디언 파이프를 그릴 줄 모르니 대신 벌새를 받아주세요." 헬렌 헌트 잭슨에게 보냈던 "소실 루트"를 동봉했다. 그녀는 편지에 "E. Dickinson"이라고 서명했다.

인디언 파이프 에피소드 이후 메이블 토드는 ─ 두 경우를 제외하면 ─ 에밀리 디킨슨 연표의 각주 정도가 되었다. 하나는 그녀와 오스틴 디킨슨이 연인이 되었다는 사실이었고, 다른 하나는 그녀가 디킨슨의 시를 세상에 드러냈다는 것이다.

메이블 루미스 토드의 인디언 파이프.

오스틴과 메이블? 둘은 예상 밖의 커플이었다. 둘 다 기혼이었고 나이 차이도 27년이나 났다. 가을이 봄과 연애하는 격이었다. 이들이 처음 '선언'한 때는 1882년 애머스트 전원으로 종종 장거리 드라이브를 하던 어느 날이었다.

둘은 비밀스럽게 관계를 키워갔지만 다들 알고 있었다. 스캔들이 과장되게 부풀려지기에는 소도시만 한 곳이 없다. 메이블은 오스틴에 대해 이렇게 말했다.

그는 [에밀리만큼이나] 시인이었다. 다만 시적인 운율과 언어가 아닌, 자연에 대한 강렬하고 소양 있는 지식과 애머스트 근처 언덕 위에서 보이는 풍경에 대한 열정적인 기쁨과 주변의 수많은 나무와 꽃이 만발한 관목에 대한 관심에 그의 천재성이 꽃피었다.

어느 날 그는 메이블에게 대학 캠퍼스에 심을 나무 캐내는 일을 감독하러 가는 길인데 함께 마차 드라이브를 하지 않겠느냐고 했다.

"나는 참나무에 관한 한 누구도 신뢰하지 않거든요"라고 그가 말했다.

오스틴은 초원 가장자리를 따라 길을 냈고, 메이블과 데이비드의 새집 부지 선정과 조경에 도움을 주었다. 에버그린스에서 단 한 블록 거리였고, 금세 초원을 가로질러 새 산책로가 생겼다. 그는 새로운 사랑에 열렬했던 것 같다. 새로운 장소를 정원으로 만들고자 식물을 심었다. 그리고 또 심었다. 나무, 관목, 아이리스 화단, 그리고 채소밭까지. 메이블은 이 "가장 예술적이고 아름다운" 집의 원예에 쏟은 그의 노력에 대해 몇 년이 지나 이렇게 묘사했다.

나의 공간은 이제 내 사랑하는 이의 손길이 구석구석까지 닿아 완벽한 미의 보루가 되었다. 화려한 가문비나무, 솔송나무, 흰 자작나무, 개나리, 수국, 목련, 너도밤나무, 호두나무, 은행나무 등 그가 여기에 넣은 무수한 사랑스런 것들이 모두 힘차게 살고 있고, 매혹적인 작은 공간이다.

그녀는 자신의 새집을 '델Dell'['작은 협곡'이라는 뜻 — 옮긴이]이라 불렀다.

디킨슨 자매는 이 커플을 받아들였다. 메이블의 남편도 인정했다. 이 때문에 오스틴의 부인 수전과는 분명 긴장이 돌았다. 양갈비구이 같은 구레나룻의 오스틴과 곱슬머리의 메이블은 이따금 홈스테드의 응접실에서 만났다. 둘이 온실 안에 있거나 격자 울타리를 휘감고 넘어온 허니서클 향이 도는 정원에서 거니는 장면은 너무 상투적일까? 적어도 둘은 에버그린스의 시야 밖에 있었을 것이다. 이들의 관계는 계속되었다. 이혼하지도 않은 채, 둘의 관계는 1895년 오스틴의 사망으로 끝났다.

에밀리 디킨슨은 평생 돈독한 관계를 맺었던 남성과 여성 들이

(위) 메인 스트리트 북동쪽 끝에서 본 디킨슨 초원. 건너편으로 언덕 위의 애머스트 칼리지와 중앙 오른편으로 메이블과 데이비드 토드의 집이 보인다.
(아래) 1894년의 델. 오스틴 디킨슨이 심은 나무들이 많이 보인다.

있었다. 물론 그 범위나 때로는 누구인지조차도 모호하다. 말년에 그녀에게는 입증된 연인이 한 명 있었다.* 오랫동안 가족의 친구인 오티스 필립스 로드Otis Phillips Lord는 매사추세츠 대법원의 은퇴한 판사였다. 18세 연상인 로드는 디킨슨의 아버지처럼 철저한 휘그였고,** 1877년에 상처했다. 1883년 세일럼에 있는 자신의 정원에 앉아 있는 사진 한 장이 있다.

그대의 꽃이 ― 유쾌하기를 ―
그녀의 군주는 ― 멀리 있다!
그는 나와 안 어울려 ―
회색 ― 꽃받침 속에 나는 살 거야 ―
그대의 데이지는 ―
늘 ― 조신하게 ―
그대를 위해 잘 차려입지!

367, 1862에서

이 시는 전기 작가들이 디킨슨과 로드의 관계를 입증할 수 있었던 시기보다 훨씬 전에 쓰였다. 그의 성으로 말장난하는 빈정거림이었을까? 우연이었을까? 후자였다면 디킨슨은 재미있어했을 것이다.*** 파편적인 증거들을 보면 로드가 청혼했고 디킨슨이 고려했다고

---

*_ 사후에 디킨슨의 유품 중에 발견된 고백적 시와 수신인이 'Master'로만 되어 있는 세 통의 편지로 추론하여 디킨슨이 말년에 오티스 필립스 로드와 연인이었다고 주장하는 전기 작가들이 있으나 확실하지는 않다.
**_ 디킨슨가 남자들은 당시 미국 휘그당의 영향력 있는 인사였다. 미국 휘그당은 1833년에서 1956년까지 존재했던 정당으로, 네 명의 대통령을 냈으나 후에 노예 제도에 대한 찬반 대립으로 분열되었다.
***_ 저자는 이 시에 등장하는 Lord를 '군주' 아닌 로드의 이름으로 해석하려는 듯하다. 디킨슨 연구 초기 일부 연구자와 전기 작가들이 이 시를 시인의 전기적 사실과 관련하여 해석하기도 했지만, 실제 디킨슨의 연애에 대해서는 알려진 바가 없다.

겨울

하지만, 둘은 결혼하지 않았다. 로드와 함께 살면서 유산을 상속받으려 했던 조카들이 반대했다. 하지만 그의 건강이 악화되면서 답은 정해졌다. 1884년 그는 사망했다. 디킨슨이 썼듯, "나의 집은 눈의 집 — 슬프지만 — 남은 이가 — 별로 없다."

에밀리 디킨슨 정원의 겨울

겨울에도 경작하면
봄처럼 재배할 수 있다.

—1720, 연대 미상

겨울 애머스트는 어둡다. 낮이 짧아졌다. 겨울 첫날 해는 오후 네 시 삼십 분쯤 진다. 메인 스트리트 홈스테드 앞은 눈을 치우지 않는다. 눈은 층층이 쌓이고, 마차꾼들은 수레바퀴를 교체한다. 헛간에서 나온 썰매들은 조용해서 보행자들에게 종을 울려 경고해야 한다. 겨울은 "종소리 울리는 날들"로 이루어진다고 디킨슨은 기록하며 썰매타기 놀이와 어린 시절 말이 끄는 썰매의 추억을 회상했다. 아이들이 길 건너 디킨슨 초원의 얕은 웅덩이 빙판 위에서 스케이트를 탄다. 이따금 맑은 하늘에는 꽁꽁 언 깃털 구름이 길게 줄지어 있다. 폭설이 내리기 전 먹구름이 몰려든다. 눈 냄새가 난다.

이 계절의 깊이는 내리는 눈으로 측정할 수 있다. 겨울 디킨슨 정원은 한동안 눈으로 덮여 있어 달 표면 같다. 눈은 차갑지만, 생명을 보존하는 담요 역할을 하여 땅 밖으로 식물들을 나오게 하고 연한 뿌리를 죽이는 해빙과 한파를 막아준다. 눈은 집 주위 나무에 달라붙어 정교하게 설탕 입힌 과자처럼 반짝이며 굳는다. 이런 이유에서

디킨슨의 "눈의 집."

제빵사들이 '아이싱icing'이나 '프로스팅frosting'과 같은 단어를 사용하는 것이다.*

어떤 폭설은 혼란스럽다. 기온이 빙점 근처에 머물면, 내린 눈이 액체에서 고체가 되어 미끄러지기 때문이다. 디킨슨은 그것을 "겨울 은빛 단구"라 부른 적이 있다. 순식간에 생긴 종유석 같은 고드름은 물이 흘러내리는 집과 헛간의 처마에서 형성되어 끝이 뾰족해진다. 얼음이 녹는 날에는 처마 밑에 서 있는 것이 위험할 수도 있다. 나

---

*_ 얼음과 서리처럼 굳힌다는 의미의 '아이싱'이나 '프로스팅' 모두 설탕을 뿌려 표면을 굳히는 제빵 방식이다.

겨울

뭇가지가 햇빛에 반짝인다.

디킨슨 정원의 겨울은 나무의 시간이다. 낙엽수들은 우아한 골격만 남아 하늘을 배경으로 한 실루엣이 예리하다. 나뭇잎 가림막이 버려진 채, 나무는 수학적 구조물을 드러낸다. 참나무의 가지는 어긋나고 단풍나무 가지는 마주 난다. 가지치기한 자국이 겨울이면 드러난다. 과실수 가지들은 정기적으로 전지해줘야 열매의 싹을 튼튼하게 하거나 나무의 중앙을 벌려줘 이듬해 농작물이 익기 위한 빛을 더 많이 확보할 수 있다. 시간이 지남에 따라 규칙적인 가지치기로 그들은 조각물이 된다.

나무의 모습이 홈스테드와 에버그린스 주변에 나타난다. 참나무는 그 널찍한 어깨를 펴든다. 메인 스트리트에 줄지어 선 미국느릅나무들의 모습은 항아리 같다. 단풍나무는 타원형이다. 아까시나무는 가냘프고 뾰족하다. 벌거벗은 나뭇가지에 둥지가 드러난다. 새의 둥지와 다람쥐의 배설물도 보인다.

나무껍질이 두드러진 나무들은 잎꼭지에서 변화한다. 은색 줄기의 너도밤나무들은 코끼리 같다. 밝은 흰 나무껍질이 벗겨지는 자작나무는 눈을 흉내 낸다. 양버즘나무 껍질은 낡은 피부처럼 얇은 조각으로 벗겨지며 얼룩덜룩한 줄기가 흰색과 회색, 갈색으로 남는다. 디킨슨은 한 시의 마지막 연에 있는 양버즘나무를 언급하면서, 그 갈색 껍질을 시나몬 혹은 어쩌면 성경에 나오는 동방 박사의 선물로, 시신에 발라주기 위해 사용되었던 몰약에 비유했다.

수탉 씨에게 죽음이 무슨 상관일까 ―
낮에게 죽음이 무슨 상관일까?
당신의 일출에 이들이 얼굴을 찡그리니 늦었다 ―
아침의 ― 보라색 음담패설을

어제 석공이 세운
벽의 층처럼
텅 빈 이들에게 퍼붓는다
그만큼 시원하다 —

여름에게 죽음이 무슨 상관일까
하지에 태양이 없다면
이들의 정문 앞에서 눈이 녹아 낭비됐을 텐데 —
어느 새가 알고 있던 운율 하나도 —

뚫린 귀를 전율이 뚫고 나갈 수 있을 텐데
세상에 존재하는 모든 새들 중에서 —
인류가 사랑했던 — 이 존재가
이제부터는 소중해지리라 —

겨울에게 죽음이 무슨 상관일까?
스스로가 쉬이 얼어붙는데 —
일월의 밤 같은 — 유월의 정오 —
곧 남쪽은 — 그녀의 미풍을

양버즘나무든 — 시나몬이든 —
돌멩이 속에 두고
돌멩이 하나를 놓아 계속 따뜻이 해주고 —
인간에게 — 향신료를 준다 —

624, 1863

눈 내린 애머스트의 메인 스트리트. 오스틴의 나무 심기 노력이 보인다. 오른쪽에 제일회중교회가 있고 에버그린스의 정면이 왼쪽에 보인다.

침엽수들은 겨울 정원의 구조 또는 뼈대를 제공하는데, 디킨슨의 정원도 예외는 아니었다. 침엽수의 짙고 뾰족한 잎들이 흰 눈과 대조를 이룬다. 솔송나무 가지는 눈에 축 처진다. "나의 정원은 아래에 얼굴이 있는 작은 언덕"이라고 디킨슨은 썼다. "그리고 지금 새들이 부재하니 오직 소나무만이 곡조를 노래한다." 위층 창문에서 그녀는 커다란 스트로브잣나무의 침엽 가지들을 듣고 볼 수 있었다. 더 많은 침엽수들이 두 저택 사이 차도와 산책로에 드리우고 있다. 디킨슨은

에버그린스의 눈 덮인 산책로. 1885년경.

친구인 새뮤얼 볼스에게 소나무에 관한 시를 한 편 보냈다. 그가 확실
히 해독할 수 있도록 침엽 한 뭉치를 동봉했다.

날개 하나 떨군 윕포윌^{*}이 부르는

불후의 ─ 노래!

그의 객석은 ─ 일출 ─

그의 오페라는 ─ 봄 ─

그의 에메랄드 둥지는 세월을 자아

잘 익어 ─ 속삭이는 실을 이어간다 ─

---

^{*}_ Whippowil[디킨슨의 철자]. whip-poor-will은 쏙독새 종류이기도 하지만 꾀꼬리처
럼 따듯한 계절에만 노래하는 새들을 가리키기도 한다. 노래하는 새라는 점에서 시인을
비유하기도 한다.

겨울

아이들이 사냥한 것은 그의 녹주석 알

저 위에서 '휴식' 중!

208, 1861

부드러운 깃털의 스트로브 잣나무 침엽들은 푸른 초록을 띠고 작은 다발 형태로 나무에 붙어 있다. 바람이 불면 침엽들이 흔들리며 소나무는 노래한다. 씨앗을 품고 있는 솔방울은 담청색의, 창백한 바다색 보석 같다.

디킨슨이 시에서 묘사했던 "녹주석 알" 두 개.

어떤 날에는 강풍에 홈스테드 사유지의 눈이 싹 쓸려나간다. 드러난 정원은 유령으로 가득하다. 작약 같은 여러해살이들은 뱀이 허물 벗듯 무성한 이파리 껍데기를 남기고 땅으로 쓰러져 죽는다. 촉촉했던 줄기는 첫서리에 굳어지고 겨울 햇살에 말라버린다. 회색 이파리들, 텅 빈 줄기들, 마지막으로 만개한 꽃차례가 말라버린다. 정원에 남겨진 지난해 식물의 잔재들은 봄이 되면 다시 나타나기 위해 힘을 모으는 생장점인 수관을 차단한다. 노스탤지어가 깃든 겨울 정원에는 희망도 있다.

무쇠 빗자루인 양

눈과 바람이

겨울 거리를 휩쓸고 갔다 ―

집은 문고리를 단단히 걸어 잠갔는데

223

태양은 희미한
열기의 특사를 보내왔다 —
그 거리를 새가 지나가고
뚜벅뚜벅 — 활보하던 말은
묵묵히 묶여 있는데
아늑한 지하 창고의 사과만이
유일하게 놀고 있었다.

1241, 1872

홈스테드의 지하 창고에는 추위에 잘 견디는 성장 철의 수확
물들이 보관되어 있다. 디킨슨은 "아늑한 지하 창고"로 걸어 내려가
손으로 더듬어서 여름 수확물을 구해 올 수 있었다. 사과, 뿌리채소,
병조림한 과일. 디킨슨에게 와인 저장고 열쇠가 있었다면, 아마도 커
런트 와인이나 어머니가 좋아했던 마데이라 품종의 맙지 와인을 가져
올 것이다. 저택 정면 지하 창고 창문 사이에 갓 구운 생강빵을 식히
는 진열 선반이 있었다. 연못에서 잘라 온 얼음을 채운 아이스박스 말
고는 냉장 시설이 없었기 때문에 디킨슨 가족은 서늘하고 건조한 지
하 저장 창고에 의존했다.

겨울은 또한 묘목 카탈로그의 계절이기도 하다. 쌓이는 눈만
큼이나 많은 카탈로그가 우체통 속에 쌓인다. 디킨슨 가족은 이 세이
렌의 노래에 면역이 되지 않았다. 1881년 겨울 에밀리가 묘사한 비니
는 "블리스 카탈로그를 보고 편리하게 여름을 전망할 수 있었다."

블리스 카탈로그는 그해 봄의 열병을 앓는 정원사에게는 기쁨
bliss이었다. 1881년의 카탈로그는 141쪽에 부록까지 딸린 묵직한 책
이었다. 판화는 어서 오라는 듯 도발적이었고, 채색 인쇄된 팬지가 모
든 정원사에게 주문서를 보내주겠다고 보증해주는 듯했다. 미국 최초

의 우편 주문 종자 업체인 B. K. 블리스는 매사추세츠주 스프링필드에서 시작됐지만, 당시에는 뉴욕시에 있었다. 이 회사는 1853년 첫 카탈로그를 인쇄했고, 메인 스트리트의 디킨슨 저택을 포함한 미국 정원에 신종 채소와 꽃을 소개했다.

정원사들이 카탈로그나 종묘상에서 구매를 할 때면 종종 희귀종을 선호한다. 진기한 식물은 자랑할 수 있는 권리를 주었다. 동네에서 처음 갖고 있다는 것보다 좋은 일은 없으니까. 1800년대 후반의 최신 품종은 수입 품종이었다. 오스틴은 에버그린스에 독일가문비나무를 심기도 했다. 디킨슨의 시 가운데 식물들의 인위적 움직임을 묘사한 것도 있다.

마치 작은 북극 꽃이
북극 가장자리에서 —
위도를 따라 돌아다니며 내려오다
영문 모르고
여름의 대륙으로 —
태양의 창공으로 —
신기하고 찬란한 꽃무리에게로 —
그리고 낯선 말 하는 새들에게 왔듯!

음, 마치 이 작은 꽃이
돌아다니다 에덴으로 들어가면 —
그러면 뭐, 왜, 아무것도 아니라고
그냥 네 **집작**일 뿐!

177, 1860

에밀리 디킨슨 역시 겨울
에도 "봄처럼 재배할 수 있는"
온실에서 식물과 여름을 기대했
다. 그녀는 향긋한 하얀 다프네
의 꽃다발을 "보다 도시적인 아
르부투스"라고 묘사했다. 다시
생각해본 듯 덧붙였다. "이런 표
현이 마음에 안 들겠다. 너무 좋
아 행복할 정도로 둘 다 아름답
지는 않지?"

속성 재배용 알뿌리에서
도 즐거움을 찾는다. 한 친구에
게 보내는 편지에서 디킨슨이 썼
다. "나는 창문 하나를 히아신스
로 채워 영구적인 무지개를 만들
었어. 과학이 알게 되면 반가울
거야. 실론의 가치가 있는 배 한
척 분량의 카네이션도 있잖아."

1. GOETHE
2. SCHILLER
3. BEETHOVEN
4. MENDELSOHN

NEW GERMAN PANSIES
From B. K. BLISS & SONS' Gardeners Hand-Book.

5. MOZART
6. HAENDEL
7. HAYDEN
8. SCHUMANN

아마도 에밀리와 비니는 1881년 겨울 B. K. 블리스 & 선즈
Bliss & Sons 카탈로그에서 이 팬지를 선택했을 것이다.

마티는 히아신스 향에서 겨울 에밀리 고모의 방을 떠올렸다. "햇살
속의 알뿌리는 신기하게 고모를 황홀하게 했다. 작은 화분들이 네 개

겨울

의 창턱에 꽉 차서 어쩔 수 없다는 듯 하늘로 솟아오르기 때문이다.”
어느 삼월 디킨슨이 한 친구에게 이렇게 편지를 썼다. “당혹스러울 정
도로 너무 사랑스러운 히아신스를 네게 보여줄 수 있으면 좋겠어. 꽃
피기 전에 웅크리고 있는 건 현명하지 못해 보이긴 하지만 말이야. 그
런데 아름다움은 종종 소심하잖아. 고통일 때가 더 많지.” 속성 재배
알뿌리에는 남모르는 즐거움이 있다. 아름다움이 꽃 피기 전 웅크리
고 있었더라도 그녀는 이들을 키우는 것에는 절대 소심하지 않았다.

　　이 계절이 물러나면 예측도 바뀐다. 소녀였을 적 에밀리는 열심
이었다. “한두 주 동안 날씨가 유쾌하진 않았지? 겨울이 이전의 자신
을 잊은 것 같아. 겨울이 얼빠졌다고 생각하지 않니?” 말년의 디킨슨
은 보다 성숙한 산문으로 변덕스러운 날씨를 묘사했다. “애머스트에
닷새나 폭설이 내린다. 눈이 내리고 비가 오고, 그러고는 집집마다 커

에버그린스에서 본 스프링 스트리트의 겨울 풍경. 독일가문비나무가 보인다.

튼을 내리듯 부드러운 안개가 내려앉는다. 그러고는 여인의 핀에 박힌 토파즈 같은 날들로 바뀐다." 늦겨울은 완고한 계절일지도 모른다. 하지만 낮이 봄으로 손을 뻗을수록 늦은 눈은 지속되지 않는다. 디킨슨은 늦은 눈을 잠깐이라 불렀다.

겨울은 좋다 ― 설탕 뿌린 과자의 달콤함
이탈리아 풍미를 ―
여름 혹은 세상의 ―
만취한 배우신 분들에게 내려준다 ―

채석장처럼 포괄적이고
장미처럼 ― 강렬하고 ―
퉁명스레 초대해놓고
환영하며 가버린다.
1374, 1875

창밖을 내다보며 그녀는 정원의 모든 계절을, "한 해의 리본들을" 목격하며 서 있었다. 어떤 달이든 그녀의 정원은 시적 영감의 원천이었다. 그녀의 시는 분명 여러해살이였을 것이다.

풍경의 각도 ―
내가 일어날 때마다 ―
나의 커튼과 벽 사이
광대한 균열 위로

베네치아풍인 듯 ― 기다리며 ―

눈을 뜨면 다가와 말을 건다 ―
그저 사과나무 가지인데 ―
하늘에, 비스듬히 걸린 채 ―

굴뚝 패턴 ―
언덕의 이마 ―
가끔은 ― 바람개비의 집게손가락 ―
하지만 그것은 ― 우연 ―

나의 에메랄드 가지 위로
계절마다 ― 내 그림은 ― 바뀌지만 ―
일어나 보니 에메랄드는 전혀 없고
대신 ― 다이아몬드들을 ― 눈이

북극의 작은 상자에서 ― 내게 가져다주었다 ―
굴뚝과 ― 언덕을 ―
그리고 뾰족탑의 손가락을
이들은 ― 전혀 흔들지 못한다 ―

578, 1863

에밀리 디킨슨은 1886년 5월 15일 사망했다. 56세. 의사의 진
단으로는 브라이트병으로 신장 질환이었다. 그녀의 장례는 나흘 후
홈스테드 거실에서 치러졌다. 그녀는 흰 드레스를 입고 누워 있었고,
제비꽃과 분홍 복주머니난이 고개 밑에 놓여 있었다. 비니는 디킨슨
의 손에 헬리오트로프를 쥐여주고 로드 판사에게 안내했다. 수전은
제비꽃과 석송으로 흰 관 위를 장식했다. 장례식이 끝나고 디킨슨가

"계절이 나의 그림을 옮긴다." 개인 소장품이던 1859년경의 이 은판 사진은 애머스트 칼리지 특별 소장고에 보관되어 있다. 오른쪽이 디킨슨의 친구 케이트 스콧 터너Kate Scott Turner임을 뒷받침하는 강력한 증거가 있다. 어떤 학자들은 왼쪽이 어른이 된 에밀리 디킨슨이라고 주장한다.

의 일꾼들이 관을 들었다. 이들은 관을 들고 저택 뒤로 가지고 나와 정원을 지나갔다. 눈부신 봄 오후였다. 사과꽃이 나무를 장식하고 있었다. "그때 우리는 고요히 걸어 화창한 들판을 가로지르며, 이노센츠와 버터컵을 한 아름 안고 묘지로 갔다." 그녀는 자신의 머리글자 E. E. D.가 새겨진 소박한 묘비와 함께 가족 묘지에 묻혔다. 하지만 그녀의 이야기는 여기에서 끝나지 않았다.

여동생에게 자신의 종이들을 없애달라는 당부가 그녀의 마지막 요청이었다. 비니의 입장이 되어보자. 그녀는 언니의 빈방에 앉아 있다. 아마도 늘 사용하던 글쓰기 책상이었을 것이다. 벚나무 서랍장의 서랍을 열어 뭉치 ― 친구와 가족으로부터 받은 수십 년 된 편지 뭉치를 꺼낸다. 슬프지만 그래도 성실하게 그녀는 종이들을 치운다. 하지만 그때 놀라운 뭔가를 발견한다. 에밀리의 손으로 직접 정갈하게 쓴 시들이었다. 후대에는 고마운 일이지만, 라비니아 디킨슨은 이 시들을 없앨 수 없었다. 수백 편의 시들이 있었다. 손으로 꿰맨 작은

겨울

· Ranunculaceae
Ranunculus. Crowfoot. Buttercup.
R. bulbosus. Bulbous C. or B.

Taunton June 29 '93.

에밀리 디킨슨이 안장되던 날 핀 버터컵. 헬렌 샤프 그림.

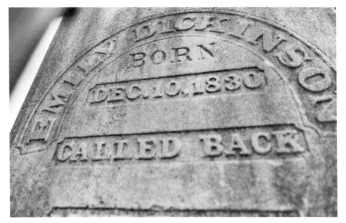

에밀리 디킨슨의 묘비는 후에 조카에 의해 이처럼 보다 세밀하게 조각된 것으로 교체되었다.

책이 40권 있었고 묶지 않은 종이도 많았다.

학자들은 이 작은 책들을 '파시클fascicle'이라 불렀다. 딱 맞는 이름이었다. 파시클이란 하나의 토대에서 함께 자란 잎이나 꽃, 뿌리의 다발을 가리키는 식물학 용어이기도 하다. 에밀리 디킨슨의 세심한 필사와 배열, 제본, 작은 글씨의 주석 작업 — 작은 가위표와 함께 대체 표현을 남겼다 — 은 모두 정성스레 정리하여 손 제본한 그녀의 허버리움과 비슷했다. "어린 시절 나는 여러해살이가 아닌 꽃은 아예 씨도 뿌리지 않았다. 그렇게 나의 정원은 지속된다." 디킨슨은 썼다.

라비니아 디킨슨은 "잔다르크 느낌"이었다고 말하며, 숨겨둔 시를 맨 처음으로 옆집의 올케에게 가져갔다. 수전 디킨슨은 이들을 천천히 출판사에 보내기로 했다. 하지만 비니에게는 너무 느렸다. 에버그린스에서 돌아온 비니는 서슴없이 메인 스트리트 건너편 메이블 루미스 토드의 델로 갔다. 마침내 토드가 깃발을 들기로 했다. 몇 해를 미뤄온 토머스 웬트워스 히긴슨에게 이 시들은 출판할 가치가 있다고 자신 있게 권유했다. 토드는 손으로 쓴 원고를 해독하고 디킨슨

겨울

의 편지를 추적하는 데 몇 날, 몇 달, 몇 년을 보냈다. 그녀는 시인의 거미줄 같은 필체를 구형 타자기를 이용해 옮겨놓고, 이를 활자로 옮길 준비를 해두었다. 메이블 루미스 토드의 인디언 파이프가 디킨슨의 첫 시집 앞표지에 새겨졌다.

에밀리 디킨슨은 언제나 출판에 대해 양가적이었다. 그녀의 한 시는 "출판은 ─ 인간 정신의 / 경매예요"라고 시작하여 겨울의 비유와 함께 계속 이어진다. "하지만 우리라면 ─ 차라리 / 우리 다락방에서 출발하여 / 순백으로 ─ 순백의 창조주에게 닿을 거예요 ─ / 우리 흰 눈을 ─ 투자하느니 그게 낫지요 ─." 그녀는 자신의 눈을 ─ 자신의 시를 ─ 투자하여 벚나무 서랍장에 예치해두고 이들이 인쇄되어 보게 될 새로운 계절을 기다렸다.

에밀리 디킨슨의 첫 시집 표지.

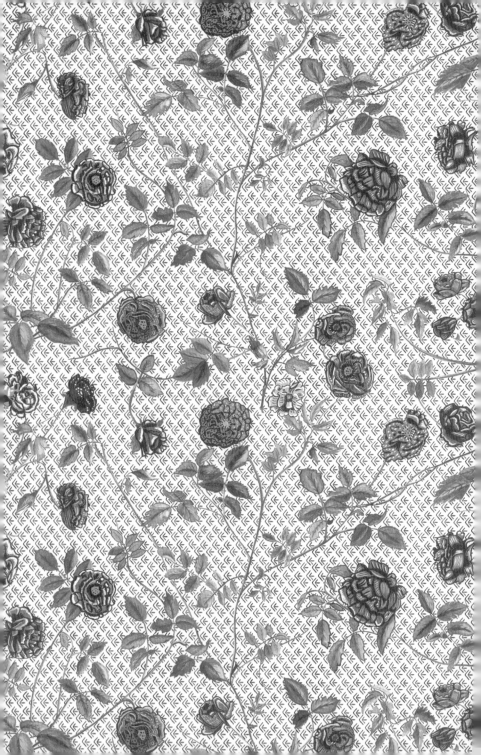

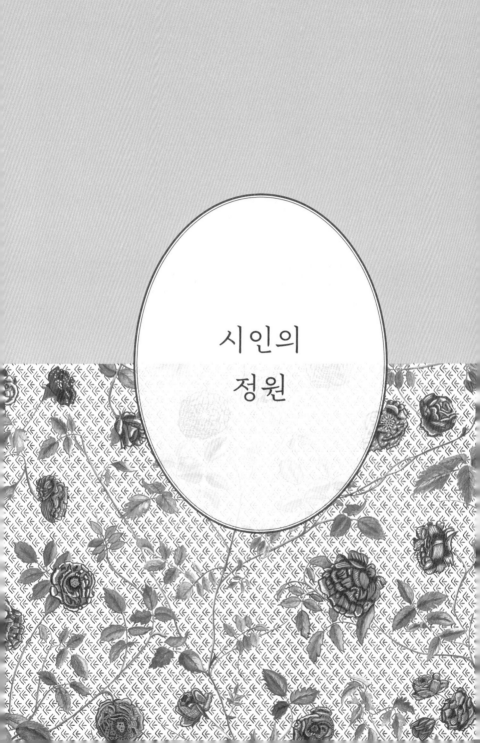

시인의
정원

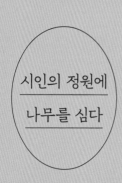

시인의 정원에
나무를 심다

모든 정원은 닻을 내린다. 정원은 장소에 묶인다. 지형, 토양의 구성.
홈스테드와 에버그린스에서 정원은 뉴잉글랜드의 특징을 규정하는
듯한 화강암에서 영겁을 거치며 구성된 토양인 사양토로 작업했다.
소유지의 저지대와 산등성이가 옛 시절을, 마지막 빙하의 메아리를
속삭인다. 지질학적으로 말해 인류가 베링 육교*를 건너 북미로 처음
들어왔을 때와 거의 같은 시기에 애머스트 주변 토지는 현재의 모습
으로 형성되어 자리 잡았다.

 에밀리 디킨슨의 정원 같은 곳에 식물을 심는 일은 우선 토양
부터 시작한다. 디킨슨가에 고용된 남성들은 비료를 주고 경작하는

---

*_ 베링 육교Beringia는 빙하 시대에 여러 차례에 걸쳐 1600킬로미터가량의 폭으로 아
시아와 북아메리카 사이를 연결하는 땅을 말한다. 베링해협과 베링해, 추크치해 등의
얕은 바다가 해수면이 낮아지면서 두 대륙이 땅으로 연결되었다. https://en.wikipedia.
org/wiki/Beringia.

시인의 정원에 나무를 심다

데, 알칼리성 토양을 '부드럽게 하기' 위해 마구간과 헛간에서 나온 잘 썩은 똥거름과 나뭇재 혹은 세탁실에서 가져온 빨래 물과 같은 개량제를 썼다. 어쩌면 상점에서 구입한 비료를 추가했을 것이다. 시내의 판매상인 헤이스팅스는 조분석과 과인산 석회를 광고했다. 에밀리 디킨슨은 아프리카 풍토로 재배치하면서 토양을 비옥하게 갖추는 과정을 글로 남겼다.

> 부싯돌의 토양, 꾸준히 경작한다면
> 손의 보상을 받을 것이다.
> 야자나무 씨앗, 리비아의 태양이면
> 모래에서도 열매를 맺는다 —
> 862, 1864에서

준비된 토양에 정원사가 식물을 심는다. 에밀리 디킨슨은 글쓰기, 피아노, 그리고 정원에서 즉흥적인 재능을 가지고 있었다. 단어, 악보, 꽃의 새로운 조합을 두려워하지 않고, B. K. 블리스와 같은 카탈로그에서 씨앗을 가져오면서 많은 새로운 식물들을 시도했다. 현지에서 가져오기도 했다. 스피어 씨는 메인 스트리트 피닉스가 1번지에 막 상점을 열고, 지역 신문에 "(한해살이, 여러해살이, 두해살이) 꽃씨"를 광고했다. 사우스 해들리 폴스에서 토머스 저드와 그의 아들이 운영하는 제네바 종묘상은 1866년 5월 3일 『햄프셔 익스프레스』에 "꽃 피는 관목, 온실 식물, 알뿌리 등"을 제안했다.

에밀리 디킨슨 정원에 식물을 심기 위해 정원사는 꽃의 전파자, 산파 등 다양한 모자를 걸쳐야 한다. 씨앗 하나를 심는 간단한 행위로 생명은 잠에서 깨어난다. 디킨슨은 이렇게 기록한 적이 있다. "예상했던 대로 싹이 트진 않는다." 하지만 씨앗은 예상보다 간단하

237

(위) 오라 화이트 히치콕이 그린 애머스트 주변 산과 언덕과 계곡.
(아래) 에밀리 디킨슨은 방울꽃 종류를 자신이 준비해둔 화단에 추가했다.

시인의 정원에 나무를 심다

다. 그녀는 씨앗이 터지는 순간을 포착했다. 어린뿌리를 아래로 내려보내고 줄기를 빛을 향해 올리는 배아 변형이었다.

씨앗 틔우기는 에밀리 디킨슨 정원 업무 가운데 하나다.

땅속에서 씨름하는
씨앗과 같은 동경,
중재하다 보면
결국 발견되리라는 믿음 —

시간, 그리고 지역,
저마다의 상황은 모르지만 —
꾸준히 버티다 보면
태양 볼 날이 오겠지!
1298, 1873

온도, 물, 시간이 일정하게 유지되면 작고 둥근 씨앗에서 잎이 나온다. 새로운 묘목은 광합성을 시작할 때까지 등에 실은 저장고, 즉 씨앗에서 나오는 영양분을 소비한다.

아이들이 손님들에게 '굿 나잇' 하고
마지못해 돌아설 즈음 —
나의 꽃들은 어여쁜 입술을 세우며 —
잠옷을 입는다.

아이들이 아침에 일어나 —
즐겁게 뛰어다닐 즈음 —

백 개의 화분에 핀 나의 꽃들은
슬쩍 엿보고 다시 뛰논다.
127, 1859

번식을 위한 그녀의 노력이 항상 성공적이지는 않았다. 몇 주
지나 한 친구가 플로리다에서 가져온 꽃나무를 하나 꺾어 보냈다. 디
킨슨이 털어놓았다. "아름다운 꽃들이 결국 시들었어. 이 꽃을 아는
이들을 모두 매혹시켰지. '꽃은 다른 환경에서는 절대 자라지 않는
다'는 위대한 화훼 연구자의 말처럼 이들을 뿌리까지 설득하려는 땅
과 공기의 노력을 거스르고 말았어." ("위대한 화훼 연구자"는 존 밀턴John
Milton이며 『실낙원』에서 가져온 인용이다.) 줄기가 뿌리를 내리는 것이 식
물의 번식으로, 하나이던 곳에서 둘을 만들어내는 일이다. 아담의 갈
비뼈 이야기와는 달리, 줄기가 뿌리를 내리는 일은 작은 기적일지는
몰라도 여기에 신의 간섭은 없다.

자생 번식하는 한해살이와 두해살이는 다음 해를 위해 생명력
있는 씨앗을 떨어뜨리며 모든 정원사들의 마음속에 깃들어 있는 뉴
잉글랜드다운 절약 정신의 작은 구석에 호소한다. 성장 철이면 자유
로운 식물들이 솟아 나와 즐거움을 주고 이동하고 물러간다. 자생하
는 씨앗들이 정원의 땅을 헤쳐놓는다. 원예학적 심호흡이라 할 수 있
다. 처음 식물을 심는 정원은 땅이 굳어 있어서 심을 때 대칭적으로
모으거나 이랑을 만들어 배열한다. 자생 묘목은 조건만 마음에 들면
어디서나 나타난다. 그러고는 정원에 반복적인 요소 하나를 추가하
여 다른 것들을 함께 연결하는 것이다.

이러한 혜택을 다루려면 어느 정도 실습을 해야 한다. 묘목을
보고 무슨 나무인지 판단하기란 매우 신경 쓰이는 일이다. 정원에 자
생 묘목이 함께 자라려면 잡초 뽑기에 어느 정도 느긋해야 한다. 정원

시인의 정원에 나무를 심다

여우장갑은 자생 두해살이로 벌과 같은 꽃가루 매개
자들을 에밀리 디킨슨의 정원으로 유인한다.

사의 성격에 따라 좋은 점이기도 하고 나쁜 점이기도 하다. 만일 너무 깔끔하여, 너무 자주 풀을 뽑고, 꾸준히 흙을 고르고 너무 많이 뿌리를 덮어준다면, 이 의용군은 길을 잃고 말 것이다. 여우장갑 같은 두해살이를 키우려면 특별한 인내심이 필요하다. 성장기의 두 번째 해가 되어야 꽃이 피기 때문이다.

에밀리 디킨슨은 자생 씨앗의 영향력을 과장한 적이 있다. 사촌 패니에게 보내는 편지에서 그녀의 동생을 고자질했다. "루가 스위트피를 한 컵이나 온실 책상에 놔두었어. … 거기 그대로 둘 거야. 그러면 꼬투리가 생기고 윗서랍 속에 씨를 뿌리겠지. 추수 감사절 때쯤 되면 꽃이 필 거야." 자생 씨앗을 뿌려보자. 기다릴 만한 가치가 있다.

디킨슨은 정원의 색상을 좋아했다. 그녀는 자신이 "나의 보랏빛 정원에서 가장 당당한 백일홍을 붙잡고" 있다고 썼다. 그녀의 꽃 색상은 스펙트럼이 넓다. 그녀는 산뜻한 색을 선호하는 것 같았다. 분홍, 파랑, 보라, 라벤더 색에 흰색으로 대비를 이룬다. 디킨슨에게 보낸 토머스 웬트워스 히긴슨의 편지에서 그녀의 팔레트를 잠깐 엿볼수 있다.

크리스마스 때 우리가 받은 수채화의 노란색과 빨간색 은방울꽃

을 보여주고 싶네요. 당신이 좋아하는 색은 아니고 나 역시 하늘
색과 황금색을 좋아하지만 아마도 이 식물의 붉은 색조를 사랑하
고 재배하는 법을 배워야겠습니다.

어쩌면 마티가 자기 고모의 정원을 "나비의 유토피아"라고 불
렀을 때 꽃의 색깔들을 기억하고 있었을 것이다. 나비는 태양의 숭배
자여서 날기 위해 온도가 더 높아질 때까지 기다린다. 보라, 빨강, 노
랑, 분홍 같은 밝은 색에 특히 끌리는 나비들이 홈스테드 정원으로 와
서 과즙을 모으고 알을 낳는다. 디킨슨이 이들에 대해 이렇게 썼다.

녹옥수 방 안에 걸린
나비의 가짜 가운을
오늘 오후에 걸쳤다 ─

스스로를 낮추어 내려와
뉴잉글랜드 한 마을에서
친구 버터컵을 얻는다 ─
1329, 1874

(녹옥수는 제왕나비 번데기의 색깔인 초록색 보석이다.)
"뉴잉글랜드 마을"이든 다른 곳이든 나비가 내려오길 원한다
면, 정원이 이 계절 내내 제공해야 하는 것이 있다. 요즘은 밀크위드와
제왕나비의 관계처럼 특별한 적응을 보이는 식물-꽃가루 매개자의
협력 관계에 대해 듣기도 한다. 19세기 자연주의자들도 이것을 알고
있었다. 토머스 웬트워스 히긴슨은 보스턴에서 서쪽으로 확장된 인구
와 도심 외곽 주거 지역으로 인해 토착 야생화가 사라진 것을 안타까

　시인의 정원에 나무를 심다

워했다. 그는 이어서 "이렇게 식물들이 줄어드니 이 식물들에 출몰하는 특별한 곤충들도 사라진다"고 했다.

까다로운 생명체인 나비는 자신의 알과 애벌레를 위한 특별한 숙주 식물을 찾는다. 꽃과 허브 정원의 전형적인 거주민들인 호의적인 숙주도 있고, 초원에서만 볼 수 있는 숙주도 있다. 일단 애벌레가 번데기가 되고, 고치 속으로 들어갔다가 나비가 되어 나타나기까지 이들의 요구가 조금씩 변한다. 이들에게는 태양, 수원, 그리고 충분한 과즙이 필요한 것이다.

마치 뷔페에 나온 음식을 모습과 냄새로 선택하듯, 나비들도 색소가 강하고 향이 센 꽃들을 이리저리 찾아 헤맨다. 이들은 애스터처럼 위가 평평한 국화과 꽃이나 앤 여왕의 레이스 같은 산형 꽃차례를 이루고 있어 착륙이 편한 모양의 꽃들을 선호한다. 디킨슨의 허버리움에는 두 가지가 모두 있고, 또한 밀크위드와 버터플라이위드 같은 숙주 식물들과 접시꽃이나 붉은토끼풀 같은 여러 과즙원도 들어 있다.

디킨슨의 글이나 이웃 소년 맥그레거 젱킨즈의 회고를 보면 그녀가 곤충의 삶에 매우 민감했음을 알 수 있다. 젱킨즈는 오스틴과 수전의 아이들과 함께 놀았다. 온실 문에서 그녀가 부르는 소리가 들리는 것 같기도 하다. "'얼른 오렴' 하고 그녀가 말했다. '아름다운 걸 보고 싶지 않니?' … 그녀를 따라가면 그녀는 막 번데기에서 나와 꽃 주변에서 펄럭이고 있는 멋진 나방을 가리켰다." 그녀는 정원의 식물 속에서 고치를 발견했을까?

디킨슨은 식물과 꽃가루 매개자, 그리고 이들이 집이라 부르는 장소에 대한 규정을 남겼다.

대평원을 만드는 데 필요한 것은 토끼풀 하나, 벌 한 마리,

토끼풀 하나, 그리고 벌 한 마리,
그리고 꿈.
벌이 별로 없다면,
꿈만 있어도 될 거야.

1779, 연대 미상

기후 변화 시대에 꿈만으로는 더
이상 충분치 않다. 다양성은 줄어들고 걱
정은 늘어간다. 디킨슨은 '멸종 위기종'
이라는 용어를 전혀 들어보지 못했겠지
만, 이미 알고 있었다. 야생화 탐험이 절
정이던 시절 어린 에밀리는 이미 변화를
눈치챘다. "근처에 야생화가 많지 않아.
여자애들 때문에 멀리 가버렸어"라고 한
편지에 썼다. "우리는 야생화를 찾으려
고 꽤 멀리 걸어야 했어." 다행히 잘 보살
핀 덕분에 그 지역의 자생 품종을 다시
들여옴으로써 다양해졌다.

(위) 홈스테드 정원에서 제왕나비가 밀크위드
에서 자양분을 얻고 있다.
(아래) 나비는 생애 주기의 단계에 따라 섭취
할 음식이 결정된다.

그래서 허버리움을 만들든, "영구
적인 무지개"든, 당신의 창틀 위이든, "해
변 같은" 야외 정원이든 262쪽에 있는
식물 목록으로 시작할 수 있다. 평판이
좋은 종묘상이나 특별한 뿌리나 싹, 씨앗
이 있는 친구를 찾으면 된다. 노력과 주의
를 기울이면 당신도 에밀리 디킨슨처럼
진주를 추수하게 될 것이다.

시인의 정원에 나무를 심다

그들이 단지 우리의 기쁨을 묻는다 —
소중한 흙의 연인들
그리고 우리에게 그들의 모든 표정을 허용하며
아끼던 미소 하나 보여준다 —

908, 1865

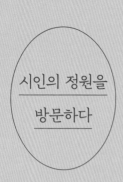

시인의 정원을 방문하다

언니를 잃고 난 후, 라비니아는 1899년 사망할 때까지 홈스테드에서 13년을 더 혼자 살았다. 그녀는 계속해서 정원을 돌봤다. 가을이면 관목 주위에 흙을 돋우고, 헛간에서 가져온 잘 썩은 거름으로 장미 덤불을 돌봤다. 어느 해에는 수전이 화단에 줄 '비료'를 모두 다 사용했다며 고용인이 알려주었다. 비니가 분노로 심장이 두근거리는 것을 한 친구가 발견했다. 거름 더미를 놓고 싸웠을까? 검은 황금의 진가는 어떤 정원사라도 소중하다.

디킨슨의 출판물은 다른 종류의 황금이 넘쳐났다. 1890년 10월 로버츠 브라더스가 출간한 125편의 시가 실린 첫 시집은 발매된 날 초판이 매진되었고, 그해에 몇 번 재인쇄되었다. 이어서 1891년 『시, 두 번째 시리즈 *Poems, Second Series*』가 나왔다. 이 책의 인기로 책임 편집자 메이블 루미스 토드가 주목을 받았다. 재능 있고 표현이 분명

한 토드는 낭독회와 강의에서 시인을 홍보했다. 1894년 그녀는 두 권으로 된 『에밀리 디킨슨 서간집*The Letters of Emily Dickinson*』을 냈는데, 서문에서 시인의 정원을 이렇게 묘사했다.

> 그리고 옛 정원은 여전히 1년 내내 향기와 색깔이 넘쳐난다. 알록달록한 히아신스 부대가 봄 햇살에 폭동을 일으키고 크로커스와 수선화는 사과나무 아래 갓 올라온 풀들 위로 슬쩍 엿본다. 큼직한 목련이 푸른 하늘을 향해 분홍 컵을 들어 올리고 진홍 산사나무는 어스름한 초록 구석을 밝힌다. 그다음에는 장미, 스위트피 울타리, 한련 군락이 레몬버베나 덤불과 행복하게 어우러져 있다! 한참 후에는 '가을의 영광autumn glory' 사과가 나온다. 샐비어와 찬란한 백일초, 마리골드와 국화 다발도 "씨앗의 행렬이 그 증인을 품고" 십일월이 갈색 덮개를 잠자는 꽃들에게 덮어줄 때까지 계속 핀다.

라비니아 디킨슨의 사망 이후 마사 '마티' 디킨슨 — 나중에 러시아 황실 근위대 대장이었던 이혼남 알렉산더 비안치와 결혼했다 — 이 홈스테드를 상속받았다. 비안치 부인은 1916년 이 저택이 매각될 때까지 이곳을 임대했다. 새로운 주인인 파크스가는 헛간을 허물고 차고를 추가했다. 이들의 리모델링 계획에는 에밀리의 온실도 포함되었다. 리모델링하는 김에 홈스테드 외부에 밝은 색 페인트를 모래 분사한 덕분에, 본래의 붉은 벽돌이 드러나 당시 유행하던 식민지 부흥 건축 양식에 보다 적합해졌다.

파크스가는 격식을 갖춘 직선 화단과 지면보다 낮은 정원을 설치했다. 에밀리 디킨슨이 알고 있었던 넓은 화단과 텃밭을 풀로 덮었다. 소유지 끝에는 테니스 코트도 설치했다. 단정했던 솔송 울타리는 시간이 흐르면서 큰 나무로 자라 늘어섰다가 다른 나무로 대체되었고 다시 큰 나무 울타리가 되었다. 정문과 말뚝 몇 개는 차고에 보관했지만, 언제쯤인지 장식용 나무 담장은 훼손되어 제거되었다.

홈스테드는 시인이 살았던 이래로 중요한 변화들이 있었다. 두 사유지에는 오스틴 디킨슨이 심었던 나무가 아직 몇 그루 남아 있다. 1938년 변종 허리케인이 애머스트를 쑥대밭으로 만들었다. 사흘간 200밀리미터 넘게 내린 폭우에 코네티컷강 계곡의 흙이 물에 잠겼다. 9월 21일 허리케인의 눈이 시속 160킬로미터가 넘는 돌풍으로 애머스트를 휩쓸면서 거대한 나무들이 물에 잠긴 땅에서 뿌리째 뽑히고 아름드리나무들이 쓰러졌다. 이러한 기상 이변이 애머스트의 가로수 늘어선 도로를 쓰러진 나무 기둥의 미로로 만들어버렸다.

두 저택 주변에서 100그루 이상의 나무들이 쓰러졌다. 에밀리 디킨슨의 소나무들도 사라졌다. "이 구역에서는 귀했던 네 그루의 검은 호두나무가 쓰러졌고, 참나무, 단풍나무, 가문비나무, 소나무, 느릅나무 그리고 거대한 백합나무 한그루와 히코리 몇 그루도 사라졌다. 아마 이 소유지는 어떤 다른 개인 소유물보다도 많은 가치를 잃었을 것이다." 다음 시는 선견지명이 있는 듯하다.

바람이 북부의 것들을 빼앗아
남부에 쌓아놓았다 —
그러고는 동부를 서부에 주고
입을 벌려
지상의 네 구역을
집어삼키려 했는데
모든 것들은 구석으로 슬금슬금 기어
저 엄청난 힘 뒤로 숨었다 —

시인의 정원을 방문하다

바람이 그의 방에 도착하니
자연은 감히 나오려 했고 —
뿔뿔이 흩어졌던 자연의 백성들이 정착하여
다시 체제를 정비했다

다시 집집마다 연기가 피어오르니
멀리 있던 낮 소식이 들려왔다
정말 친근한 태풍이 지나갔구나
새가 옮겼나 —
1152, 1868

다행히도 홈스테드 서재와 온실 밖 잔디밭의 흰참나무 한 그루가 살아남았다. 홈스테드 남동쪽에서 보초를 서고 있었다. 오스틴은 현명하게 입지를 선택했다. 수직으로 뻗는 가지를 위해 공간을 남겨두었던 것이다. 오늘날 이 참나무는 가지가 펼친 폭이 15미터 넘게 잔디밭 전체에 뻗어 있다. 참나무의 속명인 *Quercus*는 '묻다'는 뜻의 켈트어 단어에서 왔다고 한다. 에밀리 디킨슨은 역시 참나무에 대해서도 물었다.

내가 강탈한 숲 —
신뢰하는 숲 —
의심 없는 나무들이
밤가시와 이끼를 가져왔다 —
즐거운 나의 판타지 —
반짝이는 보물들이 신기하여 훑어보다 —

꼭 쥐고 — 간직했다 —

저 장중한 솔송은 뭐라 말할까 —

참나무는 뭐라 말할까?

57A, 1859

흰참나무의 잎 하나를 보면, 그 모양은 아이가 그린 그림 그대로다. 잎은 동그랗다가 삐죽 나왔다. 겨울이면 마른 참나무 잎들이 가끔 바스러져서 윤곽과 잎맥만 그대로 남는다. 한 비평가는 에밀리 디킨슨의 시가 "앙상한 잎들을 생각나게 한다. 매우 예쁘지만 **너무 섬세해서** 출판할 정도로 충분히 단단하지 못하다"고 말한 적 있다. 그러나 시간은 그가 틀렸음을 입증했다.

애머스트 칼리지는 1965년 파크스가로부터 홈스테드를 매입했다. 여러 해 동안 홈스테드는 교직원 주택으로 쓰이면서, 전담 큐레이터가 있어 제한된 시간에만 관광을 위해 저택을 개방했다. 2003년 대학은 마사 디킨슨 비안치 재단으로부터 에버그린스와 저택의 물품들을 취득하고, 부지를 통합하여 하나의 단독 박물관을 설립했다.

에밀리 디킨슨 박물관의 관리는 훌륭했다. 홈스테드를 시인의 시절로 되돌려놓았다. 벽돌은 다시 에드워드가 선택한 노란색과 바랜 흰색으로 복구됐다. 박물관은 빈틈이 없다. 대학원생들은 디킨슨의 울타리와 정문을 연구하고, 창고에 남아 있는 것들을 조사하고, 페인트를 분석하며, 축척에 맞춘 도면을 만들면서 한 학기를 보냈다. 재건축한 기둥과 말뚝, 그리고 문 들이 이제 메인 스트리트를 따라 소유지의 긴 가장자리를 둘렀다. 눈을 감으면, 오스틴 디킨슨이 명령하는 목소리가 들리는 듯하다. "애야, 문 닫아라!"

여름에 박물관에 들르면, 신기하게 땅을 파고 있는 모습을 볼 수도 있다. 정사각형으로 구획된 잔디밭에서 고고학자, 학생 인턴, 자원봉사자 들이 나란히 앉아 조심스럽게 흙을 긁고 체로 거르고 있을 수도 있다. 매사추세츠 대학 고고학 서비스팀의 감독을 받으며 이들은 찾는 것이 있었다. 헛간의 정확한 위치는 어디일까? 정원으로 이어지는 판석 산책로는 옮겼을까? 이 과정에서 유물 — 유물이라면 유물일 것이다 — 이 발굴되고 포장되고 분석된다. 고고학과 다른 연구 방법으로 얻은 결과들이 박물관에서 복원으로 이어졌다.

첫 번째 고고학 프로젝트는 온실에 중점을 두었다. 그것은 1926년에서 2016년까지 집 앞 외부 벽돌에 관한 고대 문서 같은 것이었다. 고고학자들은 원래의 계단용 기반을 찾아냈다.

디킨슨 생전 모습과 똑같이 복원한 홈스테드와 에버그린스를 둘러싸고 있는 담장과 울타리.

건축 기술에 대한 단서는 충분했다. 목재 구조의 벽과 마루 판자에서 뽑은 못도 있었다. 훌륭한 뉴잉글랜드 양식이던 파크스가는 1916년 온실 폐기물의 상당 부분을 활용했는데, 창문은 새로운 차고에 재활용했고, 저장고 문과 셔터는 차고 서까래에 넣었다. 2017년 빈틈없이 재건축된 온실에서 준공식이 있었다. 방문객은 복원한 에드워드 디킨슨의 서재에서 에밀리 디킨슨의 "향신료 섬"까지 마루를 지나갈 수 있다.

박물관에서 가장 인기 있는 곳은 시인의 침실이다. 이곳 역시 2013년 — 바로 홈스테드 건축 200주년이 되는 해였다 — 부터 시작해서 2년간 변신을 거쳤다. 에밀리 디킨슨이 원래 사용했던 슬레이베드[머리와 다리 부분이 바깥으로 말려 올라간 모양 — 옮긴이]와 작은 정사각형 글쓰기 책상, 벚나무 서랍장이 원래의 자리에 놓여 있다. 2층 몰딩

에드워드와 오스틴 디킨슨에 따르면, 정문은 닫혀 있어야 한다.

아래에서 발견된 고풍스런 벽지 조각을 다시 제작하여 벽을 장미 그늘로 도배했다. 20세기 단색 벽지에서 보라색과 분홍색의 장미와 초록 잎사귀, 그리고 아치형 줄기가 그려진 이 환한 격자무늬 벽지로 바뀐 것은 굉장했다. 텅 빈 페이지 같은 방 안에서 흰옷을 입고 있는 에밀리 디킨슨이 아닌, 정원 같아 보이는 실내 공간에서 글을 쓰고 있는 그녀를 상상해볼 수 있을 것이다.

그 풍경은 점차 시인, 그녀의 가족, 그리고 일꾼들이 알아볼 수 있는 것으로 되돌아오고 있다. 테니스장은 없어졌다. 나무들은 잘 자라고 있다. 2009년 마사 라이언 조경 건축은 보고서와 실행 계획서에 그 풍경을 기록했다. 첫 결과가 바로 나타났다. 마구 자라버렸거나 병든 솔송은 가지치기하고 정성 들여 키운 427미터 길이의 새로운 울타리로 대체되었다. 지금은 오스틴과 수전의 그림 같은 조경 정원과 함께, 두 저택을 잇는 오솔길을 복원하는 계획이 진행 중이다.

트라이앵글 스트리트를 따라 햇볕이 잘 드는 남동쪽 구석에 새로 만든 작은 과수원이 있다. "붕붕 해적단"은 인근 석조 벌집에 거주하며 근처에 있는 꽃가루 매개자 식물의 화단을 자주 이용할 수 있다. 자원 활동 과수원 재배자인 프랜시스 마틴은 오래전부터 그 소유지에 있던 사과나무를 키워 다시 열매를 맺고 있다. 추위에 잘 견디는 매사추세츠의 가보인 톨먼 스위트 묘목의 후손을 알아본 것이다. 사과는 씨앗에서 나는 것이 아니다. 게다가 같은 종류의 묘목이라도

시인의 방.

같은 종류의 사과를 맺는 것도 아니다. 독특하다. 박물관은 이 품종의 이름을 정하기 위해 투표하기로 했다. 그 결과 디킨슨 스위팅이 되었다. 이제 더 많은 이들이 "아버지의 나무에서 / 사과 하나 따서 가질" 수 있게 될 것이다.

　디킨슨이 아버지의 소유지 경계 너머로 시간 여행을 하게 된다면, 애머스트 풍경이 익숙하면서도 낯설 것이다. 가로수도 다르다. 디킨슨 말년에 어린 나무를 심어 보도와 보도 연석 사이 가장자리에 단단한 울타리를 만들었다. 이 나무들은 오스틴과 애머스트 장식나무협회가 좋아했던 미국느릅나무였다.

　북미 동부가 원산지인 이 느릅나무는 눈에 띄는 모습 때문에 가로수로 이상적이다. 가지는 수관에서 위와 밖으로 자라는데, 위로

　시인의 정원을 방문하다

는 그늘이 되어주고 아래로는 시야를 확보할 수 있도록 주문 제작된 대형 화분처럼 아치를 이룬다. 애머스트에는 네덜란드느릅나무병에서 살아남은 느릅나무 몇 그루만이 남아 있다. 느릅나무 병원균인 세라토시스균류의 포자는 나무의 관다발 조직을 막아 숙주를 죽이는 유기체로, 유럽 느릅나무 통나무를 선적하면서 식물학적 연쇄 반응으로 퍼졌다. 포자는 도시 거리를 따라 뿌리에서 뿌리로 이동했고 느릅나무좀에 얹혀 다니며 영역을 넓혔다. 느릅나무들이 몰살당하면서 도시와 야생 모두에서 서식지를 잃었다. 이로 인해 미국의 풍경이 바뀌었고, 밤나무마름병, 헴록전나무솜벌레, 서울호리비단벌레 같은 병충해들도 이어졌다.

화가 빅토리아 딕슨은 애머스트 칼리지 원예가들과 함께 정원을 돌보는 자원 활동가다.

죽음은 벌레와 같아
나무를 위협하지.
나무를 죽이는 데 유능할지는 몰라도
유혹당할 수도 있지.

나무에 발삼 향을 미끼로 묻혀
톱날로 그것을 찾아
당황하게 해라. 만일 그로 인해 당신이
당신의 모든 것을 대가로 치러야 한다면,

그래서 만일 기술이 미치지 못하는데도
그것이 굴을 팠다면 —
나무를 쥐어짜고는 떠나버린다.
이것이 해충의 의지.

1783, 연대 미상

　나무에 위협이 있었음에도 불구하고 애머스트는 여전히 그늘의 동네였다. 2013년부터 1000그루가 넘는 나무를 심은 도시 숲 복원 프로젝트를 포함해 시민과 정부가 협력한 결과였다.
　지금도 델까지 산책할 수 있다. 스프링 스트리트 90번지에 있는 데이비드와 메이블 토드의 앤 여왕 시대 양식의 정교한 오두막은 아치 모양의 현관이 있다. 지붕널은 이제 붉은색에 메이블이 골랐던 색인 초록으로 끝을 마무리하지는 않았지만, 여전히 에버그린스와 홈스테드에서 걸어서 3분 거리에 있는 개인 주택이다. 당시 둘 사이에 아무것도 없이 펼쳐져 있던 디킨슨 초원은 지금 집들과 여러 종류의 사업체들로 채워진 공간이 되었다. 델 주변에 오스틴이 만든 정원은 없어졌지만 스프링 스트리트와 디킨슨 스트리트 사이 모퉁이에는 이 길이 놓일 때 그가 세운 돌기둥 두 개가 아직도 있다. 저쪽에 있는 기둥은 디킨슨 초원 남동 모퉁이임을 표시한다.

메인 스트리트 바로 위에 있어 시내와 조금 더 가까운 석조 건물이 디킨슨 시절부터 있던 제일회중교회다. 에버그린스에서 대각선으로 맞은편에 있는 이 건축물은 오스틴이 1867년 건축의 감독을 도왔고, 이후 평생 조경 작업을 계속했다. 그의 여동생 에밀리는 이 회중교회를 전혀 다닌 적이 없었다. 어린 시절 에밀리는 애머스트 칼리지 건너 사우스플레전트 스트리트에 있는 꼭대기에 둥근 지붕이 있는 노란 대형 건물에서 예배를 드렸다. 이곳은 현재 금융과 직업 관련 사무실들이 있다. 길을 건너 언덕을 올라 메인 캠퍼스로 가면, 팔각형 건물을 지날 것이다. 최초의 대학 온실이자 에밀리가 애머스트 아카데미 재학 중 강의를 듣던 건물이다.

애머스트 칼리지의 프로스트 도서관은 1920년대부터 1960년대까지 애머스트에서 가르쳤던 시인 로버트 프로스트Robert Frost의 이름을 딴 건물이다. 워커홀 부지에 세워진 이 건물은 한때 데이비드 토드에게는 연구실을, 메이블에게는 화실을 제공했다. 도서관은 중요한 디킨슨 자료를 수집하여 소장하고 있다. 그 가운데 최고는 1847년 은판 사진과 시인이 목적을 갖고 종이에 쓴 '조각 시*'다. 이들은 메이블과 데이비드 토드의 딸인 밀리센트 토드 빙엄이 기증하여 애머스트 칼리지로 왔다. 그녀는 어머니의 나머지 문서들을 예일 대학에 주었다. 마사 디킨슨 비안치의 상속자들은 에밀리 디킨슨의 문서들과 소지품들을 통째로 어느 하버드 대학원생에게 팔았다. 그는 이를 자

---

*_ 조각 시fragment poems는 디킨슨이 받은 편지의 봉투를 펴서 그 안에 쓴 시다. 비평가들은 단순한 습작이나 낙서가 아닌 편지 보낸 이와 편지의 맥락, 펼친 봉투의 모양을 고려해서 의도적으로 쓴 시라 보고 있다. 편지 봉투 시라고도 한다.

신의 모교에 기부했다. 여기에는 파시클과 편지들, 초상화, 가구, 그리고 허버리움이 포함되었다.

오스틴 디킨슨, 프레데릭 로 옴스테드, 캘버트 복스가 만든 애머스트 칼리지 캠퍼스는 그중에서도 특히 확장되었지만 잘 보존되어 있다. 다른 고등 교육 기관과 달리, 애머스트는 편자 형태의 개방형 대학 안뜰을 새로운 건물로 닫으려는 유혹에 저항해왔다. 오늘날 프로스트 도서관 앞에 서서 잔디밭 건너편을 바라보면, 시야는 전쟁기념관을 넘어 홀리요크산맥까지 열린다.

애머스트시의 공유지는 기복이 있는 풀밭 공간으로 가장자리에는 나무가 있고 중심에는 확 트인 잔디밭이 있다. 따뜻한 계절에는 여기에서 학생들이 햇볕을 쬐며 공부한다. 식물의 성장기에는 매주 농산물 직거래 장터가 있고 각종 박람회와 축제도 열린다. 존스 도서관은 애머스트 공립 도서관 체계의 본부로 두 블록 지나 애머티 스트리트에 있다. 이곳의 특별 컬렉션은 에밀리 디킨슨과 디킨슨이 고향이라 부른 고장의 관련 자료가 풍부하다. 도서관 바로 건너 주차장 앞에는 애머스트 아카데미 터를 기념하는 표석이 있다.

존스 도서관에서 걸어가면 옆 건물이 18세기에 스트롱 하우스라 불렸던 애머스트 역사학회 박물관이 있다. 박물관 운영 시간이 정해져 있기는 하지만 시간이 허락한다면, 한번 들르도록 일정을 짜볼 만하다. 이곳에는 에밀리 디킨슨이 실제 입었던 흰 드레스가 있다. (홈스테드에 있는 것은 이를 정확히 재현한 것이다.) 또한 이 학회를 지원한 원동력이었던 메이블 루미스 토드에게 바친 전시물도 몇 점 있다. 식물과 나비가 있는 토드의 화려한 회화도 몇 점 있고, 그녀가 펠햄과 메인주의 호그 아일랜드에서 보호 활동을 한 기록도 있다.

애머스트와 주변 지역 사회는 들판을 보존하기 위해 부지런히 노력해왔지만, 홈스테드에서 쉽게 걸어갈 수 있는 곳에는 야생의 장소가 별로 없다. 디킨슨은 도심 둘레길의 다양한 면모와 '계곡' 주변의 다양한 공원과 보존 지역의 야생화들을 잘 알았을 것이다. 근처에는 애머시스트 하천, 노치, 스키너 주립공원, 마운트 홀리요크, 콘테 국립 어류 및 야생 동물 안전지대, 하이레지 야생 동물 보호 구역과 포드강을 따라가는 에밀리 디킨슨 둘레길이 있다. 해마다 이 보존 지역에서는 디킨슨이 자신의 허버리움을 위해 눌러 보관했던 꽃들을 발견할 수 있다. 인삼꽃이 만발한 굽은 길도 있다. 주의할 점은 "사진으로만 가져가고 발자국만 남기라"는 점이다.

　　도심 북쪽은 매사추세츠 대학교다. 이곳에서는 1950년대에 원래 장소에 다시 지은 더피 식물원을 방문할 수 있다. 대학교에서 동쪽으로 1.6킬로미터를 걸어가면 와일드우드 묘지가 나온다. 1846년 에밀리가 방문했던 케임브리지의 마운트 오번을 축소한 공간이다. 오스틴 디킨슨은 말년에 와일드우드의 구불구불한 길과 울퉁불퉁한 지형을 설계했다. 정원 조경 기술을 실천할 수 있는 30헥타르의 새로운 캔버스였던 셈이다. 마운트 오번 묘지처럼 엄선된 나무들로 가득한 전원을 배경으로 무덤들이 있다. 오스틴은 1895년 이곳에 아들 길버트 곁에 묻혔다. 수전 디킨슨과 두 아이도 같은 가족 묘지에 안장되었다. 메이블 루미스 토드의 무덤도 와일드우드 묘지에 있다. 남편과 딸 곁에 누워 있다. 메이블의 묘비에는 에밀리 디킨슨을 위해 그녀가 그린 인디언 파이프가 새겨져 있다.

　　웨스트 묘지에 있는 에밀리의 무덤은 홈스테드에서 트라이앵글 스트리트로 10분 걸어 올라가는 거리에 있다. 장식용 철제 담장이 디킨슨 가족 묘지를 에워싸고 있다. 디킨슨은 여동생과 부모님과 함께 잠들어 있다. 원래의 묘비는 없고, 그 대신 조카가 세운 새 비석에는 "다시 불러줘Called Back"라는 두 단어가 새겨져 있다. 이 말은 디킨슨이 죽기 며칠 전 사촌들에게 써서 보낸 마지막 단어였다. 어떤 계절이든, 땅이 꽁꽁 얼어 있어도 팬들이 놓고 간 꽃, 돌멩이, 연필, 또는 다른 기념품들을 볼 수 있다.

에밀리, 라비니아, 그리고 이들의 부모가 웨스트 묘지에 묻혀 있다.

에밀리 디킨슨이 홈스테드에 온다면, 낯익은 정원의 모습들을 찾아낼 수 있을 것이다. 마찬가지로 예술사가는 복원한 그릇 속에서 진품의 파편을 알아볼 수 있다.

옛 화강암 판석들이 지금도 정원 화단에 깔려 있다. 오스틴의 참나무는 장엄하다. 그녀가 알고 있던 많은 식물들이 지금도 여기에서 자라고 있다. 봄이면 작약이 흙을 뚫고 붉은 코를 쑥 내민다. 오래된 관목인 라일락이 해마다 꽃 피고 계속해서 꿀벌을 유인한다. 내가 마지막으로 박물관 정원에서 작업했을 때, 제왕나비들이 두 가지 모습으로 밀크위드에 있었다. 나비들은 화관에서 과즙을 빨아들이고 애벌레는 이파리를 뜯어 먹고 있었다. 비유metaphor는 생각나지 않았지만 분명 변태metamorphosis의 명백한 증거였다.

시인의 정원을 방문하다

예맛과 디킨슨이라면 자신의 정원을 알아볼 것이다.

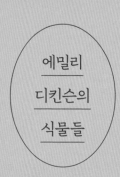

에밀리
디킨슨의
식물들

여기 그녀의 '흙의 연인들' 목록이 있다. 에밀리 디킨슨이 키우고 알고 있던 식물들이다. 이 목록은 디킨슨 소유지에서 자란 식물들과 허버리움에 실린 야생 식물들 가운데 시인과 지인들이 글로 언급한 것들이다. 식용 작물 재배에 관심 있는 분들을 위해 재배용 과일과 채소, 관상용 식물, 채집 식물 등으로 구분했다.

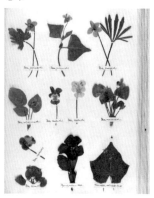

다양한 제비꽃종들이 에밀리 디킨슨의 정원과 허버리움, 그 밖의 공간에 등장한다.

표의 구성은 보통 명사에 따랐다. 허버리움과 식물 수업이 아니면, 시인은 적어도 글에서는 식물 학명으로 언급하지 않았다.

- 식물 명칭은 국문명(또는 별칭), 영문명(또는 별칭), 학명을 실었다.
- 시는 해당 식물이 등장하는 시의 첫 행이다.˚
- 허버리움 번호는 2006년 하버드 대학교 호턴 도서관이 소장한 허버리움의 영인본 쪽수다. 하버드 영인본은 식물 이름을 레이먼드 앤젤로Raymond Angelo가 확인하여 목록으로 정리했는데, 이후 명명법이 변경된 경우를 제외하고 그대로 사용했다.

홈스테드에서는 목련이 계속 피었다.

˚_해당 식물이 등장하는 시들의 각 첫 행을 에밀리 디킨슨 시선 시리즈(박혜란 옮김, 파시클)의 한국어 번역과 함께 실었다. 원서에 표기된 프랭클린 판 에밀리 디킨슨 시 전집의 시 번호는 뺐다.

국문명 영문명 학명	시 / 허버리움	토종 여부	설명
	에밀리 디킨슨이 키운 한해살이와 여러해살이		
아기의 숨결 Baby's breath *Gypsophila*	My Garden — like the Beach — 해변과 같은 — 나의 정원이 —		여름에 하늘거리며 하얀 꽃이 피는 이 한해살이로 인해 디킨슨은 자신의 정원을 "해변과 같은" 정원이라 상상하게 되었을 지도 모른다.
선인장 Cactus Family *Cactaceae*	I tend my flowers for thee — 그대를 위해 나의 꽃을 키우고 있다 — HERBARIUM 56, 64		디킨슨이 시에서 "나의 선인장 — 그녀의 수염을 가르며 / 그녀의 목구멍 속을 보여준다 —"고 한 것을 보면, 그녀의 선인장은 아마도 크리스마스 선인장 혹은 추수 감사절 선인장이라 알려진 게발선인장 종류였을 것이다.
카네이션 Carnation *Dianthus*	We should not mind so small a flower — 저렇게 작은 꽃을 성가시게 하지 말자 — I tend my flowers for thee — 그대를 위해 나의 꽃을 키우고 있다 — HERBARIUM 56, 59		종이 많은 카네이션은 정갈하고 향기롭고 꽃송이가 많은 꽃을 보기 위해 키운다. 디킨슨도 여러 종류를 키웠지만, 이들을 묘사할 때 사용한 단어들은 대체로 "진홍의 카네이션"처럼 불특정한 표현이었다. 확인 가능한 품종으로는 '길리플라워'와 '분홍이'가 있다.
꿩고비 Cinnamon fern *Osmundastrum cinnamomeum*	An altered look about the hills — 언덕 주변 바뀐 모습 하나 — HERBARIUM 17	○	'고사리'라는 단어가 있는 편지와 시에서 디킨슨은 양치식물을 구분하지 않았다. 비안치(마사) 역시 온실에서 키우는 고사리 종류를 특정하지 않고 언급했다.
매발톱꽃 Columbine *Aquilegia canadensis*	All these my banners be 이 모든 것들이 나의 깃발이길 HERBARIUM 50	○	토종 야생화이면서 정원용 교배종 꽃이다. 디킨슨이 시에서 "나의 장관을 — 파종한다"고 한 것은 그녀가 정원에 매발톱꽃을 키웠을 뿐만 아니라 이를 채집, 압화하여 허버리움에 보관했다는 뜻이기도 하다.
개양귀비 Corn poppy *Papaver rhoeas*	It was a quiet seeming Day — 고요해 보이는 날이었지 — HERBARIUM 32		허버리움에서 디킨슨은 이 품종을 양귀비 P. somniferum로 잘못 표기했다. 밝은 빨강의 개양귀비는 태양에 비견될 시인의 "구름 속 양귀비"에 더 가깝다.
크로커스 Crocus *Crocus*	The feet of people walking home 사람들은 발로 걸어 집으로 간다 To lose — if One can find again — 잃어버리는 것은 — 다시 찾을 수만 있다면 — Whose are the little beds — I asked 이 작은 꽃밭은 누구 거야 — 내가 물었다		디킨슨은 크로커스를 '무사' 같다고 했는데, 이는 이 식물의 꼿꼿한 자세 때문이 아닐까 싶다. 일반적으로 늦겨울이나 이른 봄에 꽃이 피는 크로커스는 해마다 알뿌리라고 알려진 땅속 기관에서 열매 맺는다.

에밀리 디킨슨의 식물들

| 수선화
Daffodil
Narcissus | She bore it till the simple veins
그녀가 그것을 간직하자 갈라지지 않은 심줄이
Whose are the little beds, I asked
이 작은 꽃밭은 누구 거야 — 내가 물었다
Perhaps you'd like to buy a flower ?
어쩌면 당신은 꽃을 사고 싶어 할 것 같아요
Like her the Saints retire,
그녀처럼 성자들은 물러간다
The Skies can't keep their secret!
하늘은 자기 비밀을 지킬 줄 몰라!
What would I give to see his face?
무엇을 주면 그의 얼굴을 볼 수 있을까?
Where Ships of Purple — gently toss —
보라색 배들이 — 점잖게 흔들리는 곳에서
I dreaded that first Robin, so,
저 첫 로빈 새가 두려웠어, 그래서
What I can do — I will —
내가 할 수 있는 것을 — 나는 할 거야 —
She dwelleth in the Ground —
그녀는 땅속에서 지낸다 —
HERBARIUM 57 | 디킨슨은 허버리움 한 쪽에 수선화 6종을 정성들여 수록했다. 여기에는 시인의 수선화라 불리는 나르시스스 포에티쿠스*N. poeticus*도 포함되어 있다. 수선화는 시에 자주 등장하는데 봄에 꽃이 피는 알뿌리에 대한 선호까지는 아니더라도 친근하기 때문인 듯하다. |
| 데이지
Daisy
Leucanthemum vulgare | So has a Daisy vanished
그렇게 데이지는 사라졌다
If those I loved were lost,
내가 사랑하는 이들을 잃는다면,
To lose if one can find again
다시 찾을 수 있는 것을 잃는다는 것은
If I should die
혹시라도 내가 죽는다면
I often passed the village
나는 그 마을을 자주 지나갔다
I keep my pledge.
맹세합니다
Went up a year this evening!
오늘 저녁 일 년을 올라갔다!
Sexton! My Master's sleeping here.
문지기야! 나의 그분이 여기 잠들고 계시잖아.
Whose are the little beds, I asked
이 작은 꽃밭은 누구 거야, 내가 물었다
They have not chosen me, he said
그들은 나를 선택한 적 없다고 그가 말했다
Flowers — Well — if anybody
꽃들은 — 잘 있어 — 만일 누군가가 | 데이지는 특히 디킨슨이 높이 평가한 신사들에게 보낸 편지에 이따금 사용했던 필명이었다. 디킨슨이 허버리움 8쪽에 두 송이를 꽂아놓은 옥스아이데이지는 영국이 원산지로 식민지 초기 정착민들이 가져온 것이 뉴잉글랜드 초원과 들판에 정착하여 북미 전체로 퍼졌다. 디킨슨의 편지를 보면, 디킨슨이 정원에 몇 종을 키웠던 것이 분명하다. "나지막한 데이지들 — 점점이 —"라고 썼을 때 시인은 *Bellis perennis*에 대해 말하고 있었던 듯하다. |

국문명 영문명 학명	시 / 허버리움	토종 여부	설명
	Glowing is her Bonnet 붉게 타오르는 그녀의 보닛 In lands I never saw — they say 내가 전혀 본 적 없는 땅에서 - 사람들이 하는 말 Great Caesar! Condescend 위대한 카이사르여! 겸손해지소서 The Daisy follows soft the Sun 데이지는 살포시 태양을 따라가다 If it had no pencil 그것에게 연필이 없다면 How many times these low feet staggered 저 아래 발들은 수없이 비틀댔지 The Robin's my Criterion for Tune 내 음률의 표준은 로빈 새 Of Bronze — and Blaze 구릿빛으로 — 불타오르는 I know a place where Summer strives 여름이 애쓰는 곳을 내가 알고 있다 I tend my flowers for thee 그대를 위해 나의 꽃을 키우고 있다 The Color of the Grave is Green 무덤의 색은 초록 The Himmaleh was known to stoop 히말라야가 웅크리고 있는 걸 알았다 Here, where the Daisies fit my Head 여기, 데이지가 내 머리에 잘 어울린다 This was in the White of the Year 이것은 올해의 백색이었다 The Clover's simple Fame 토끼풀의 소박한 명성 HERBARIUM 8		
여우장갑 Foxglove *Digitalis purpurea*	I taste a liquor never brewed 나는 전혀 숙성 안 한 술맛을 알아 HERBARIUM 29		만일 "술 취한 벌"이 디킨슨의 정원에서 여우장갑을 찾아냈다면, 그렇다면 벌들의 "주인장"은 디킨슨이었을 것이다.
푸크시아 Fuchsia *Fuchsia hybrida* *F. magellanica*	I tend my flowers for thee 그대를 위해 나의 꽃을 키우고 있다 HERBARIUM 36		"식당 옆 정원"에서 비니의 고양이들이 푸크시아를 물어뜯었지만, 이 식물은 어떻게든 꽃을 피웠다. 디킨슨은 이 꽃송이를 시적으로 이용하여 "산호색 봉제선이 / 뜯어질 때 — 씨 뿌리는 이는 꿈꾸고 있다 —"고 했다. 허버리움의 표본 식물이 식물 생존의 여섯 번째 지대에 강하다면 이는 혼종 푸크시아였을 것이다.

에밀리 디킨슨의 식물들

봉선화 Garden balsam *Impatiens balsamina*	Death is like the insect 죽음은 벌레와 같아	큰 키의 이 물봉선속 식물은 마음대로 자가 파종한다. 꽃가루 매개자들을 끌어들이기 위해, 디킨슨은 시 "죽음은 벌레와 같아"에서 발삼 향을 미끼로 이용하여 벌레 잡는 덫을 놓는 상상을 한다.
제라늄 Geranium *Pelargonium,* *P. domesticum* *P. odoratissimum* *P. peltatum* *P. quercifolium*	I tend my flowers for thee 그대를 위해 나의 꽃을 키우고 있다 I was the slightest in the House 내가 집에서 가장 작지 HERBARIUM 33	디킨슨이 제라늄을 자주 편지에 동봉할 수 있었던 것은 화분에 심어 겨울에는 온실에 두었다가 여름이면 테라스로 옮겨놓은 품종이었기 때문이다. 디킨슨은 허버리움의 한 쪽에 제라늄 잎과 꽃 표본 일곱 개를 정렬해두었다.
'편한 마음' / 팬지 / 삼색제비꽃 'Heart's ease' / Pansy *Viola tricolor*	I'm the little "Heart's Ease"! 내가 바로 작고 '편한 마음'! HERBARIUM 46	디킨슨의 허버리움에 수집된 제비꽃 속에는 들에서 채집한 것과 함께 아주 작은 품종인 정원 팬지도 모두 포함된다. 정원 역사가 메이 브라울리 힐은 어린 에밀리 디킨슨의 은판 사진에 있는 부케가 팬지 꽃다발임을 확인했다.
히아신스 Hyacinth *Hyacinthus orientalis*	I tend my flowers for thee 그대를 위해 나의 꽃을 키우고 있다 Two Travellers perishing in Snow 눈 속에 묻힌 두 여행자 HERBARIUM 45	히아신스는 색과 향이 도발적이어서 시인의 주목을 받았다. 디킨슨은 알뿌리를 속성 재배하여 온실과 침실 창가에 두었다가 정원에서 키웠고, 줄기를 잘라 헬리오트로프와 함께 메이블 루미스 토드에게 보내기도 했다.
백합 Lily *Lilium*	A Lady red — amid the Hill 붉은 여인 — 언덕 한복판에서 A science — so the Savants say 현자들이 말하길 — 과학이란 Dust is the only Secret 먼지는 유일한 비밀	디킨슨이 알뿌리에 미쳐 있다고 했듯, 알뿌리의 겹구조와 매혹적인 꽃잎을 가진 백합이 최고의 후보일 것이다. 디킨슨은 허버리움 표본에 "흰백합 *L. candidum*, the Madonna lily"이라고 이름을 붙였지만, 실제는 데이릴리를 잘못 안 것이다. 비안치는 점박이흰나리, 참나리, 흰백합을 언급한 적이 있다.
나팔꽃 Morning glory *Ipomoea coccinea* *I. purpurea*	If I shouldn't be alive 혹시라도 내가 살아 있지 않을 때 That first Day, when you praised Me 그 첫째 날, 그대가 나를 찬양했었죠 HERBARIUM 21	디킨슨은 나팔꽃에 익숙했다. 한 통의 편지와 두 편의 시에서 이 꽃이 등장하는데, 원예의 맥락이 아닌 은유적 표현이다. 허버리움에는 흔한 보라색 품종뿐만 아니라 작은 빨강 나팔꽃 표본도 라벨 없이 포함되어 있다.
프림로즈 / 카우슬립 Primrose / Cowslip *Primula veris*	March is the Month of Expectation. 삼월은 기대의 달 HERBARIUM 45, 48	디킨슨은 프림로즈와 카우슬립이 앵초 *Primula*의 다른 두 종임을 알고 둘을 구분했다.

국문명 영문명 학명	시 / 허버리움	토종 여부	설명
설강화 Snowdrop *Galanthus nivalis*	New feet within my garden go — 새로운 발들이 내 정원으로 간다 —		고개 숙인 설강화는 계절에 정직하다. 겨울에는 꼭 붙어 있다가 춘분쯤 되면 사라진다. 이 꽃이 초기 시에 등장하지만, 설강화가 노스플레전트 스트리트에서 홈스테드까지 옮겨졌는지는 알 수 없다. 디킨슨은 허버리움에 star-of-Bethlehem을 설강화의 학명 *G. nivalis*라고 오기했다.
스토크 Stock *Matthiola incana*	If I should die 혹시 내가 죽는다면 What would I give to see his face? 무엇을 주면 그의 얼굴을 볼 수 있을까? HERBARIUM 9		디킨슨의 "매운 스토크"는 향기도 좋지만 파스텔 색상의 꽃을 보기 위해 재배한다.
튤립 Tulip *Tulipa gesneriana*	She slept beneath a tree — 그녀가 나무 밑에서 잠들었는데 — HERBARIUM 43		튤립은 시에 한 번 등장하고 허버리움에 한 번 실려 있다.
디킨슨 가족이 재배했던 나무, 관목, 덩굴나무			
밤나무 Chestnut *Castanea dentata*	How fits his Umber Coat 그의 밤색 코트가 정말 잘 어울린다 The Jay his Castanet has struck 어치가 캐스터네츠를 쳤다 HERBARIUM 14	○	디킨슨은 자기 머리카락 색을 밤색에 비유했다. 비안치가 사망한 후 여러 해 동안 에버그린스의 독신 거주자였던 메리 햄슨은 홈스테드 앞에 있다가 1920년대에 보도를 새로 설치하기 위해 제거된 "우리가 먹는 종류"의 밤나무 두 그루를 말했다.
클레마티스 Clematis / Virgin's bower *Clematis occidentalis*	'Tis customary as we part 우리의 헤어짐은 습관적이라 HERBARIUM 16, 36	○	클레마티스종과 그 변종들에 디킨슨이 허버리움에 포함시켰던 북미 원산의 두 품종도 포함되는데, 꽃 색상과 습성이 다양하다. 시인은 클레마티스의 독특한 씨주머니를 "삐쭉 솟은 머리"라고 포착했다. 1878년 더피 카탈로그 목록에는 15종이 올라와 있다.
라일락 Common lilac *Syringa vulgaris*	It will be Summer — eventually 결국 — 여름이 될 것이다 The Lilac is an ancient shrub 라일락은 오래된 관목 His little Hearse like Figure 그의 작은 영구차의 모습은 마치 HERBARIUM 51		이 장수하는 나무가 적어도 한 그루는 홈스테드 어느 창문 가까이에서 자랐던 것 같다. 1877년 어느 따뜻한 날 펜으로 편지를 쓰고 있던 디킨슨은 라일락 꽃차례에서 향연을 벌이는 벌 한 마리를 포착했다. 시인에게 저무는 태양은 "창공의 라일락"이었다.
(미국)느릅나무 Elm *Ulmus americana*	New feet within my garden go — 새로운 발들이 내 정원으로 간다 —		오스틴 디킨슨과 마을개선협회는 홈스테드와 에버그린스 앞 가로수로 미국느릅나무를 심었다.

식물	시		설명
(캐나다)솔송나무 Hemlock *Tsuga canadensis*	I robbed the Woods 내가 강탈한 숲 A Lady red — amid the Hill 붉은 여인 — 언덕 한복판에서 I think the Hemlock likes to stand 솔송나무가 있고 싶어 한다고 생각해 Doom is the House without the Door 문 없는 집은 파국이다	○	어느 겨울날 침실 창밖을 내다보며 "눈의 가장자리에 / 솔송나무가 있고 싶어 한다고 생각해 —"라고 쓰는 디킨슨을 상상해 보자.
재스민 Jasmine *Jasminum officinale*	The thought beneath so slight a film 생각은 아주 엷은 막 밑에서 Kill your Balm — and its Odors bless you 너의 향유를 죽여 — 그러면 그 향이 너를 축복할 거야 HERBARIUM 1		디킨슨이 어떤 나무를 재스민이라 했는지는 헷갈린다. 거대한 크기로 왕성하게 자라는 노란 꽃의 덩굴인 캐롤리나 제서마인인 겔세뮴*Gelsemium*이라 하는 이도 있다. 비안치는 고모가 작은 온실에서 노란 재스민을 키웠다고 기억했다. 갤세뮴의 성장 습성이나 디킨슨 온실의 크기, 허버리움에 있는 노란 재스민의 모습으로 본다면, 왜탐춘화*J. humile*가 맞는 것 같다.
단풍나무 Maple *Acer* *A. spicatum* 포함	The Gentian weaves her fringes 용담이 자기 옷자락을 흔들면 The morns are meeker than they were 아침이 전보다 순해졌다 What shall I do when the Summer troubles 여름이 말썽이면 어떻게 하나 As imperceptibly as Grief 슬픔만큼 눈치 못 채게 Dear March — Come in 삼월 — 이리 오렴 HERBARIUM 20	○	1853년 오스틴이 보스턴에서 가르치고 있을 때, 에밀리는 오스틴에게 보내는 편지에 단풍나무 설탕 조각을 동봉했다. 단풍나무는 뉴잉글랜드 어디 가나 있다. 단풍나무는 시인에게 계절을 알려줬다. 봄에는 설탕이 나오고, 여름에는 그늘이 되어주고, 가을이면 불타오르는 색으로 변한다. 허버리움에 나오는 단풍나무는 *A. spicatum*인 산단풍 한 품종뿐이다.
참나무 / 도토리 Oak / Acorn *Quercus* 흰참나무*Q. alba* 포함	To venerate the simple days 평범한 날들에 경의를 표하를 I robbed the Woods 내가 숲을 강탈했어 One Year ago — jots what? 일 년 전이 — 뭐라고 적었다고? The Judge is like the Owl 판사는 올빼미 같다 The Truth — is stirless 진실은 — 흔들림 없다	○	디킨슨의 시에는 참나무뿐만 아니라 도토리나무도 나온다. 한 예로 시인은 숲의 "알"이라 부른다. 오늘날 에밀리 디킨슨 박물관에서 가장 크고 가장 상징적인 식물은 흰참나무로, 온실의 동쪽 잔디밭에 그늘을 드리운다. 오스틴 디킨슨이 심은 이 나무의 뿌리는 아주 깊이 뻗었고, 가지는 넓게 펼쳐져 있다.
철쭉속 Rhododendron / Rosebay *Rhododendron canadense*	There is a flower that Bees prefer 벌이 선호하는 꽃이 하나 있다	○	늘푸른 잎이 풍성한 토종 철쭉속 수목은 여전히 에버그린스 주변에서 아직도 꽃이 핀다. 애팔래치아산맥 남쪽으로 더 내려간 곳이 원산지이기 때문에, 서부 매사추세츠에는 야생 분홍바늘꽃 서식지가 몇 군데 있다. 식물학자들은 이 서식지가 인공적으로 도입되었다고 추정한다.

국문명 영문명 학명	시 / 허버리움	토종 여부	설명
장미 Rose *Rosa* 볼티모어 벨 Baltimore Belle 다마스크 장미 *R. damascena* 스윗브라이어 *R. eglanteria* 캘리코 로즈 *R. gallica* 시나몬 로즈 *R. majalis* 그레빌 장미 *R. multiflora* 'Grevillei' 고슴도치 장미 (해당화) *R. rugosa* 포함	I have a Bird in spring 봄에 새 한 마리가 내게 왔지 When Roses cease to bloom, Sir 장미가 꽃 피기를 그만둔다면, 선생님 Garland for Queens, may be 여왕들을 위한 꽃다발은 아마도 A sepal, petal, and a thorn 꽃받침 하나, 꽃잎 하나, 그리고 가시 하나 The morns are meeker than they were 아침이 전보다 순해졌다 If I should cease to bring a Rose 혹시 내가 장미 가져오기를 그만둔다면 Lethe in my flower 내 꽃 속에 레테강이 있어 If she had been the Mistletoe 그녀가 겨우살이였다면 I keep my pledge 맹세합니다 Went up a year this evening! 오늘 저녁 일 년을 보냈다! Pigmy seraphs — gone astray 피그미 천사들이 — 길을 잃었다 Tho' my destiny be Fustian 내 운명이 퍼스티언 같기는 하지만 A science — so the Savants say 현자들이 말하길 — 과학이란 If I could bribe them by a Rose 만일 내가 이들에게 장미를 뇌물로 줄 수 있다면 What would I give to see his face? 무엇을 주어야 그의 얼굴을 볼 수 있을까? Would you like summer? Taste of ours. 여름 좋아하세요? 우리 여름을 맛보세요. I tend my flowers for thee 그대를 위해 나의 꽃을 키우고 있다 Within my Garden, rides a Bird 내 정원에서 새 한 마리 타고 다니는 The name — of it — is Autumn 그것의 — 이름은 — 가을이다 God made a little Gentian 신께서 작은 용담을 하나 만드셨지 They dropped like Flakes 그것들이 조각으로 떨어졌다		디킨슨의 장미 사랑은 에드워드 디킨슨과 결혼하면서 몬슨에서 애머스트로 그레빌 장미를 가져왔던 에밀리 노크로스 때문에서 시작된 듯하다. 마사 디킨슨 비안치는 인근 사유지의 장미에 대해 기록했다. 비안치는 보통 명사로 품종을 나열했는데, 왼쪽에는 품종 이름을 적었고 배치와 기르는 법도 묘사했다. 비안치에 따르면, 장미는 "장미나무rose trees"(아마도 일반 장미), "구식 수목"과 홈스테드 정원의 여름 정자를 덮고 있던 장미 등이 있었다. 디킨슨은 이 장미 그늘 속에서 시를 쓰기도 했을까? 충분히 가능성 있다.

270

| | Essential Oils — are wrung
꼭 필요한 기름을 — 쥐어짰다
Partake as doth the Bee
벌이 함께하지만
There is a June when Corn is cut
옥수수가 추수된 어느 유월이 있다
It was a Grave, yet bore no Stone
그것은 무덤, 하지만 돌은 없었다
She sped as Petals of a Rose
그녀는 장미 꽃잎처럼 속도를 냈다
What shall I do when the Summer troubles
여름이 말썽이면 어떻게 할까요
And this of all my Hopes
나의 온갖 희망 가운데 이것이
A Bee his burnished Carriage
벌은 빛나는 자신의 마차를
Winter is good — his Hoar Delights
겨울은 괜찮다 — 겨울의 서리 내린 즐거움은
A little Snow was here and there
여기저기 눈이 조금 내렸다
Where Roses would not dare to go
장미라면 감히 가려 하지 않았을 곳에
HERBARIUM 39, 41, 50 | |
| 스트로브잣나무
White pine
Pinus strobus | A feather from the Whippoorwill
윕포윌이 떨군 깃털 하나
The Grass so little has to do
풀은 할 일이 거의 없다
Of Brussels — it was not
브뤼셀에서 — 그것이 오지는 않았지
By my Window have I for Scenery
창가에서 바라본 풍경이 있다 | ○ 디킨슨 침실 창문 밖에서 자랐다. 1950년대 애머스트 가든 클럽 기록에 따르면, 디킨슨 사유지에 있던 대형 나무 견본은 지름이 0.9미터로, "허리케인으로 인한 가지 손실"이 있었다. |

디킨슨 가족이 재배한 과일과 채소

| 사과
Apple
Pyrus malus
볼드윈
Baldwin
골든 스위트
Golden Sweet
러셋
Russet 포함 | Sic transit gloria mundi
이 세상의 영화는 이처럼 사라진다
Some keep the Sabbath going to Church
어떤 이들은 안식일을 지키려 교회에 가는데
HERBARIUM 28 | 사과는 홈스테드 과수원에서만 볼 수 있었던 것은 아니다. 에버그린스에 오래된 사과나무 둘레에 서편 포치를 설계했고, 계단을 통해 갈 수 있는 큼직한 또 다른 나무는 지상 1.5~1.8미터에서 가지를 드리우고 있었다. 디킨슨은 허버리움에 사과 혹은 능금을 포함시켰지만, 야생 능금*P. coronaria*이라 표시했다. "과수원"이라고 언급한 편지와 시도 많은 점을 주목할 만하다. |

국문명 영문명 학명	시 / 허버리움	토종 여부	설명
체리 Cherry *Prunus,* *P. avium* *P. pensylvanica* *P. virginiana*	Victory comes late 승리는 늦게 오지 HERBARIUM 48	○	1862년 디킨슨의 편지를 보면, 나팔꽃이 적어도 한 그루의 왕벚나무를 타고 올랐다. 비안치는 홈스테드 정원 판석 길에 세 그루가 늘어서 있다고 기록했다. 이 나무는 아마도 유라시아가 원산지인 양벚나무 *P. avium*였을 것이다. 허버리움에는 야생 핀체리 표본이 하나 있지만, 디킨슨은 초크체리*P. virginiana*라고 표기했다.
옥수수 Corn *Zea mays*	Morning — is the place for Dew 아침은 — 이슬의 자리 Twas just this time, last year, I died. 딱 작년 이맘때 내가 죽었다 Soil of Flint, if steady tilled 부싯돌의 토양, 꾸준히 경작한다면		사탕옥수수는 홈스테드 부엌 정원에서 자랐다. 추측건대 가축 사료용 옥수수도 구입해 다른 어딘가에서 키웠을 것이다.
포도 Grape *Vitis vinifera*	Soil of Flint, if steady tilled 부싯돌의 토양, 꾸준히 경작한다면		포도는 홈스테드의 헛간 동편 앞에서 격자 울타리를 이루며 자라 무화과를 보호해주었다. 비안치의 기록에는 젤리와 병조림, 와인에 사용되는 보라, 흰색, 푸른색 포도 품종이 있다.
완두콩 Pea *Pisum sativum*	Forbidden Fruit a flavor has 금지된 과일의 맛		완두는 넝쿨을 타고 허버리움에 들어갔다. 디킨슨의 편지와 시에는 대체로 빠져 있지만 정원에서 완두를 키우지 않고 식탁에 올렸다는 것은 상상하기 어렵다.
딸기 Strawberry *Fragaria ×ananassa*	Over the fence 울타리 너머 HERBARIUM 49		청년 시절 에드워드 디킨슨은 약혼자에게 보내는 한 편지에서 딸기에 대해 언급한 적이 있다. 1878년 더피 카탈로그에는 26종의 딸기가 포함되어 있다.
에밀리 디킨슨이 언급했거나 채집한 다른 식물들			
살무사혀 Adder's tongue *Erythronium americanum*	Their dappled importunity 얼룩무늬 끈질긴 요구 HERBARIUM 18	○	디킨슨이 살무사혀라고 했던 이 노란 꽃은 군락을 이루어 봄에 피는 식물로, 가끔 (알뿌리 모양 때문에) 얼레지 혹은 (얼룩무늬 잎 때문에) 송어백합이라 불린다.
애스터 Aster *Symphyotrichum*	Whose are the little beds, I asked 이 작은 꽃밭은 누구 거야, 내가 물었다 Like her the Saints retire 그녀처럼 성자들은 물러간다 While Asters 한편 애스터들은 HERBARIUM 62, 63		

버터컵 Buttercup *Ranunculus acris* *R. bulbosus* *R. fascicularis* *R. hispidus* *R. repens*	A Lady red — amid the Hill 붉은 여인 — 언덕 한복판에서 HERBARIUM 23	한껏 멋을 부린 5종의 미나리아재비 모음이 허버리움 23쪽에 우아하게 실려 있다.
진홍 로벨리아 Cardinal flower *Lobelia cardinalis*	White as an Indian Pipe 인디언 파이프처럼 하얀 HERBARIUM 20	○
토끼풀 Clover *Trifolium agrarium*	The Wind didn't come from the Orchard — today 바람은 과수원에서 불어오지 않았다 — 오늘은 I had no Cause to be awake 깨어 있을 이유가 없었다 To make a prairie it takes a clover and one bee 대평원을 만드는 데 필요한 것은 토끼풀 하나, 벌 한 마리 HERBARIUM 15	디킨슨의 허버리움에는 노란토끼풀과 붉은토끼풀이 모두 포함되어 있다. 397번 편지에서 그녀는 토끼풀을 가진 토끼를 언급했는데, 아마 잔디밭의 흰토끼풀 *Trifolium repens*이었을 것이다.
실잔대 Harebell *Campanula rotundifolia*	Did the Harebell loose her girdle 실잔대가 자기 거들을 풀어 HERBARIUM 24	○
인디언 파이프 (수정난풀) Indian pipe *Monotropa uniflora*	'Tis whiter than an Indian Pipe — 그것은 인디언 파이프보다 더 하얗다 — HERBARIUM 32	○ 394번 편지에서 이 식물에 대해 말했을 것이다. 이 편지에서 디킨슨은 이것이 패니 노크로스가 숲에서 발견한 그녀의 "파이프"라고 했다.
늪초롱 Marsh bellflower *Campanula aparinoides*	Whose are the little beds — I asked 이 작은 꽃밭은 누구 거야 — 내가 물었다 HERBARIUM 8	○
야생 난 Orchis *Platanthera hookeri* *P. grandiflora* *P. lacera*	All these my banners be 이 모든 것들이 나의 깃발이길 Some Rainbow — coming from the Fair! 박람회에서 온 — 어떤 무지개인가! There is a flower that Bees prefer 벌이 선호하는 꽃이 있다 HERBARIUM 17, 19, 27, 29, 40	○ 디킨슨이 시에서 "야생 난의 마음을 간직한 그에게 — 습지는 유월을 품은 분홍"이라고 했다.

273

국문명 영문명 학명	시 / 허버리움	토종 여부	설명
트레일링 아르부투스 Trailing arbutus *Epigaea repens*	Whose are the little beds — I asked 이 작은 꽃밭은 누구 거야 — 내가 물었다 Pink — small — and punctual 분홍 — 그리고 작은 것들 — 때맞춰 HERBARIUM 38, 58	○	디킨슨이 일생 동안 언급했던 이 작은 관목은 정말로 정확히 때를 맞춰 겨울의 끝을 알려준다. 봄에는 꽃이 분홍색이었다가 점차 하얘지면서 점차 사라지지만 작은 줄기와 늘푸른 잎은 일 년 내내 변치 않는다.
제비꽃 Violet *Viola* *Viola cucullata* *V. pallens* *V. palmata* *V. pedata* *V. pubescens* *V. rotundifolia*	Have you got a Brook in your little heart 당신 마음에 작은 시내 하나 생겼나요? HERBARIUM 46		1852년 유월, 디킨슨은 수전 길버트에게 제비꽃을 편지 속에 넣어 보냈다. 제비꽃은 디킨슨 과수원, 그리고 애머스트 주변 들판과 숲에서 자랐다. 야생 제비꽃 6종이 허버리움에 들어 있다.

에밀리 디킨슨의 식물들

한 해의 리본을 —
무수한 수단繡緞을 —
입고 자연의 파티에 갔다가

던져버렸지
빛바랜 구슬 목걸이인 양
아니 주름진 진주인 양 —
창조주 소녀의
이 허영을 누가 탓할까

1065, 1865

후기

늦겨울의 흐린 낮, 외등 램프 빛 하나가 에밀리 디킨슨의 방을 비춘다. 나는 시인의 작은 복제품 벚나무 책상 맞은편 카드놀이용 테이블에 앉아 있다. 그녀의 책상보다 최소한 두 배 크기다. 나는 그녀가 두 다리를 한쪽으로 모으고 무릎은 책상 밑으로 새초롬하게 집어넣었을지 궁금하다. 그녀의 유명한 흰 드레스를 똑같이 복제한 옷을 입힌 맞은편의 인체 모형을 보면 그녀는 "굴뚝새처럼 자그마했다."

정사각형의 책상 위에는 잉크병, 연필, 쓰다 만 메모지가 있다. 작은 책상 서랍에 그녀는 좋은 문구들을 보관했을 것이다. 아니면 아버지가 아래층 서재에 있는 고급 종이를 계속 제공해주었을 것이다. 벽난로 혹은 난로를 켜 방의 싸늘한 기운을 떨친다. 그녀의 "말 없는 동맹"인 반려견 카를로도 바닥에 엎드린 채 여기 있었을 것이다. 아니면 부엌이나 헛간으로 쫓겨났을까?

벽난로 선반에는 책들이 쌓여 있다. 침실용 변기를 넣어두는 수납공간이 있는 세면대와 흔들의자, 호두나무 슬레이베드, 그녀의 페이즐리 숄이 있다. "다시 불러줘"라 한 이후 꾸준히 명성을 얻고 있는 편지와 시 들을 보관했던 호두나무 서랍장도 있다.

네 개의 커다란 창으로 방은 환하다. 둘은 거리 쪽으로 났고, 둘은 벽난로 선반 옆에 있다. 나는 두 번째 서향 창문 밖을 바라보고

276

있다. 맨 앞에 그녀의 책상이 있다. 메인 스트리트는 오르막이 되어 언덕을 오르며 시청 안까지 이어졌다. 비가 살짝 내렸고, 도로 표면이 희미하게 반짝인다. 그녀라면 도로가 진흙으로 반질거리는 풍경을 보았을 것이다. 이 계절에는 헐벗은 나뭇가지들 사이로 풍경이 드러난다. 당시에는 저택 근처에 큼직한 스트로브잣나무들이 있었다. 시인의 오빠가 지켜보는 가운데 1868년 완공된 제일회중교회 첨탑이 또렷이 보인다. 어쩌면 그녀는 언덕 꼭대기의 아버지와 오스틴의 법률 사무소가 있는 업무 지역을 찾아냈을 것이다.

옆집인 벽돌 저택 에버그린스에 가려는 방문객들이 보였을지도 모른다. 에머슨, 해리엇 비처 스토, 버넷 여사, 프레더릭 로 옴스테드, 그리고 그 외 많은 이들이 방문하여 오스틴과 수전 부부와 함께 식사를 나누었다. 그녀는 커튼 뒤로 보이지 않게 숨어 있거나 대담하게 지켜보고 있었을지 모른다. 보였든 안 보였든 그녀는 거기 있었다.

요즘은 차 소리가 윙윙대긴 하지만, 그것 말고는 소음이 거의 없다. 그녀라면 시인의 귀로 무엇을 들었을지 궁금하다. 솔잎 사이로 부는 바람. 교회 종소리. 새들의 노래. 삐걱거리는 마루. 똑딱이다가 시간마다 울리는 괘종시계. 난로 속에서 움직이며 쉭쉭 하고 톡톡 터지는 석탄. 거실에서 비니가 치고 있는 피아노 소리. 관리인 매기 마허가 일하다가 흥얼거리는 "북풍." 밖에서 장작을 패거나 석탄을 삽으로 옮기고, 말을 돌보고 건초를 쌓아 올리는 일꾼들. 음매하는 소. 닭들. 마당에서 놀다가 생강빵을 받으리라는 희망에 창가로 나오라고 그녀를 부르는 조카들과 그 친구들. 세 시 오십오 분, 현재와 과거를 떠올리게 하는 소리들이 들린다. 기차 소리, 계속 울리는 경적 소리가 남쪽으로 한두 블록 너머로 철로를 따라 덜컹대며 들려온다. 그녀는 기차가 "몇 마일을 휘감"으며 달리는 모습을 보았고 "칙칙 소리 스탠자"를 들었다. 아마도 초원 너머 힐스 모자 공장에서도 기적 소리가 낮을 것이다.

지금은 밀폐되어 온도 조절기로 관리되는 이 오래된 저택에서는 특징 없는 냄새가 들어온다. 하지만 예전에는 요리하는 냄새, 벽난로에서 풍기는 연기와 재 냄새, 그리고 더 따뜻한 때에는 헛간 주변 마당에서 냄새가 들어왔을 것이다. 1년 중 이때가 되면, 향긋한 것들로 뒤덮였을지도 모른다. 히아신스의 향기가 온실에서 밀려 나와 침실 창턱에 퍼져 있다.

올려다보니, 앞 벽에 걸린 에칭 액자에서 진지한 얼굴을 한 조지 엘리엇이 내려다보고 있다. 『미들마치』의 저자는 자신의 영향력을 가늠하고 있는 듯 머리를 약간 뒤로 젖히고 귀를 기울이는 듯하다. 바로 밑에 이와 비슷하게 엘리자베스 배럿 브라우닝이 어깨와 곱슬머리 너머 곧 꺼져버릴 듯 환히 타오르는 시선으로 내다보고 있다. 지금쯤 시인이 조지와 엘리자베스와 어떤 이야기를 함께 나누고 있을지 모르겠다.

벽에 두 개의 다색 석판화가 걸려 있다. 벽난로 위에 걸린 〈낚시 모임〉이라는 제목의 시골 전경은 『맨스필드 파크』에서 걸어 나왔을 법하다. 일꾼 복장의 하인이 숲속 작은 호숫가에서 보트의 한 남자에게 유리병을 건네고 있다. 근처에 두 부부가 함께 소풍을 나왔다. 천 위에 음식을 펼쳐놓는다. 숙녀들을 위해 의자 두 개를 가져왔다. 신사들은 실크해트를, 숙녀들은 보드라운 보닛을 썼다. 초기 인쇄 양식이고 시기는 1827년인 작품으로, "에밀리"라는 여성 이름이 서명되어 있다. 성은 판독이 안된다.

침대 위로 커리어 앤드 아이브스Currier and Ives사의 윈저성과 공원 그림이 걸려 있다. 두 무리의 사슴이 구성에 활기를 더한다. 새들은 나무 속에 깃들었다. 아름다운 영국 풍경화다. 부드러운 나무들이 성의 탑과 작은 탑 들을 감싼다. 고개를 돌려 창밖을 보니 영국에서 다시 애머스트로 돌아왔다. 화답하듯 마주한 아치형 창문의 에버그린스가 보이고 오스틴과 수전이 저택 주변에 조성한 나무들이 눈에 들어온다. 표본목, 최상급 침엽수, 진달래, 벤치, 화단, 피서용 정자가 모두 이어져 굽은 산책로를 이룬다. 머릿속에서 선율이 어우러져 공명한다.

밝은색 장미 격자무늬의 벽지는 방에 포근한 분홍과 초록 색조를 드리운다. 바탕에 있는 V자 무늬 ― 작은 새의 발자국 모양이다 ― 가 옆을 보라 가리키고, 북쪽에서 시작하여 시계 방향으로 동쪽, 남쪽, 서쪽으로 시선을 이끈다. 여기에 큰 패턴의 장미가 타고 오르는 벽은 생동감이 돈다. 살아 있다. 줄기에는 가시가 없다. 장미는 막 만발하려 한다. 절정을 약간 지난 듯 꽃봉오리가 꽉 차올라 막 열리려 한다. 청년과 노년이 영원을 향해 행진한다.

마타 맥다월
2018년 2월 23일

출처와 인용

에밀리 디킨슨과 디킨슨의 정원을 좋아하는 독자라면 시인의 시와 글을 직접 읽어보는 것이 가장 좋을 것이다. 여러 교육 기관이 협업하여 제공하는 에밀리 디킨슨 아카이브The Emily Dickinson Archive(edickinson.org)는 파시클에 실린 시는 물론 쪽지에 적힌 시도 모두 제공하고 있다. 국제 에밀리 디킨슨 학회The Emily Dickinson International Society(emilydickinsoninternationalsociety. org)는 열혈 디킨슨 독자를 위한 기관으로 디킨슨의 모든 것에 관한 회의와 연구, 예술, 교육을 지원하고 있다.

에밀리 디킨슨이 쓴 글

Bervin, Jen, and Marta Werner, eds. *The Gorgeous Nothings: Emily Dickinson's Envelope Poems*. New York: New Directions Publishing, 2013.

Franklin, Ralph W., ed. *The Complete Poems of Emily Dickinson*. Cambridge, MA: Belknap Press of Harvard University Press, 1998.

Johnson, Thomas H., and Theodora Ward, eds. *The Letters of Emily Dickinson*. Cambridge, MA: Belknap Press of Harvard University Press, 1958.

Miller, Cristanne, ed. *Emily Dickinson's Poems: As She Preserved Them*. Cambridge, MA: Belknap Press of Harvard University Press, 2016.

Todd, Mabel Loomis, ed. *The Letters of Emily Dickinson: 1845-1886*. Boston: Roberts Brothers, 1894, p. 352.

디킨슨과 정원에 관한 글

Allen, [Mary] Adele. "The First President's House—A Reminiscence." *Amherst Graduates' Quarterly* (February 1937): p. 38

Bianchi, Martha Dickinson. "Emily Dickinson's Garden." *Emily Dickinson International Society Bulletin* 2, no. 2 (November/December 1990). 비안치 (마사)가 가든 클럽에 강의한 미출간 원고가 포함되어 있다.

———. *Emily Dickinson Face to Face*. Boston: Houghton Mifflin, 1932.

———. *The Life and Letters of Emily Dickinson*. Boston: Houghton Mifflin, 1924.

———. *Recollections of a Country Girl*. Unpublished 1935 manuscript in the Brown University Library, Martha Dickinson Bianchi Papers 10:18-19.

Dickinson, Susan Gilbert. "The Annals of the Evergreens," reprinted as "Magnetic Visitors," Amherst Magazine (Spring 1981): 8-27.

Farr, Judith. *The Gardens of Emily Dickinson*. Cambridge, MA: Harvard University Press, 2004.

Gilbert, Sandra M., and Susan Gubar. *The Madwoman in the Attic: The Woman Writer and the Nineteenth-Century Literary Imagination*. New Haven, CT: Yale University Press, 1980.

Gordon, Lyndall. *Lives Like Loaded Guns: Emily Dickinson and Her Family's Feud*. New York: Penguin, 2011.

Habegger, Alfred. *My Wars Are Laid Away in Books: The Life of Emily Dickinson*. New York: Random House, 2001.

Jabr, Ferris. "How Emily Dickinson Grew Her Genius in Her Family

Backyard." *Slate*, May 17, 2016, available at slate.com.

Jenkins, MacGregor. *Emily Dickinson: Friend and Neighbor*. Boston: Little, Brown and Company, 1939.

Leyda, Jay. *The Years and Hours of Emily Dickinson*, Volumes 1-2. New Haven: Yale University Press, 1960.

Liebling, Jerome, et. al. *The Dickinsons of Amherst*. Lebanon, NH: University Press of New England, 1991.

Longsworth, Polly. *Austin and Mabel: The Amherst Affair and Love Letters of Austin Dickinson and Mabel Loomis*. Amherst:University of Massachusetts Press, 1999.

——. *The World of Emily Dickinson*. New York: Norton, 1990.

Lombardo, Daniel. *A Hedge Away: The Other Side of Emily Dickinson's Amherst*. Northampton, MA: Daily Hampshire Gazette, 1997.

Massachusetts Agricultural Catalogue of Plants, Trees and Shrubs. Amherst: Massachusetts Agricultural College, 1878.

Murray, Aife. *Maid as Muse: How Servants Changed Emily Dickinson's Life and Language*. Lebanon: University of New Hampshire Press, 2009.

Phillips, Kate. *Helen Hunt Jackson: A Literary Life*. Berkeley: University of California Press, 2003.

Sewall, Richard. *The Life of Emily Dickinson*. Cambridge, MA: Harvard University Press, 1994.

Smith, James Avery. *History of the Black Population of Amherst, Massachusetts: 1728-1870*. Boston: New England Historic Genealogical Society, 1999.

Smith, Martha Nell, and Mary Loeffelholz, eds. *A Companion to Emily Dickinson*. Malden, MA: Wiley-Blackwell, 2005.

St. Armand, Barton Levi. "Keeper of the Keys: Mary Hampson, the Evergreens and the Art Within." In *The Dickinsons of Amherst*, edited by Jerome Liebling et. al., 209. Lebanon, NH: University Press of New England, 2001.

Trees of Amherst: A Record and History of Some of the Unusual and Historical Trees In and Around Amherst, Massachusetts. Garden Club of Amherst: 1959.

Wolff, Cynthia Griffin. *Emily Dickinson*. Reading, MA: AddisonWesley, 1988.

정원의 역사에 관한 글

Adams, Denise Wiles. *Restoring American Gardens: An Encyclopedia of Heirloom Ornamental Plants, 1640–1940*. Portland, OR: Timber Press, 2004.

Leighton, Ann. *American Gardens of the Nineteenth Century: For Comfort and Affluence*. Amherst: University of Massachusetts Press, 1987.

Martin, Tovah. *Once Upon a Windowsill: A History of Indoor Plants*. Portland, OR: Timber Press, 2009.

Rutkow, Eric. *American Canopy: Trees, Forests, and the Making of a Nation*. New York: Scribner, 2013.

Stilgoe, John R. *Common Landscape of America, 1580–1845*. New Haven, CT: Yale University Press, 1983.

Sumner, Judith. *American Household Botany: A History of Useful Plants, 1620–1900*. Portland, OR: Timber Press, 2004.

인용

디킨슨의 편지와 시 인용은 각각 L, P 뒤에 번호를 붙여 표시했다. 편지와 시
번호는 아래 두 권을 따른다. [쪽수는 해당 구절의 번역이 실린 이 책의 본문 쪽
수다.]

THE LETTERS OF EMILY DICKINSON, edited by Thomas H. Johnson,
Associate Editor, Theodora Ward, Cambridge, Mass.: The Belknap Press
of Harvard University Press, Copyright © 1958 by the President and
Fellows of Harvard College. Copyright © renewed 1986 by the President
and Fellows of Harvard College. Copyright © 1914, 1924, 1932, 1942 by
Martha Dickinson Bianchi. Copyright © 1952 by Alfred Leete Hampson.
Copyright © 1960 by Mary L. Hampson.
Published by arrangement with Harvard University Press.

THE POEMS OF EMILY DICKINSON: VARIORUM EDITION, edited
by Ralph W. Franklin, Cambridge, Mass.: The Belknap Press of Harvard
University Press, Copyright © 1998 by the President and Fellows of
Harvard College. Copyright © 1951, 1955 by the President and Fellows of
Harvard College. Copyright © renewed 1979, 1983 by the President and
Fellows of Harvard College. Copyright © 1914, 1918, 1919, 1924, 1929,
1930, 1932, 1935, 1937, 1942 by Martha Dickinson Bianchi. Copyright ©
1952, 1957, 1958, 1963, 1965 by Mary L. Hampson.
Published by arrangement with Harvard University Press.

초봄: 정원사의 가정과 가족

21쪽, "A meandering mass," 34쪽, "Ribbons of peony": Bianchi, *Face to
Face*, 39.

22쪽, "Seems indeed to": L59, October 25, 1851, to Austin Dickinson.

24쪽, "The strawberries are": Pollack, Vivian, ed. *A Poet's Parents* (Chapel Hill: The University of North Carolina Press, 1988), 114.

24~25쪽, "Tell...papa to," 25쪽, "I was reared," 34쪽, "Tell Vinnie I": L206, late April 1859 to Louise Norcross.

25쪽, "With fruit, and": L52, September 23, 1851, to Austin Dickinson.

25쪽, "We all went": L129, June 26, 1853, to Austin Dickinson.

25쪽, "Subsoiling": L1000, August 1885 to Edward (Ned) Dickinson.

26쪽, "Mother went rambling": L339, early spring 1870 to Louise and Frances Norcross.

27쪽, "Everything now seems": *Amherst Record*, February 27, 1857.

27쪽, "That Month of": L976, March 1885 to Helen Hunt Jackson.

30쪽, "In Hyacinth time": L823, early May 1883 to Mrs. J. Howard Sweetser.

30쪽, "The Snow will": L885, February 1884 to Mrs. Henry Hills.

32쪽, "That a pansy": L435, circa spring 1875 to Mrs. William A. Sterns.

34~35쪽, "Nature's buff message": Jenkins, *Friend and Neighbor*, 121.

늦봄: 정원사 교육

38쪽, "Professor Fiske will": Leyda, *The Years and Hours*, vol. 1, 32.

39쪽, "I was always": L492, circa March 1877 to Mrs. J. G. Holland.

39쪽, "Two things I": Leyda, *The Years and Hours*, vol. 2, 477.

39쪽, "My Dear little": Leyda, *The Years and Hours*, vol. 1, 45.

40쪽, "Our trees are": L2, May 1, 1842, to Austin Dickinson.

40쪽, "Edward Dickinson Esq.": Leyda, *The Years and Hours* 1: 121 quoting the Hampshire Gazette, September 15, 1847.

40쪽, "The trees stand": L286, circa October 1863 to Louise and Frances Norcross.

42쪽, "I take good": L165, early June 1854 to Austin Dickinson.

42쪽, "Besides Latin I": L3, May 12, 1842, to Jane Humphrey.

42쪽, "We found that": Leyda, *The Years and Hours*, vol. 1, 84.

43쪽, "When Flowers annually": L488, early 1877 to Thomas Wentworth Higginson.

43쪽, "Even the driest": Higginson, Thomas Wentworth. "My Out-DoorStudy," *The Atlantic Monthly* 8 (September 1861): 303.

43쪽, "That part of": Lincoln, *Familiar Lectures on Botany*, 75. 화관 삽화는 1841년 판에서 가져왔다.

44쪽, "The study of": Lincoln, Almira H. *Familiar Lectures on Botany* (Hartford, CT: H. and F. J. Huntington, 1829), 10. 앨마이라 하트 링컨은 남편과 사별하고 후에 재혼하여 펠프스Pelps라는 이름을 사용했다. 링컨보다는 펠프스라는 이름으로 카탈로그 목록이 종종 나올 것이다.

47~48쪽, "I have been": L6, May 7, 1845, to Abiah Root. 하버드 대학의 호턴 도서관은 허버리움에 없는 디킨슨 식물 표본도 소장하고 있다. 추측건대 유럽, 인도, 동지중해 식물 표본은 이름은 알려지지 않았지만 선교 여행을 하던 디킨슨의 한 친구가 종이에 실로 꿰매고 이름표를 붙인 듯하다. 하버드에서 받아 전시용으로 처리하여 구성한 출처 불명의 표본도 있다.

48쪽, "An herbarium neatly," 51쪽, "You will experience": Lincoln, *Familiar Lectures on Botany*, 43.

51쪽, "There were several": L23, May 16, 1848, to Abiah Root.

52쪽, "A rosy boast": L318, early May 1866 to Mrs. J. G. Holland.

52쪽, "The mud is": L339, early spring 1870 to Louise and Frances Norcross.

출처와 인용

54쪽, "Root highly efficacious": Eaton, Amos. *Manual of Botany* (Albany, NY: Websters and Skinners, 1822), 446.

56~57쪽, "Bowdoin took Mary's": Bingham, Millicent Todd. *Emily Dickinson's Home* (New York: Harper & Brothers, 1955), 239, from Lavinia Dickinson's letter to Austin Dickinson, May 10, 1852.

57쪽, "The Apple Trees": L823, early May 1883 to Mrs. J. Howard Sweetser.

57쪽, "I had long": L458, spring 1876 to Thomas Wentworth Higginson.

59쪽, "When much in": L271, August 1862 to Thomas Wentworth Higginson.

59쪽, "Shaggy Ally": L280, February 1863 to Thomas Wentworth Higginson.

59쪽, "Hills - Sir and": L261, April 25, 1862, to Thomas Wentworth Higginson.

59쪽, "Could'nt Carlo": L233, circa 1861, 수취인 불명.

61쪽, "I talk of all": L212, December 10, 1859, to Mrs. Samuel Bowles.

61쪽, "Vinnie and I," "Carlo—comfortable—terrifying": L194, September 26, 1858, to Susan Gilbert Dickinson.

61쪽, "Carlo is consistent": L285, October 7, 1863, to Louise and Frances Norcross.

61쪽, "When, as a little": Leyda, *The Years and Hours*, vol. 2, 21.

62쪽, "Carlo died": L314, late January 1866 to Thomas Wentworth Higginson.

62쪽, "I explore but": L319, June 9, 1866, to Thomas Wentworth Higginson.

62쪽, "The lawn is full": L318, early May 1866 to Mrs. J. G. Holland.

62쪽, "Today is very": L122, May 7, 1853, to Austin Dickinson.

62쪽, "If we had been married": Leyda, *The Years and Hours*, vol. 1, 4.

64쪽, "There were three tall": Bianchi, *Face to Face*, 4.

64쪽, "White-Sunday": Bianchi, *Face to Face*, 5.

66쪽, "Calvinism is a somewhat": Bingham, Millicent Todd. *Ancestors' Brocades* (New York: Harper & Brothers, 1945), 196.

66쪽, "The wood is piled": Bingham, *Emily Dickinson's Home*, 239.

66쪽, "Seeds in homes": L691, mid-April 1881 to Louise and Frances Norcross.

68쪽, "Vinnie and Sue": L262, spring 1862 to Mrs. Samuel Bowles.

68쪽, "It is lonely": L340, May 1870 to Louise Norcross.

69쪽, "I feel unusually": Bingham, *Emily Dickinson's Home*, 283.

69쪽, "Is not an absent": L824, circa May 1883 to Maria Whitney.

69쪽, "I have long been": L823, early May 1883 to Mrs. J. Howard Sweetser.

71쪽, "I send you a little": Jenkins, *Friend and Neighbor*, 126.

73쪽, "Of idleness and": Bianchi, *Life and Letters*, 60.

74쪽, "I must just show": L502, late May 1877 to Mrs. J. G. Holland.

74쪽, "Buccaneers of Buzz": P1426.

초여름: 정원사의 여행

마운트 오번의 더 자세한 역사적, 원예학적 정보는 mountauburn.org를 참고하라.

76쪽, "I have been to Mount," 80쪽, "Have you ever been," 81쪽, "Do you have any flowers": L13, September 8, 1846, to Abiah Root.

78쪽, "A beautiful flat": *Transactions of the Massachusetts Horticultural*

Society for the Years 1843-4-5-6 (Boston: Dutton and Wentworth's Print, 1847), 158.

78쪽, "I attended the Horticultural": Leyda, *Years and Hours*, vol. 1, 30.

79쪽, "Expulsion from Eden": L552, circa 1878 to Mrs. Thomas P. Field.

82쪽, "How do the plants": L17, November 2, 1847, to Austin Dickinson.

84쪽, "At 6 o'clock": L18, November 6, 1847, to Abiah Root.

85쪽, "Trees show their": Bingham, *Emily Dickinson's Home*, 352.

85쪽, "Sweet and soft," 87쪽, "He says we forget": L178, February 28, 1855, to Susan Gilbert.

85~86쪽, "One soft spring": L179, March 18, 1855, to Mrs. J. G. Holland.

89쪽, "The tiny Greville": Bianchi, *Emily Dickinson International Society Bulletin*, 2.

90쪽, "I quite forgot": L124, circa June 1853 to Emily Fowler (Ford).

90쪽, "Vinnie picked the": L820, spring 1883 to Mrs. J. G. Holland.

한여름: 정원사의 땅

97쪽, "I supposed we were," 98쪽, "They say that 'home'": L182, January 20, 1856, to Mrs. J. G. Holland.

98쪽, "The Northwest Passage," "She received me": Bianchi, *Face to Face*, 25.

99쪽, "On one occasion": Jenkins, *Friend and Neighbor*, 91.

104쪽, "I prefer pestilence": L318, early March 1856 to Mrs. J. G. Holland.

106쪽, "I went out": L165, early June 1854 to Austin Dickinson.

106쪽, "Vinnie trains the": L267, mid-July 1862 to Louise and Frances Norcross.

108쪽, "How is your garden": L235, circa August 1861 to Mrs. Samuel

Bowles.

111쪽, "Why do people": Jenkins, *Friend and Neighbor*, 13.

112쪽, "White one with": Bianchi, *EDIS*, 4.

112쪽, "The only Commandment": L904, early June 1884 to Mrs. Frederick Tuckerman.

112쪽, "Must it not": L824, May 1883 to Maria Whitney.

112쪽, "The Pink Lily": L308, mid-May 1865 to Lavinia Dickinson.

114~115쪽, "The poet knows": Emerson, Ralph Waldo. *The Prose Works of Ralph Waldo Emerson* (Boston: Fields, Osgood, & Co., 1870), 427.

123쪽, "I bring you a Fern": L472, late summer 1876 to Thomas Wentworth Higginson.

126쪽, "Then I am the Cow Lily": Whicher, George Frisbie. *Emily Dickinson: This Was a Poet* (New York: Charles Scribner's Sons, 1938), 55.

늦여름: 울타리 저편

128쪽, "A Balboa of": Bianchi, Martha Dickinson, ed. *Complete Poems of Emily Dickinson* (Boston: Little, Brown and Company, 1924), 1.

129쪽, "Could it please": L330, June 1869 to Thomas Wentworth Higginson.

130쪽, "Are you too deeply": L260, April 15, 1862, to Thomas Wentworth Higginson.

131쪽, "A large country": L342a, August 16, 1870, from Thomas Wentworth Higginson to his wife.

132쪽, "Let me thank": L1002, circa 1885 to Eugenia Hall.

132쪽, "I am from": *Emily Dickinson: A Letter* (Amherst, MA: Amherst College, 1992), 1.

132~133쪽, "Of 'shunning Men'": L271, August 1862 to Thomas Wentworth Higginson.

134쪽, "Garden off the dining," "Crocuses come up": L279, early February 1863 to Louise and Frances Norcross.

134쪽, "She tolerated none": Bianchi, *Life and Letters*, 53.

135쪽, "She let me": Bianchi, *Face to Face*, 4.

136쪽, "I send you inland": L437, mid-April 1875 to Mrs. Edward Tuckerman.

137쪽, "My flowers are near": L315, early March 1866 to Mrs. J. G. Holland.

137쪽, "Vinnie is happy": L969, early 1885 to Maria Whitney.

137쪽, "All her flowers": Bianchi, *EDIS*, 4.

138쪽, "I had on my most": Bianchi, *Recollections of a Country Girl*, 288.

139쪽, "Her crowning attention": Bianchi, *Face to Face*, 42.

141쪽, "One Sister have": P5.

141쪽, "I have to go": Leyda, *Years and Hours*, vol. 1, 247.

142쪽, "Was almost certain": Jenkins, *Friend and Neighbor*, 73.

142쪽, "I hope the Chimneys": L308, from Cambridge, mid-May 1865 to Lavinia Dickinson.

144쪽, "It was here," 145쪽, "When her father": Jenkins, *Friend and Neighbor*, 36.

147쪽, "A strange wonderful": Lombardo, *A Hedge Away*, 2.

147쪽, "The men with": Bianchi, *Face to Face*, 136.

148쪽, "Fresh asparagus": Susan Gilbert Dickinson, "The Annals of the Evergreens," 15.

148~149쪽, "I am very busy": L771, October 1882 to Margaret Maher.

149쪽, "Sue—draws her": L262, spring 1862 to Mrs. Samuel Bowles.

149쪽, "We have all heard": L851, circa 1883 to Edward (Ned) Dickinson.

149쪽, "Aunt Emily waked": L711, circa 1881 to Gilbert (Gib) Dickinson.

150쪽, "Oftenest it was": Bianchi, *Face to Face*, 9.

150쪽, "She was not shy": Jenkins, *Friend and Neighbor*, 21.

150쪽, "We knew the things": Jenkins, *Friend and Neighbor*, 41.

151쪽, "She had a habit": Jenkins, *Friend and Neighbor*, 37.

151쪽, "Which shall it be": Jenkins, *Friend and Neighbor*, 58.

152쪽, "Old Testament weather": Bianchi, *Recollections of a Country Girl*, 292.

152쪽, "The Days are": L502, late May 1877 to Mrs. J. G. Holland.

153쪽, "We are reveling": L473, August 1876 to Mrs. J. G. Holland.

153쪽, "Today is parched": L723, late summer 1881 to Mrs. J. G. Holland.

153쪽, "Vinnie is trading": L272, circa August 1862 to Samuel Bowles.

158쪽, "It was unbroken": Allen, Mary Adele. *Around a Village Green: Sketches of Life in Amherst* (Northampton, MA: The Kraushar Press, 1939), 76.

161쪽, "The Weather is like": L650, July 1880 to Mrs. J. G. Holland.

161쪽, "I've got a Geranium": L235, circa August 1861 to Mrs. Samuel Bowles.

162쪽, "I write in the midst": L1004, summer 1885 to Mabel Loomis Todd.

162쪽, "Such a purple": L267, mid-July 1862 to Louise and Frances Norcross.

163쪽, "I cooked the peaches," "The beans we": L340, circa May 1870 to Louise Norcross.

164쪽, "Picked currants": Lavinia Dickinson's diary is part of the Martha

Dickinson Bianchi Papers 1834–1980, Ms. 2010.046, Brown University Library Special Collections.

164쪽, "Those who have": Child, Lydia Marie. *The American Frugal Housewife* (New York: Harper & Row, 1972 reprint of the 1830 edition), 83.

164쪽, "I shall make Wine Jelly": L888, early 1884 to Mrs. J. G. Holland.

가을: 정원사의 마을

168쪽, "It would be best": L294, September 1864 to Susan Gilbert Dickinson.

168쪽, "For the first few": L302, early 1865 to Louise Norcross.

170쪽, "The laying out: Leyda, *Years and Hours*, vol. 1, 349.

170~171쪽, "I loved the part": Bianchi, *Recollections of a Country Girl*, 17.

171쪽, "Not to walk": Bianchi, *Recollections of a Country Girl*, 29.

172쪽, "Speeches were made": Leyda, *Years and Hours* 2: 30.

172쪽, "Aunt Katie and": L668, autumn 1880 to Mrs. Joseph A. Sweetser.

172쪽, "For the encouragement": Leyda, *Years and Hours*, vol. 1, 74.

172~173쪽, "I think too": Leyda, *Years and Hours*, vol. 1, 129.

174쪽, "A basket and": Leyda, *Years and Hours*, vol. 1, 374.

174쪽, "Austin and Sue": L619, October 1879 to Mrs. J. G. Holland.

175쪽, "Aunt Emily's conservatory": Bianchi, *Recollections of a Country Girl*, 59.

176쪽, "We go to sleep": L520, September 1877 to Jonathan L. Jenkins.

176쪽, "Summer? My memory": L195, November 6, 1858, to Dr. and Mrs. J. G. Holland.

178쪽, "The sere, the yellow leaf": *Macbeth* V.iii. 22–23, Letters 7, 73.

179쪽, "We are by September": L354, early October 1870 to Mrs. J. G.

Holland.

179~180쪽, "There is not yet": L521, September 1877 to Mrs. J. G. Holland.

181쪽, "Evenings get longer": L194, September 26, 1858, to Susan Gilbert Dickinson.

182쪽, "'Dragged' the garden": L337, late 1869 to Louise Norcross.

182쪽, "The garden is amazing" L49, July 27, 1851, to Austin Dickinson. 에이머스 뉴포트Amos Newport는 아프리카계로, 법적으로 승소하여 자유 신분을 얻은 노예 남성의 손자였다. 에이머스는 1850년대에 디킨슨 집안에서 일했다. 1855년 인구 조사 당시 80세였고, 66세의 아내 멜리타 페인 뉴포트 Melita Paine Newport와 함께 살았고 2세에서 34세에 이르는 성姓이 같은 식구 일곱 명이 더 있었는데, 아마도 자녀와 손주일 것이다. 그는 1859년에 사망했고 애머스트의 웨스트 묘지에 묻혔다. 사망 확인서에 기록된 직업은 '노동자'였다.

183쪽, "He is the one": L692, spring 1881 to Mrs. J. G. Holland.

184쪽, "Flaunted red and": Bianchi, *EDIS*, 1.

184쪽, "Gentlemen here have": L209, circa 1859 to Catherine Scott Turner.

185쪽, "Trailed over everything": Bianchi, *EDIS*, 2.

186쪽, "How the sun": Bianchi, *EDIS*, 2.

186쪽, "Let Horace save": Bingham, *Emily Dickinson's Home*, 386.

187쪽, "I am small": L268, July 1862 to Thomas Wentworth Higginson.

187쪽, "I havn't felt": L1041, April 17, 1886, to Elizabeth Dickinson Currier.

187쪽, "We reckon—your coming": L272, circa August 1862 to Samuel Bowles.

188쪽, "The grapes too," 193쪽, "The cider is almost": L53, October 1, 1851, to Austin Dickinson.

190쪽, "Aside from": Barry, Patrick. *The Fruit Garden* (New York: Charles Scribner, 1852), 178–179.

191쪽, "The Aunt that": L1049, circa 1864 to Lucretia Bullard.

192쪽, "We have no Fruit": L936, September 1884 to Mrs. J. G. Holland.

193쪽, "Men are picking": L656, early September 1880 to Louise Norcross.

193쪽, "Hips like hams": L343, late summer 1870 to Louise and Frances Norcross.

193~194쪽, "It was so delicious": L438, circa 1875 to Samuel Bowles.

194쪽, "A mutual plum": L321, late November 1866 to Mrs. J. G. Holland.

194쪽, "Vinnie sent me": Leyda, *Years and Hours*, vol. 2, 381.

194~195쪽, "Besides the autumn poets sing," 디킨슨이 언급한 두 명의 시인은 윌리엄 컬런 브라이언트William Cullen Bryant와 제임스 톰슨James Thomson이었다. 브라이언트는 애머스트에서 40킬로미터 못 되게 떨어진 곳인 매사추세츠 커밍턴에서 출생하여 성장했다. 시 「나의 가을 산책My Autumn Walk」에서 그는 "황금지팡이[미역취]가 기웃거리고 자주 애스터가 출렁인다"고 했다. 1864년에 쓴 이 시는 이 계절과 남북전쟁에 바치는 송시였다. 톰슨의 「짚단Sheaves」은 서사시 『사계절The Seasons』에 나오는데, "낫과 밀짚단을 머리에 쓰고 가을이 끄덕이며 노란 평원을 넘는다. 유쾌하게 다가온다"고 했다.

195쪽, "The plants went into": L948, autumn 1884 to Maria Whitney.

197쪽, "A lovely alien," "It looked like tinsel," 198쪽, "It haunted me": L479, circa November 1876 to Louise and Frances Norcross.

198쪽, "In early Autumn": L746, January 1882 to Mrs. Joseph A. Sweetser.

199쪽, "Veils of Kamchatka": L685, early January 1881 to Mrs. J. G. Holland.

199쪽, "I trust your Garden": L668, autumn 1880 to Mrs. Joseph A. Sweetser.

겨울: 정원사의 레퀴엠

203쪽, "No event of," "The Hand that": L432, late January 1875 to Mrs. J. G. Holland.

204쪽, "I do not go away": L735, circa 1881 to Thomas Wentworth Higginson.

205쪽, "She was so fond": Bingham, *Ancestors' Brocades*, 8.

207쪽, "When it shall come": L901, early June 1884 to Mrs. J. G. Holland.

207쪽, "I wish, until": L207, September 1859 to Dr. and Mrs. J. G. Holland.

207쪽, "As to playing": October 4, 1841, from Deborah Fiske to Helen Maria Fiske, from Special Collections, Tutt Library, Colorado College, Colorado Springs, Colorado.

208쪽, "Her great dog": Leyda, *Years and Hours*, vol. 2, 14.

209쪽, "There were three": Jackson, Helen Hunt, *Mercy Philbrick's Choice* (Boston: Roberts Brothers, 1876), 126.

209쪽, "The quaint, trim,": Jackson, *Mercy Philbrick's Choice*, 26

209쪽, "You are a great": L444a, late October 1875 from Helen Hunt Jackson to Emily Dickinson.

209쪽, "We have blue": L601a, circa April 1879 from Helen Hunt Jackson to Emily Dickinson.

209쪽, "To the Oriole": L602, circa 1879 to Helen Hunt Jackson.

209쪽, "One of the ones": P1488.

212쪽, "Soon after I": Leyda, *Years and Hours*, vol. 2, 361.

212쪽, "That without suspecting": L769, late September 1882 to Mabel

Loomis Todd.

212쪽, "The man of the household": Bianchi, *Recollections of a Country Girl*, 287.

213쪽, "I cannot make": L770, October 1882 to Mabel Loomis Todd.

213쪽, "He was as much": Bingham, *Ancestors' Brocades*, 6.

214쪽, "I don't like": Longsworth, *Austin and Mabel*, 118.

214쪽, "Most artistic and beautiful," "My own place": Longsworth, *Austin and Mabel*, 415.

217쪽, "My House is": L432, late January 1875 to Mrs. J. G. Holland.

217쪽, "Days of jingling": L190, early summer 1858 to Joseph A. Sweetser.

218쪽, "Winter's silver fracture": P950.

221쪽, "My garden is a little," 227쪽, "It storms in Amherst": L212, December 10, 1859, to Mrs. Samuel Bowles.

224쪽, "In Bliss' Catalogue": L689, early spring 1881 to Mrs. J. G. Holland.

226쪽, "A more civic": L1037, early spring 1886 to Mrs. George S. Dickerman.

226쪽, "I have made a permanent": L882, early 1884 to Mrs. J. G. Holland.

226~227쪽, "For the way": Bianchi, *Face to Face*, 45.

227쪽, "I wish I could": L807, mid–March 1883 to James D. Clark.

227쪽, "Haven't we had": L9, January 12, 1847, to Abiah Root.

228쪽, "Ribbons of the year": P1065.

230쪽, "Then we all walked": Bingham, *Ancestors' Brocades*, 3.

232쪽, "In childhood I never": *EDIS*, 2.

232쪽, "Joan of Arc": Bingham, *Ancestors' Brocades*, 87.

233쪽, "Publication—is the Auction": P788.

시인의 정원에 나무를 심다

237쪽, "How few suggestions": L888, early 1884 to Mrs. J. G. Holland.

240쪽, "The beautiful blossoms": L1038, early spring 1886 to Mrs. J. G. Holland.

241쪽, "Loo left a tumbler": L267, mid-July 1862 to Louise and Frances Norcross.

241쪽, "Grasping the proudest" L195, November 6, 1858, to Dr. and Mrs. J. G. Holland.

241~242쪽, "I wish you": L405a, undated from Thomas Wentworth Higginson to Emily Dickinson.

242쪽, "A butterfly Utopia": Bianchi, *Face to Face*, 9.

243쪽, "And with these receding": Higginson, Thomas Wentworth. *Outdoor Studies Poems* (Cambridge, MA: The Riverside Press, 1900), 68.

243쪽, "'Come quickly'": Jenkins, *Friend and Neighbor*, 122.

244쪽, "There are not many": L23, May 16, 1848, to Abiah Root.

시인의 정원을 방문하다

247쪽, "And the old garden": Todd, *The Letters of Emily Dickinson*, 352. 이 인용에 나오는 "씨앗의 행렬이 그 증인을 품고"는 P122A에 있다. 토드의 묘사는 후에 나온 마사 디킨슨 비안치의 강의 노트와 일치하지만 비안치 여사는 자신의 이름이 토드의 이름과 연관된 것을 알고 무척 놀랐을 것이다. 오스틴과 메이블의 은밀한 만남 때문에 생긴 여러 세대에 걸친 분쟁으로 인해 디킨슨 시 전집은 20세기 중반이 되어서야 출간될 수 있었다.

248쪽, "Four black walnut": Newspaper clipping, October 1, 1938, Jones Library Special Collections.

251쪽, "Reminded him of skeleton": Habegger, *My Wars Are Laid Away in*

Books, 558.

252쪽, "Spice Isles": L315, early March 1866 to Mrs. J. G. Holland.

데이비드와 메이블 토드 부부의 집 델의 원래 위치는 현재 스프링 스트리트 97번지 도로 건너편이었다. 후에 저택 소유주가 이사한 후 1907년 이 자리에 식민 시기 복고풍 건물이 들어섰다.

디킨슨 침실 가구에 관련한 기록이 있다. 1950년 마사 디킨슨 비안치의 상속자들이 디킨슨의 시와 편지 원본과 침실 책상과 벚나무 서랍장 진품, 그리고 오티스 로드로부터 받은 반지를 포함한 개인 물품 대부분을 팔았다. 이를 구입한 이는 먼 친척이자 하버드 졸업생인 길버트 몬터규였는데, 하버드 대학 도서관에 모두 기증했다. 시인의 진품 가구를 더 보고 싶다면 145킬로미터쯤 동쪽으로 운전하여 케임브리지의 하버드 호턴 도서관 에밀리 디킨슨실을 방문하기 바란다. 일반인 출입은 예약제로 주 1회로 제한되어 있다.

후기

277쪽, "North Wind": L689, early spring 1881, to Mrs. J. G. Holland.

277쪽, "Lap the miles," "hooting stanza": Dickinson, Emily. *Poems, Second Series* (Boston: Roberts Brothers, 1891) p. 39, Author collection.

식물 화가에
대한 메모

이 책에 선정된 채색 식물 일러스트는 디킨슨과 같은 시기에 살았던 세 명의 뉴잉글랜드 화가의 작품이다.

오라 화이트 히치콕Orra White Hitchcock(1796~1863)은 디킨슨 가족의 친구로 식물학에서 지질학에 이르는 과학 그림을 그렸다. 그녀의 남편 에드워드는 애머스트 칼리지 총장으로 그녀의 작품을 자신의 자연사 강의와 저술에 이용했다.

클래리사 먼저 배저Clarissa Munger Badger(1806~1899)는 코네티컷의 화가이자 시인으로, 펜보다는 붓으로 명성을 얻었다. 에밀리 디킨슨은 당시 유명했던 뉴잉글랜드 시인 리디아 헌틀리 시고니Lydia Huntley Sigourney의 소개로 배저의 생기 넘치는 석판화가 가득한 2절판 책을 소장하고 있었다.

헬렌 샤프Helen Sharp(1865~1910)는 매사추세츠 출신 식물 일러스트 작가로, 보스턴 자연사 협회의 로버트 윌러드 그린리프Robert Willard Greenleaf 박사의 조수로 잠시 일했다는 것 외에는 잘 알려진 바가 별로 없다. 그녀는 다작했다. 1888년에서 1910년까지 — 디킨슨이 죽은 직후 활동을 시작했다 — 샤프는 주로 뉴잉글랜드가 원산지인 1000여 점의 식물을 그린 섬세한 수채화 스케치 앨범 18권을 제작했다. 그녀가 그린 야생화들이 에밀리 디킨슨의 글과 허버리움에도 많이 등장한다. 샤프는 마운트 오번 묘지에 묻혔는데, 이 사실도 에밀리 디킨슨 정원이 지닌 풍부한 이야기를 지닌 장소에 딱 들어맞는다.

새틴 지폐로 지불하겠습니다 —
가격을 — 직접 언급하지는 않았지만 —
한 문단에 꽃잎 하나
가까이 있어 내가 상상할 수 있답니다 —

526, 1863

감사의 글

하나의 생각이 한 권의 책이 되기까지 에밀리 디킨슨 박물관의 상임 이사 제인 월드, 그리고 "[시인과 - 옮긴이] 무관함"이라 쓰인 명찰을 달고 나의 첫 탐방을 안내해준 당시 큐레이터 신디 디킨슨에게 감사 드린다. 특히 존스 도서관 특별 소장실의 신시아 하비스, 뉴욕 식물원 루에스터 머츠 도서관의 스티븐 시논, 시카고 식물원 렌하트 도서관의 레오라 시켈, 그리고 애머스트 칼리지 프로스트 도서관의 미미 데이킨, 하버드 호턴 도서관과 매사추세츠 원예협회, 매사추세츠 대학교 W. E. B. 두보이스 도서관, 브라운 대학교 도서관, 뉴욕 원예협회, 예일 대학교 도서관 문서고의 아키비스트들과 사서들에게 특별히 고마움을 전한다. 메이블 루미스 토드와 델의 조경에 관한 연구 자료를 공유해준 매리언 컬링과 박물관에서 디킨슨 조경의 초기 조사를 완수한 존 마틴과 루디 패브레티에게도 특별히 감사드린다.

탁월한 에이전트 제니 벤트는 수년 전 이 프로젝트를 시작할 무렵 내게 어떻게 글을 써야 할지 가르쳐주었다. 제인 대번포트와 린다 오고먼은 그때나 지금이나 항상 이 글이 더 좋아지도록 읽어주었다. 욜랜다 펀도라와 세라 스탠리는 이미지들이 노래하도록 만든 예술가(마법사?)였다. 두 번째 기회를 준 팀버프레스의 앤드루 베크먼과 톰 피셔에게 감사하다. 그리고 그 누구보다도, 나를 믿어준 베시 린치에게 감사하다.

에밀리 디킨슨 박물관에서 수년간 나와 함께 일했던 스태프와 자원 활동가들, 특히 칼 롱토와 빅토리아 딕슨, 책과 언어에 대한 사랑을 내게 심어준 가족들에게 감사하다. 남편 커크도 고맙다. 그가 아니었으면 이 책은 아예 싹도 틔우지 못했을 것이다.

사진과
삽화 출처

*숫자는 이 책의 쪽수다. ( ) 안 숫자는 제외.

2, 39, 56, 91, 156, 213, Amherst College Archives and Special Collections, Trustee of Amherst College.

47, 72, 109, 124 오른쪽, 126, 135 위, 149, 179, 180 위, Amherst College Archives and Special Collections, Trustee of Amherst College, 욜랜다 V. 펜도라Yolanda V. Fundora의 허락으로 선명도를 위해 편집함.

29, 30, 65, 69 위, 70, 71, 82, 92, 99, 106, 119, 139, 141, 169, 173, 185, 193, 233, 239, 244 아래, Author collection pages.

225, 226, B.K. Bliss and Sons' Illustrated Hand Book for the Farm and Garden for 1881, Special Collections, USDA Agricultural Library.

77, Boston Athenæum.

34, Courtesy of Boston Public Library / Rare Books.

175, Department of Special Collections and University Archives, W.E.B. Du Bois Library, University of Massachusetts Amherst.

24, 26, Houghton Library, Harvard University.

54; (8), 49, 50; (16), 183 위; (26), 158; (29), 116; (38), 180 오른쪽 위; (46), 262; (83), 205; (84), 221, Houghton Library, Harvard University, MS Am 1118. 11.

8, 41, 107 오른쪽, 133 아래, 142, 171, 238 위, Courtesy of the Jones

305

Library, Inc., Amherst, Massachusetts.

16~17, 234~235, The Emily Dickinson Museum, Amherst, Massachusetts.

15, 19, 20 아래, 67, 69 아래, 95, 97, 101, 102, 107 왼쪽, 111, 118, 124 왼쪽, 133 위, 135 아래, 140, 143, 146, 177, 180 아래, 191 위, 200, 206, 232, 238 아래, 250, 252, 253, 254, 259, 261, Kelly Davidson.

36, 53 아래, 131 아래, 163, 167, 197, 231, Rare Book Collection of the Lenhardt Library of the Chicago Botanic Garden.

20 위, 100, 168, Library of Congress, Geography and Map Division.

183 아래, Library of Congress, Historic Sheet Music Collection.

80, 86, Library of Congress, Prints & Photographs Division.

18, 46, 53 위, 59, 63, 93 아래, 113, 122, 157, The LuEsther T. Mertz Library of the New York Botanical Garden.

22, The LuEsther T. Mertz Library of the New York Botanical Garden, 마타 맥다월의 드로잉에 기초해 존 커크John Kirk가 구현함.

190, 218, Michael Medieros for the Emily Dickinson Museum.

208, National Portrait Gallery, Smithsonian Institution.

98, Norman B. Leventhal Map Center, Boston Public Library.

230, Private Collection.

43, 210, Smithsonian Libraries and the Biodiversity Heritage Library.

81, 87, 131 위, 138, 211, 215, 222, 227, Todd–Bingham Picture Collection, Yale University Library,

191 아래, U.S. Department of Agriculture Pomological Watercolor Collection. Rare and Special Collections, National Agricultural Library, Beltsville, MD 20705.

다른 사진들은 모두 저자의 것이다.

찾아보기

에밀리 디킨슨, 시인의 정원

초판 1쇄: 2021년 9월 10일
초판 2쇄: 2023년 1월 15일
지은이: 마타 맥다월
옮긴이: 박혜란
펴낸이: 송영민
만든이: 엄정원
꾸민이: DesignZoo 장광석
펴낸곳: 시금치출판사
주소: 서울시 마포구 잔다리로7길 18, 502호
전화: 02-725-9401
전송: 0303-0959-9403
전자우편: 7259401@naver.com
출판신고: 제2019-000104호
ISBN: 978-89-92371-81-0 03840